A rainha dos elementos

Livro um
Livro dois
Livro três
Rainha dos Elementos – O próximo reinado

Rainha dos vampiros

Livro Um
Livro Dois
Livro Três
Livro Quatro

Fortune Fae Academy (disponível em inglês)

Livro um
Livro dois
Livro três
Livro Quatro

Rainha do submundo

Livro um
Livro dois
Livro três
Livro quatro
Livro cinco

LIVROS STANDALONE DO UNIVERSO FAE

Rainha Fae do Inverno

A ômega perdida

RAINHA DO SUMBMUNDO

LIVRO QUATRO

AUTORAS BESTSELLERS DO USA TODAY
LEXI C. FOSS & J.R. THORN

Rainha do Submundo: livro 04

Lexi C. Foss e J. R. Thorn

Revisão: Luizyana Bueno

Texto revisado segundo o novo Acordo Ortográfico da Língua Portuguesa.

Cover Design: Covers by Juan

Cover Photography: Wander Aguiar

Cover Models: Sophie, Alex, Philippe, Forrest & Camden

Published by: Ninja Newt Publishing

eBook ISBN: 978-1-68530-445-4

Paperback ISBN: 978-1-68530-446-1

Aviso de IA: Este livro não contém nenhum elemento de conteúdo de IA. Toda as artes foram criadas por artistas reais e todas as palavras foram escritas pelos autores.

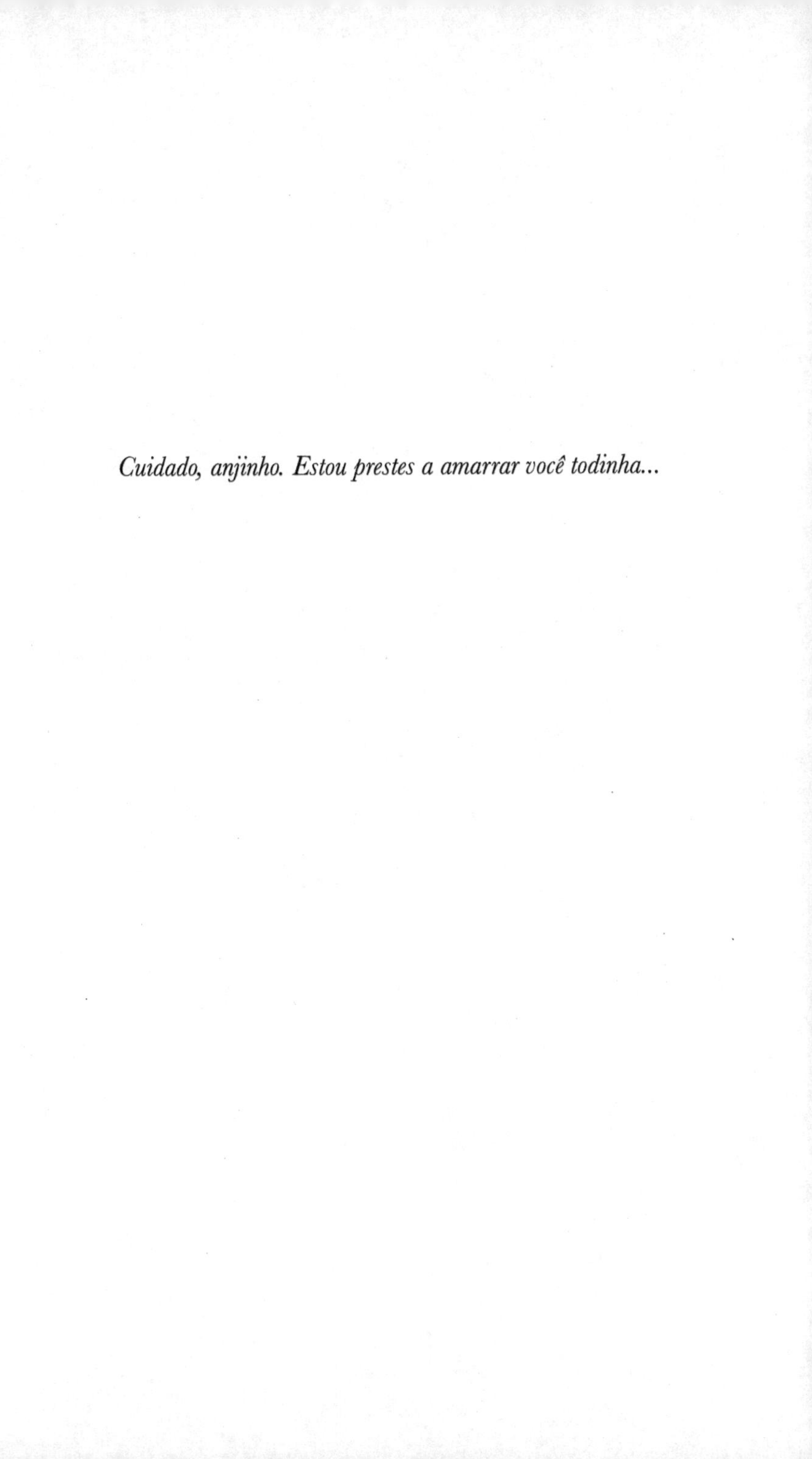

Cuidado, anjinho. Estou prestes a amarrar você todinha...

Rainha do Submundo
Livro Quatro

Fitas são fascinantes.
Elas se enrolam e entrelaçam, mas se desfazem de forma tão bela.
Especialmente quando envolvem o corpo sensual de uma mulher.

Infelizmente, enredei tantos nós intrincados em Camillia De la Croix que temo jamais ter o privilégio de desamarrá-los.

Minha linda cativa é teimosa. Poderosa. Deliciosamente perfeita.
Desejo-a há muitas luas.
Prová-la.
Cativá-la.
Vesti-la com fitas e devorá-la.

Mas justo quando estou prestes a agir e a mostrar quem realmente sou, ela é arrancada das minhas mãos e levada para um lugar que eu acreditava estar destruído há muito tempo.
E só eu posso trazê-la de volta.

Contudo, isso exigirá um círculo completo de companheiros para me conceder o poder necessário.
Typhos. Az. Ajax. Eu.

Será que consigo convencê-los a cooperar?
Ou estaremos condenados a passar a eternidade sem nossa bela companheira?

Não se preocupe, anjinho.
Vou te encontrar. Vou matar por você. E então...
todos nós vamos te adorar.

Nota das autoras: *Rainha do submundo 04* é um romance paranormal dark com quatro companheiros atormentados e sem necessidade de escolher entre eles. Se você gosta de anti-heróis dominantes e sensuais, está no lugar certo, o Reino do Inferno, onde o romance é ardente e o perdão... opcional. Este é o quarto livro de uma série de cinco e termina em suspense.

Nota de Lexi & Jen

Obrigada por escolher Rainha do Submundo – livro 4! Esperamos que você se divirta com esse universo sombrio tanto quanto nós.

Para quem está conhecendo a série agora, recomendamos fortemente que leia os livros na ordem, pois se trata de uma história contínua.

Um aviso importante: esta série contém fortes conotações sexuais, cenas violentas e temas de consentimento duvidoso. Também há vários relacionamentos intensos entre homens, e eles adoram fazer sexo entre si. Mas pretendem convidar Cami para fazer parte... assim que ela provar o seu valor. ;)

No entanto, Cami não é o tipo de mocinha que simplesmente se curva e aceita tudo. Ela vai lutar até o fim.

Seus companheiros terão muito trabalho pela frente. E também precisarão se redimir ao longo do caminho.

A jornada deles não será fácil. Mas será deliciosamente pecaminosa.

Continue sua aventura pelo mundo Fae do Submundo.

Tenha cuidado em quem confiar. E fique atenta às infames miragens. Nada é o que parece.

Assim como os nossos companheiros Faes do Submundo...

A beleza do jogo com cordas está em sua incrível versatilidade. É um método de restrição, mas também é libertador. Leva você à profundezas. Apresenta prazeres intensos. Tudo isso enquanto oferece um fio de salvação que você nunca soube que precisava.

Talvez seja um enigma.

Talvez seja profético.

Ou talvez tudo até agora tenha sido enganoso.

Vamos descobrir?

Vire a página, anjinho.

E me permita ser o guia como seu *Príncipe Fae do Submundo*.

-Melek

Reinos dos Faes do Submundo

Uma Página Revelada do Livro de Lúcifer, Vita

Era uma vez um anjo caído. Suas penas foram arrancadas, sua luz foi extinta e ele caiu nas chamas de uma terra devastada.

Mas esse não era um anjo comum.

Ele sabia que seu mundo estava prestes a acabar, mesmo antes da traição suprema, e escondeu dentro de si a fonte de sua luz. Seu verdadeiro poder. Sua vingança definitiva.

A partir daquela brasa ardente de energia, ele criou um novo mundo: o Reino dos Faes do Submundo. Lá, acolheu todas as criaturas rejeitadas pelos demais reinos feéricos.

Faes Pesadelo. Aberrações. Monstros.

À medida que sua nova corte crescia, diversos reinos eram estabelecidos. Cada um é governado por um Fae Mythos protetor e, abaixo deles, há diversos Reis Faes.

Esta entrada é considerada um índice desses reinos e das espécies que neles habitam. Ele se altera e cresce diariamente, mas eu sou Vita, o livro mais valioso de Lúcifer. Eu sei tudo. Eu documento tudo. E agora, compartilharei esse conhecimento com você, caro leitor...

Terras Áridas

Regiões secas e desérticas, com paisagens rochosas e poucas ou nenhuma fonte de água. Centauros, mantícoras, minotauros, dragões do ar, grifos e boggarts habitam essas terras. Recentemente, elas também passaram a abrigar as candidatas a noivas dos Faes do Submundo dentro de um paradigma único.

Reino Faes do Submundo

Um reino centralizado onde Typhos Lúcifer reside. Todas as criaturas que não pertencem aos Faes Pesadelo vivem aqui, assim como os infames Cães do Inferno de Lúcifer.

Terras Pantanosas

Águas turvas e vegetação pantanosa fazem deste o lar ideal para nagas e unseelies.

Reino de Morpheus

É a terra dos sonhos, onde os Faes Pesadelo se alimentam do terror e do medo. Ghouls e Stigori vivem aqui, assim como os Faes Kuntilanak, uma de suas criações pessoais.

Reino dos Mortos

Trevas e fiapos de luz de uma lua opaca assombram os cemitérios deste reino, tornando-o o lar ideal para os Fae Cadáveres e os Faes das Trevas.

Reino Subaquático

Um vasto oceano e castelos semelhantes a corais pintam este reino com cores únicas. Kelpies e dragões da água habitam essa região, assim como algumas das criações pessoais de Lúcifer, como as sereias.

Reino Fae do Submundo

Terras Pantanosas

Reino Fae do Submundo

Reino de Morpheus

Reino Subaquático

Terras Áridas

Reino dos Mortos

Prólogo: Melek

— Para que eu possa te oferecer consolo, um lar, seu cargo de Diretor, acesso à Fonte Fae do Submundo e à Noiva Fae do Submundo de sua escolha, você precisará se tornar meu companheiro, Ajax.

As palavras de Ty ecoavam repetidamente em minha mente, fazendo meus lábios se curvarem mais a cada repetição.

É claro que a reação de Ajax não foi tão empolgante quanto eu esperava.

— Você terá uma semana para decidir. Escolha com sabedoria. Pode ser a última decisão que tomará na vida — Ty disse.

Os olhos de Ajax se estreitaram por meio segundo. Em seguida, seus traços endureceram em uma máscara dura, sem revelar nada.

— Você terá minha resposta no Baile Fae Inter-Reinos.

Com essa declaração anticlimática, ele desapareceu. Eu poderia tê-lo seguido, mas suspeitei que nosso Diretor precisasse de espaço para pensar.

E eu concederia isso a ele.

Enquanto isso, me entreteria com meu rei.

Humm, murmurei, ainda recostado no trono enquanto Ty relaxava por perto. Ele parecia satisfeito com a indiferença de Ajax. *Potencial* e *companheiro* se repetiam em sua mente, acompanhados de um raro indício de admiração.

Admiração que ele normalmente reservava para mim.

E, às vezes, para Az.

Arqueei uma sobrancelha enquanto me levantava e caminhava até ele.

— Está imaginando como o nosso querido Diretor seria na cama, meu rei? — perguntei.

Os olhos azuis como o oceano de Ty encontraram os meus.

— A única pessoa que quero na minha cama é você, pequeno príncipe.

Arqueei ainda mais a sobrancelha.

— Ah é? — Parei entre suas pernas afastadas. Sua postura relaxada contrastava com a turbulência que escurecia nosso vínculo.

O Reino Fae do Submundo estava sob ataque. Portais em forma de vórtice ameaçavam nossos reinos e não estávamos mais perto de descobrir o responsável pelos ataques.

Também havia várias pistas falsas.

Como Maliki, no Reino dos Mortos.

Ele abriu aquele portal para que os Ghouls escapassem para uma realidade alternativa a fim de participar de um ritual de acasalamento chamado *Noite dos Monstros.*

Até agora, parecia coincidência.

Mas meu rei não acreditava em coincidências.

Algo muito maior estava em andamento, perturbando seus testes de noivas e manchando sua reputação que antes era impecável.

Além de tudo isso, havia incertezas dentro de seu círculo mais próximo.

Incertezas envolvendo Camillia De la Croix.

Talvez eu fosse parcialmente culpado por isso.

Ainda assim, não pediria desculpas.

Ela era a chave. A *solução*. E o Rei Fae do Submundo estava lentamente entendendo o motivo. Cada camada que se revelava mostrava mais de seu potencial. Logo, ele a desejaria tanto quanto eu.

Me ajoelhei diante dele, pousando as mãos em suas coxas.

— Sabe o que eu acho? — perguntei de forma casual, deixando meu toque subir lentamente.

Ele inclinou a cabeça para o lado, os longos cabelos caindo em ondas escuras sobre seus ombros musculosos.

— Que você quer celebrar sua vitória me chupando?

Curvei os lábios.

— Sim, isso — admiti. — Mas também acho que está mentindo para si mesmo, Ty. — Abri o botão de sua calça.

— Sobre o quê? — ele murmurou.

Abaixei o zíper, libertando sua ereção proeminente. Olhei para ele quando a ponta se inclinou em direção à minha boca.

— Não sou o único que você quer na sua cama, meu amor. — Eu o envolvi com os lábios antes que pudesse responder, arrancando um gemido baixo do meu rei. Seus dedos se entrelaçaram em meus cabelos, me mantendo ali e me forçando a recebê-lo mais fundo.

— Quero Ajax pelo poder — rosnou, apertando-me com força. — Ele é um candidato ideal e um companheiro digno. Mas isso não significa que eu queira transar com ele, Melek.

— Humm. — *E quanto à Cami?*, perguntei mentalmente, já que minha boca estava ocupada.

As narinas do Rei Fae do Submundo se dilataram e seu olhar se obscureceu.

— O que tem ela?

Apenas sorri, passando a língua por seu comprimento e arrancando outro daqueles sons deliciosos de seu peito.

Aposto que ela gostaria de aprender a te dar prazer, meu amor, sussurrei. *Acho que ela gostaria de tomá-lo. De se engasgar com seu tamanho.*

Um ato que eu suspeitava que ela estivesse realizando naquele momento com nosso Comandante.

Porque eu sentia seu desejo queimar através do meu vínculo. Sua curiosidade sombria era um farol que quase fez com que eu me teletransportasse para o Reino Fae da Meia-Noite apenas para vê-la brincar com Az.

Ele era uma fera.

Um Fae Metamorfo com necessidades selvagens.

E, pelo que percebia, ela as satisfazia naquele instante.

Nosso anjo perfeito, pecando de joelhos.

Meu rei também sentiria isso, percebendo a euforia de Az por meio do vínculo que compartilhavam.

Ty podia não desejar nosso Comandante de forma sexual, mas isso não o tornava imune à onda erótica que vibrava através da conexão. Ele sentia cada gota de prazer, assim como eu, embora o meu viesse de Cami, não de Az.

O desejo do Comandante seria ainda mais intenso, já que a herança de sua Fênix Negra era impregnada de energia primitiva. Ty já havia sentido o prazer de Az antes, especialmente quando ele brincou com nosso Diretor. Mas isso era diferente. Era sobre *ela*.

Eu suspeitava que Ty não estivesse bloqueando seu vínculo com o Comandante como normalmente faria.

Porque meu rei também queria nossa anjinha.

Ele só não estava pronto para admitir. Nem para si mesmo.

— Puta merda — Ty soltou por entre os dentes. — Não quero pensar nela, pequeno príncipe. Não quando é a sua boca que está no meu pau.

Mentiroso, acusei, arrastando os dentes por seu comprimento.

Ele me puxou com tanta rapidez que mal tive tempo de perceber suas intenções. Bati as costas na parede com força. Seu olhar queimava no meu enquanto me prendia ali, seu corpo tenso e intimidador contra o meu.

— Eu não minto — ele disse entre dentes. — Não para você. Nunca para você.

Apoiei a mão em seu peito, suavizando minha expressão.

— Não é para mim que você está mentindo, meu amor.

Ele estreitou o olhar.

— Melek...

— Vou parar de insistir — prometi, roçando meus lábios nos dele. — Mas só se me der outra coisa em que pensar.

Uma tensão surgiu em sua mandíbula, que senti contra minha boca enquanto me inclinava para beijá-lo de novo. Ele não se moveu. Apenas me manteve cativo contra a parede, seu peito subindo e descendo lentamente junto ao meu.

Havia muita raiva contida.

Muita frustração.

Muita *excitação*.

Ele estava satisfeito com seu acordo com Ajax, ansioso para ouvir como o Diretor responderia à proposta. E estava obscuramente intrigado com o prazer crescente de Az. Eu sentia isso irradiar dele, intensificando sua necessidade de me possuir.

— Não quero desejá-la — Ty admitiu, em um sussurro incomum e vulnerável. — Ela é perigosa, Melek.

Minha mão subiu de seu peito para acariciar seu rosto.

— Toda mudança é perigosa, meu rei.

Ele balançou a cabeça.

— Não confio nela.

— Eu sei.

— Ela é uma ameaça para a Fonte.

— Não é.

Suas mãos foram para minha cintura, seu sexo ainda ereto pressionava o meu através do tecido. — Você não sabe disso.

— Eu sinto — rebati, deslizando os dedos até sua nuca. — As intenções dela são boas, meu rei.

— Vamos ver — respondeu.

— Vamos — concordei. — Agora, sobre aquela distração...

— É para mim ou para você? — ele perguntou, me encurralando ainda mais contra a parede.

— Por que não pode ser para nós dois? — indaguei. — Nossos companheiros estão brincando, Ty. Você sente. Eu sinto. Vamos nos juntar a eles à nossa maneira.

Ele balançou a cabeça, não para negar, mas como um gesto de rendição.

Todos viam esse Fae como uma entidade intimidadora e quase divina de imenso poder. Era verdade. Mas ele também era o meu Ty. Meu rei. Meu amor.

— Deixe-me adorá-lo — sussurrei, abrindo os botões de sua camisa social. — E, em troca, você cuida de mim.

— Sempre cuidarei de você, pequeno príncipe.

— Eu sei — respondi. — Você cuida de todos nós. — Beijei sua garganta. — E agora vou agradecer por isso.

— Melek...

— Shh — eu o silenciei. — Me deixe brincar. Prometo que vai gostar.

Ele segurou minha nuca, me forçando a encará-lo. O mundo ao nosso redor se dissolveu, dando lugar ao nosso quarto. Sua expressão estava intensa.

— É a minha vez de brincar, pequeno príncipe. — Ele me conduziu até o colchão e uma corda surgiu magicamente em sua mão.

Humm, parecia que meu rei estava com vontade de punir.

— Me diga o que fazer, Ty — provoquei, ansioso por um duelo sensual de vontades.

— Tire a roupa e deite-se nessa cama de uma vez — ordenou.

Eu praticamente ronronei em resposta.

Ou talvez fosse o ronronar de Az que ouvi através da mente de Cami.

De qualquer forma, aquilo prometia ser divertido.

Assim como as próximas semanas...

Cami

Estou em chamas.

Não de maneira literal.

Ou talvez sim.

Eu... eu não saberia dizer. Tudo ardia. E era por causa do macho poderoso que ronronava debaixo de mim.

Azazel. *Az.* O Comandante Fae do Submundo.

Chamas violetas cintilavam em suas íris, sua Fênix espreitando enquanto o homem avaliava minha expressão. Minha mente. Meus *desejos.*

Deveria estar claro para ele o que eu queria. Montei nele neste sofá por um motivo. Segurei seus ombros musculosos. Encostei o peito no dele. O meu estava coberto. O dele, nu. *Beijei-o.*

Ainda assim, ele me observava como se estivesse decidindo o que fazer comigo.

— Me ensine — sussurrei, tornando impossível de esconder a súplica na voz.

Fae, eu o queria. *Desejava* intensamente.

Ele me deu algo que eu não conseguia definir. Uma

verdade que derrubou minhas barreiras. Penetrou minhas últimas defesas. Aniquilou todas as minhas dúvidas.

Uma Fae Virtuosa – Vivaxia – fez dele seu animal de estimação. Caramba, se algum dia eu encontrasse aquela mulher, eu a mataria.

Ela escravizou a Fênix de Az. Forçou-o a fazer coisas desprezíveis.

Com um feitiço.

Parecido com o que Ajax conjurou, pensei, engolindo em seco.

Mas Az venceu aquele feitiço.

Libertou-se.

Não exatamente. Ele *curou* seu espírito, unindo o homem e a fera. Mas deixou a Fênix no controle como demonstração de respeito. Para mim. Para Ajax. Para se desculpar por tudo o que fez de errado. Para provar seu valor como... *companheiro*.

Agora, eu queria provar meu valor também. Mostrar que o perdoava. Que o *aceitava*.

E, acima de tudo, que podia lidar com ele.

— Me mostre como você faz amor — completei em voz alta, repetindo as palavras que havia acabado de murmurar em sua mente. — Por favor, Az. Por favor...

Uma onda de calor intenso roubou minha voz, me deixando ofegante.

— Eu não quero fazer amor com você, pequena guerreira — Az murmurou, seus lábios quentes contra os meus. — Quero *consumi-la*.

Estremeci. O calor dele penetrou em minha pele e alimentou o fogo que corria em minhas veias.

— O que você está sentindo é apenas uma fração da minha necessidade — ele continuou. — Uma amostra do que quero fazer com você.

Minha garganta contraiu, meu corpo ficou quase paralisado pelo poder que faiscava por todo o meu ser. *Você está me alertando*, percebi, as palavras ecoando pelo nosso vínculo.

— Estou te preparando — ele corrigiu em voz alta e roçou o nariz da bochecha até meu ouvido. — Vou devorá-la por completo, Camillia. — Beijou minha pulsação acelerada. — Você precisa de uma palavra de segurança.

Uma o quê? Eu sabia o que significava, mas ouvir ele dizendo me surpreendeu.

— Uma palavra que me faça parar — explicou, provavelmente captando meu pensamento. — Não quero machucá-la.

— Você não vai me machucar — murmurei, apertando minhas coxas contra as dele.

— Eu poderia — ele corrigiu, apertando meus quadris para me manter firme. — Eu sou o poder encarnado, Cami. Quando a reivindicar, vou te destruir. Preciso saber que você pode suportar. Agora, me dê uma palavra de segurança.

— Você nunca me pediu uma palavra de segurança — uma voz profunda interveio, o dono soando irritado.

Ajax, pensei, me virando para vê-lo parado junto à porta, com o ombro apoiado na parede.

— Tudo o que você fez foi *tomar* — ele continuou, seus olhos escuros fixos em Az. — E mentir.

Az enrijeceu embaixo de mim.

— Nunca menti para você.

— Ah, não? Então você não fingiu que sua ave estava no controle? Me enganando para deixá-lo sozinho com Cami? — Ele se afastou da parede, a fúria fazendo suas pupilas pulsarem com poder. — E a primeira coisa que faz é seduzi-la? — Sua varinha deslizou para a mão. — Eu deveria saber que não podia *confiar* em você.

Az ergueu as mãos em um gesto de rendição.

— Ajax...

Meu companheiro Fae da Meia-Noite já murmurava palavras mágicas, lançando um feitiço de propriedades desconhecidas.

Não, pedi. Mas a magia já se tecia em torno de sua varinha. Um movimento de punho a lançou na direção de Az.

Pulei na frente e absorvi o impacto do encantamento.

— *Cami*! — Ajax gritou ao mesmo tempo que Az soltava um silvo.

A eletricidade percorreu minha coluna, me fazendo despencar no chão com um grito que quase se tornou um urro.

Ou talvez tenha sido um.

Eu não sabia.

Porque, *caramba*, aquilo doeu. Eu não conseguia me mover. Respirar. *Focar*.

Um zumbido estático crepitava nos meus ouvidos, irritando meus sentidos.

Não conseguia ouvir ou pensar além daquele ruído, tampouco ver.

Isso me lembrou da vez que Vita me sugou para dentro de suas páginas e me manteve prisioneira por um mês.

Não de novo, pensei atordoada. *Não vou perder tempo de novo*.

Também não queria revisitar uma das infames memórias da *queda* de Lúcifer.

Recuando com uma careta, me encolhi em mim mesma, não exatamente de forma literal, já que eu não conseguia sentir meus membros, mas de forma figurada. Ou... ou, pelo menos, era o que eu presumia estar fazendo.

Merda.

Assim que eu saísse desse estado paralisante, ia dar um belo sermão no Ajax. Ele mirou esse feitiço em Az, depois de tudo o que já havia sido feito contra ele.

Não.

Não estava certo.

Ajax estava com raiva. Eu entendia. Eu também tinha ficado furiosa com Az. Pelo menos, até ele me contar sua história. Agora... agora eu não estava mais tão zangada.

Bem, não. Eu ainda estava zangada. Mas com Ajax.

Estraga prazeres, pensei. Az e eu estávamos tendo um momento agradável no sofá, algo que obviamente estava prestes a levar a momentos divertidos na cama ou no chão.

Então, Ajax teve que entrar feito uma tempestade e interromper tudo.

Embora... eu tenha ficado feliz em vê-lo. E ouvir sua voz. Ele tinha me bloqueado de sua mente antes de voltar ao Reino dos Fae do Submundo para se encontrar com Melek e Lúcifer.

O que será que disseram a ele? pensei, aturdida, e tentei balançar a cabeça. Agora não era hora nem lugar. Eu precisava me libertar dessa teia pegajosa.

Depois, teria uma conversa com Ajax sobre boas maneiras.

E feitiços.

Depois disso... bem, veríamos.

Grunhindo por dentro, me contorci contra as restrições mentais. Elas não eram reais, mas... de certo modo, eram tangíveis. Como a teia sedosa de uma aranha. Toda cheia de fios brilhantes e finos, que pareciam frágeis, mas eram fortes demais.

Era, na verdade, bem bonita.

Estendi a mão para tocar uma delas, surpresa ao perceber que consegui me mover em direção a ela. Ou, espere... não. Ela é que se moveu até mim. Como se eu estivesse chamando a magia para mais fundo dentro da minha mente.

Um suspiro me dominou ao abraçar aquele fio encantado. Ele era quente. *Certo. Perfeito.*

Talvez não fosse tão ruim estar ali.

Talvez eu pudesse ficar.

Pisquei. Não, isso não estava certo. Eu não queria estar ali. Eu queria ser livre. Me desembaraçar. Me... *o que mesmo eu estava fazendo?*

Havia tanto brilho.

Por todo lado.

Ondulando. Flutuando. *Dançando.*

Quase gargalhei com a leveza de tudo aquilo. Era tão parecido com estrelas. Um mundo como nenhum outro.

Franzi o cenho. *O que estou vendo?*

Havia tanto branco.

Véus.

Penas.

Asas.

Eu...

A visão se dissolveu em um aposento coberto por vinhas retorcidas, o teto adornado com flores brotando. Balancei a cabeça, atordoada pela mudança abrupta de cenário.

A dor disparou pelo meu pescoço, o movimento não era bem-vindo e fez meu estômago se contrair com pontadas imediatas.

— Argh...

— Parece apropriado — comentou uma voz culta, arrastada.

Eu franzi a testa. *Zakkai?* Não tinha passado muito tempo com o Fae da Meia-Noite conhecido como o Arquiteto da Fonte, mas o bastante para reconhecer aquele tom divertido. Ou talvez intrigado fosse a palavra mais adequada.

Como convidada da Corte Real Fae da Meia-Noite, eu não deveria me surpreender com a presença dele ali.

Mas me surpreendi, porque ele não estava ali instantes atrás.

A menos que eu estivesse perdendo tempo de novo.

— Quando Melek voltar para a próxima visita, diga a ele que quero conversar — Zakkai disse.

— Podemos passar o recado, mas não posso prometer que ele vai ouvir — Ajax murmurou.

— Ah, ele vai — Zakkai retrucou com total confiança.

O som de uma porta se fechando veio em seguida, e então uma mão quente deslizou pelo meu braço.

— Cami? — Az sussurrou, seu semblante preocupado surgindo diante de mim. — Você está bem?

Pisquei.

— O que...? — Limpei a garganta, pois a voz estava rouca. — O que aconteceu?

— Ajax lançou um feitiço de paralisia. E você o absorveu.

Franzi a testa.

— Absorvi? — Era uma formulação estranha. — Como assim, eu *absorvi*?

— O encantamento era para congelar Az por apenas alguns segundos, para que eu pudesse te afastar dele — Ajax explicou, se movendo para ficar atrás de Az, colocando os dois no meu campo de visão. — Você se mexeu e, de alguma forma, capturou o feitiço.

— Capturei? — Outra formulação estranha, desta vez vinda de Ajax. Az me ajudou a sentar enquanto eu lutava para me mover, sentindo o corpo estranhamente fraco. — Eu me joguei na frente do Az para que você não pudesse escravizar a Fênix dele de novo.

Ajax emitiu um som que pareceu levemente contrito. Ou talvez irritado.

— Não foi esse o feitiço que lancei.

Sim, eu entendia isso agora. Mais ou menos.

— Você não pode fazer isso com a Fênix dele de novo — soltei, precisando que Ajax me ouvisse. Tentei me levantar, mas meu corpo não obedeceu. Em vez disso, fiquei sentada, lançando-lhe um olhar firme. — Ele já sofreu o suficiente.

O olhar que meu companheiro Fae da Meia-Noite me deu sugeria que ele discordava.

— Estou falando sério, Ajax — me apressei antes que ele pudesse dizer algo sarcástico ou mordaz. — Esse feitiço é cruel, especialmente com o histórico dele.

Ele franziu a testa.

— Do que você está falando, Cami? — Ele olhou para Az, que agora estava de braços cruzados, claramente não gostando da direção que a nossa conversa tomava. — Que histórico? Eu só usei esse feitiço uma vez. — Havia fogo em seu olhar. — Se eu soubesse que o feitiço era de Melek, não teria lançado. Pensei que Zenaida tivesse me dado.

— Melek te deu esse feitiço? — Uma chama brilhou no olhar de Az. — Intrometido.

— Acho que os dois gostam de se intrometer — resmungou Ajax.

— Verdade, mas o elemento Fae Virtuoso no feitiço deveria ter deixado isso óbvio. — Az passou a mão pela nuca enquanto Ajax piscava para ele.

— Fae Virtuoso? — Ajax repetiu, parecendo tão confuso quanto eu na primeira vez que ouvi aquele termo. — O que é um Fae Virtuoso?

Az fez uma careta, sua mente imediatamente irradiando irritação, não com Ajax, mas consigo mesmo.

Não devia ter dito isso em voz alta, ele estava resmungando para si.

— O que...

— Há algum lugar onde possamos conversar em particular? — Az interveio antes que Ajax pudesse repetir a pergunta.

Ajax olhou ao redor.

— Quer dizer, como um quarto? Onde sejamos só nós?

Ele não quer correr o risco de ser ouvido por nenhum Fae da Meia-Noite, eu disse a Ajax através do nosso vínculo.

Ou só quer nos levar para algum lugar onde possa nos atacar sozinho, Ajax retrucou.

Finalmente consegui me levantar, cambaleando. Ajax segurou meus quadris quando quase caí sobre ele. A preocupação surgiu em seu rosto enquanto me olhava de cima.

Preciso que você confie nele, sussurrei para Ajax. *Por favor.*

Nem pensar.

Então confie em mim, falei, pousando as mãos em seu peito. *Eu ouvi a história dele. Agora o entendo melhor.*

Ajax bufou. *Então ele te manipulou?*

Não, ele confiou em mim, corrigi. — E, antes de pensar em dizer alguma tolice sobre eu ser ingênua ou fácil de persuadir, pense duas vezes — acrescentei em voz alta, meu tom deixando claro como eu reagiria a tal comentário.

O maxilar de Ajax se contraiu, mas não desviei o olhar, mantendo-o fixo no dele enquanto ele ponderava seu próximo passo.

Eventualmente, parte do fogo deixou suas íris escuras, permitindo que o anel azul brilhasse um pouco mais.

— Certo. Um lugar tranquilo para conversar é provavelmente uma boa ideia — ele disse devagar, a desconfiança ainda evidente no tom e na expressão, mas seus pensamentos focados na confiança. Não em Az, mas em mim. — Tenho algumas coisas para compartilhar com vocês dois também.

Az arqueou uma sobrancelha ao se posicionar ao nosso lado, formando um triângulo com nossos corpos.

— Suponho que seja sobre o que Typhos e Melek tinham a dizer?

— Como se você já não soubesse — Ajax resmungou.

O Comandante arqueou ainda mais a sobrancelha.

— Na verdade, não tenho ideia do motivo pelo qual ele queria vê-lo. Só sei que jurou não machucá-lo. — Az o avaliou de cima a baixo. — E você está bem, então claramente ele cumpriu sua parte do acordo.

Ajax grunhiu.

— E qual é a sua parte do *acordo*, hein?

Az franziu o cenho.

— Nada. Foi só força de expressão. Ele prometeu não machucá-lo e acreditei, porque ele não mente. Mas não me disse o que queria discutir, o que suponho que foi algum tipo de acordo, certo? — Uma nota inquietante ecoou na voz de Az, indicando que ele estava um pouco perturbado com essa possibilidade.

Eu compartilhava dessa opinião.

— O que Lúcifer disse?

O maxilar de Ajax voltou a se contrair, sua expressão se tornou tensa.

— Ele fez uma proposta que garantiria a segurança de Cami, além de me conceder um status respeitável entre os Faes do Submundo. Mas há uma condição.

— Qual é? — Az pressionou, sua inquietação mais do que palpável.

Ajax ficou em silêncio por um longo momento, fazendo meu coração acelerar.

— Qual é a condição, Ajax? — perguntei, precisando

saber. — O que ele quer em troca? — Porque o que quer que fosse, não era bom. Podia ver nos olhos dele, sentia pelo nosso vínculo e entendia pela maneira como sua mente ficou em silêncio.

— Ele quer que eu me torne companheiro dele — Ajax murmurou. — E quer minha resposta em uma semana, no Baile Fae Inter-Reinos.

Typhos

Merda, a boca de Melek era meu vício. Meu tudo. Minha *vida*. O jeito como ele me conduzia com a língua enquanto segurava a base com a mão...

Eu daria qualquer coisa a ele.

O mundo.

Todo este universo.

Humm, tudo o que quero de você é que goze, meu rei, Melek ronronou na minha mente enquanto sugava com força meu membro.

Soltei um palavrão e um rosnado vibrou em meu peito.

— Mais fundo — ordenei. — Me leve mais fundo.

Pensando na doce boceta da Cami?, Melek provocou e sua voz quase me desarmou.

Eu não estava pensando em Camillia, mas as palavras dele criaram uma imagem que não consegui ignorar. Um desejo que eu queria sufocar. Um impulso que me agarrou pelas bolas e me deixou ainda mais duro.

Porque agora, tudo o que eu conseguia imaginar era como Camillia De la Croix receberia meu pau. O quanto engoliria. A força com que eu a comeria.

— Melek — rosnei.

Já mencionei o quanto a língua dela é habilidosa?, ele perguntou, lambendo o líquido que escapava da ponta.

— Se ela fizer um boquete tão bem quanto beija, nós dois teremos um mundo de prazer — ele completou em voz alta, roçando os lábios em minha pele úmida. Então fechou a boca sobre a glande e me engoliu até o fundo da garganta.

Chamas se acenderam dentro de mim, fazendo meu desejo chegar a um clímax que apertava meu baixo-ventre e me deixava sem fôlego.

— É melhor você engol...

Uma dor lancinante atravessou minha mente no instante seguinte, matando meu orgasmo e me desequilibrando enquanto a fúria de Az cortava meus sentidos. *Você pediu a Ajax para acasalar com você?*, ele exigiu, as palavras carregadas de poder.

Melek ergueu a cabeça, preocupado.

— Ty?

— Estou bem — respondi entre dentes e levando a mão à têmpora, que latejava enquanto meu corpo se ajustava à dor que queimava pela minha coluna. *Az*, chamei mentalmente meu companheiro normalmente equilibrado.

O que é que você está pensando, Typhos?

Que acasalar com Ajax me permitirá proteger mais você e Melek, devolvi.

Não preciso da sua proteção.

Precisa, sim. Porque, sem isso, vou matar Camillia De la Croix.

O silêncio encontrou minha resposta.

Ela é uma ameaça ao meu reino, Azazel. A tudo que construímos. Se quer que eu tolere essa ameaça, que permita que ela viva, então vai me conceder controle onde preciso.

Az não respondeu por um longo momento, mas a

energia furiosa girando entre nós me dizia que ele ainda estava ali.

Estou fazendo isso por você e Melek.

Você está fazendo isso por si mesmo, ele retrucou, e suas palavras afiadas me atingiram em cheio.

Você me conhece melhor.

Eu achava que sim. Mas talvez, não. Teremos uma contraproposta preparada para o baile. Te vejo na semana que vem.

Uma barreira se ergueu entre nós, roubando o ar dos meus pulmões.

Em todos os meus milênios conhecendo Azazel, ele nunca tinha me bloqueado assim. Não completamente. Nem com tanta raiva.

Passei a mão pelo rosto.

— Merda.

Melek se ajoelhou ao meu lado, gloriosamente nu, mas eu nem consegui apreciar a visão. Não agora. Não depois...

Engoli em seco.

— Azazel está furioso comigo.

— Ele é protetor — Melek murmurou. — Se parece com outra pessoa nesta sala.

Estreitei os olhos.

— Como se sentiria se alguém me propusesse algo do jeito que você propôs a Ajax? — ele perguntou baixinho.

— Eu mataria a pessoa — respondi sem hesitar.

Ele sorriu.

— Exatamente.

— Você apoiou minha oferta — falei entre dentes. Na verdade, tinha quase certeza de que meu pequeno príncipe havia orquestrado cada pensamento meu, me conduzindo como sempre fazia em seus intermináveis jogos de charadas.

— Porque era a coisa certa a fazer — Melek disse. —

Nosso Comandante só precisa de tempo para chegar à mesma conclusão.

— Por que tenho a sensação de que está me manipulando de novo, pequeno príncipe? — Embora o apelido fosse normalmente usado em um tom sensual, não havia nada com essa conotação na minha voz agora.

— Você me conhece bem, meu rei. — Ele tocou meu rosto, apoiando a mão quente na minha bochecha. — E eu te conheço. Assim como conheço nosso Comandante. Vai ficar tudo bem, Ty. Eu prometo.

— Nada está bem.

— Não agora — concordou. — Mas dê um tempo, Ty. — Ele passou o polegar pela minha mandíbula em um carinho quente. — Estamos no caminho certo.

Me inclinei em seu toque, algo que raramente fazia. Mas me sentia... estranhamente vulnerável. Ferido até.

— Az me bloqueou. — Era diferente do nosso distanciamento usual, a barreira era mais firme. Como se tivesse sido erguida com um propósito devastador, marcado por um ponto final.

O fim, pensei, engolindo em seco.

Ele não podia desfazer nosso acasalamento. Era resoluto. Infinito. *Eterno*. Azazel podia não ser meu amante, mas era meu companheiro. Eu o amava de outra forma. Como um irmão, talvez. Eu confiava nele.

E ele confiava em mim.

Ou costumava confiar.

— Ele disse que não me conhece — acrescentei, essas palavras doendo mais do que eu queria admitir. Mas, para Melek, eu podia confessar tudo. — Ele me acusou de querer esse acasalamento com Ajax por egoísmo. Você sabe que estou fazendo isso por você e Azazel, não sabe?

Melek me observou por um longo momento,

deslizando a mão pelo meu pescoço, descendo pelo peito até meu torso enquanto se acomodava sobre meus quadris.

— Acho que o seu desejo de acasalar com Ajax é sobre poder. — Ele se ajeitou sobre minhas coxas, as pernas nuas e quentes contra as minhas. — Mas não porque você tenha sede de poder ou queira ser o Fae mais forte dos reinos. É porque quer proteger tudo o que construiu e todos que ama. Seus Faes do Submundo. Os Faes da Meia-Noite. Seus companheiros.

Ele se inclinou para me beijar, os lábios quentes nos meus.

Eu me entreguei à sensação, deixando seu calor afastar um pouco do frio que a rejeição de Azazel havia acendido em mim.

— Nosso Comandante conhece a sua alma — ele acrescentou, com a boca próxima à minha. — No fundo, ele sabe que você está tentando controlar a situação de um jeito que satisfaça a todos. É isso que faz de você um bom rei, Ty. — Ele me beijou de novo. — É o que faz de você um companheiro incrível.

Seu pau roçou no meu e a intimidade do contato me fez gemer em sua boca.

O gemido virou um grunhido quando ele fechou a mão em volta de nós dois e *apertou*.

— Puta merda, pequeno príncipe — arfei, arqueando em seu toque.

— Exato — respondeu. — Um inferno de prazer vai tentar nossos companheiros a participarem também. É o que todos nós precisamos.

Semicerrei os olhos com a onda de euforia, sentindo meu sangue ferver com um desejo renovado. Mas as palavras do meu príncipe me fizeram avaliá-lo novamente.

— O que está tramando agora? — perguntei, cansado

demais para parecer exigente. Estava mais resignado do que qualquer outra coisa.

— Só estou fazendo todos se sentirem bem — ele garantiu, nos apertando, o que me fez inclinar a cabeça para trás. — Você tem seu jeito de nos proteger, e eu tenho o meu. Agora pare de pensar e apenas *sinta*.

Eu não tinha certeza se queria sentir.

Porque sentir me fazia notar a barreira que Azazel tinha criado.

Sentir despertava um medo profundo de que eu tivesse tomado a decisão errada – algo que *nunca* questionava. Eu conhecia meu papel. Meu reino. Meus *companheiros*.

Mas a fúria de Azazel foi muito real.

Queimou.

E agora eu não sentia mais nada dele.

— Ty — Melek sussurrou.

— Você consegue sentir a Camillia? — perguntei quando uma nova preocupação tocou meu peito, ameaçando florescer em pânico completo.

— Sim — respondeu Melek, acalmando instantaneamente o turbilhão de emoções em chamas dentro de mim.

— Ela está bem? — Não era a pergunta que eu pretendia fazer, mas a resposta dele me tranquilizaria.

Porque, se Camillia estivesse bem, então Azazel também estaria.

— Está preocupado com a Cami? — Melek perguntou, inclinando a cabeça.

— Estou preocupado com o Azazel.

— Humm — ele murmurou. — Uma forma interessante de colocar então, meu rei. — Ele pressionou um dedo nos meus lábios antes que eu pudesse corrigi-lo. — Sim, ela está bem. Ajax criou um paradigma para que eles pudessem conversar em particular. Infelizmente, não acho que seja tão particular quanto desejam.

Franzi o cenho.

— Elabore.

— Zakkai — ele respondeu simplesmente. — Ele é o Arquiteto da Fonte. Não existem segredos quando se trata dele.

Não gostei daquilo.

— Sobre o que ele está descobrindo? — As palavras saíram com um suspiro, principalmente porque eu não tinha energia para entrar na defensiva agora.

Zakkai sempre seria um desafio.

Eu só esperava transformar esse desafio em um aliado. Eventualmente.

— Sobre os Faes Virtuosos e o passado do Az. — O olhar de Melek brilhou. — Ele está repetindo tudo o que já contou para a Cami, e ela está, neste momento, fantasiando assassinar Vivaxia. Na verdade, é meio excitante. Eu não fazia ideia de que Cami poderia ser tão... *violenta*.

Soltei um grunhido.

— Ela ameaça minha Fonte há meses, e só agora você percebe que ela tem propensão para a violência?

— Ela não é uma ameaça à sua Fonte, Ty. — Mais um movimento da mão dele acompanhou as palavras. — Ela é uma deusa destinada a ser adorada por nós.

Dilatei as narinas.

— Eu não vou adorá-la. — A não ser que ele se referisse à adoração sensual, então talvez eu pudesse ser persuadido.

Ele sorriu.

— Não se preocupe, meu rei. Tenho certeza de que ela vai rezar para você no quarto. — A mão dele subiu até nossas cabeças, e o líquido pré-ejaculatório umedeceu seu toque. — Ela vai se ajoelhar e chupá-lo enquanto eu a tomo por trás. Depois, vou amarrá-la para você, abrir suas coxas e assistir enquanto você come seu corpo amarrado.

Inferno, pensei, e a imagem pintada pelas palavras dele formou um quadro vívido dentro da minha mente.

Camillia envolta nas cordas de Melek. Apresentada a mim como um presente. Sua boceta molhada com o gozo dele. Seus olhos ardendo de desejo e fúria.

Balancei a cabeça, tentando dissipar a fantasia erótica que passou diante dos meus olhos. Quando isso não funcionou, alcancei o lubrificante e me dei uma fantasia tangível para viver em tempo real.

Algo que envolvia comer a bunda do meu príncipe.

Enquanto lutava contra as imagens da boceta apertada de Camillia.

— Você é meu amante — eu disse a Melek. — Meu *único* amante.

— Humm — ele murmurou. — Por enquanto.

— Por toda a eternidade — prometi, rolando até ele ficar preso debaixo de mim. — Só você.

Ele segurou meu rosto e havia um sorriso em seus olhos.

— Amo a sua lealdade, meu rei. Mas agora ela faz parte de nós. E, um dia, vou vê-lo transar com a Cami. Depois, nós a compartilharemos. — Ele mordeu minha mandíbula. — E, talvez, ela nos deixe esticá-la e comer sua boceta juntos.

Engoli um palavrão. As palavras eróticas dele despertaram um desejo em mim que eu não conseguia combater.

— Você está me provocando.

— Sim.

— Pare.

— Não. — Sua mão foi para minha nuca e me

apertou. — Está na hora de abraçar o futuro, meu rei. Isso vai acontecer. Agora me coma enquanto provoco a nossa pretendida.

— *Sua* pretendida — corrigi.

Ele riu.

— O que é meu é seu, Ty. Então pare de enrolar e me prepare para recebê-lo.

— Eu devia te comer sem prepará-lo.

— Se esse for o seu desejo, vou concedê-lo com prazer — ele sussurrou, mordendo meu queixo outra vez. — Me come, Ty. Me come e vou compartilhar cada gota de prazer com a nossa Cami. Vou mostrar a ela o que está perdendo. Mostrar o que a vida dela será um dia.

— Puta merda, Melek — murmurei, incapaz de lutar contra ele. Se ele queria incluir Camillia De la Croix, que fosse. — Não vou pegar leve com você.

— Ótimo.

Eu o beijei à medida que segurava seus quadris para incliná-lo. Então recuperei o lubrificante que soltei quando nos viramos na cama e o usei para prepará-lo.

Ameacei transar sem prepará-lo.

Mas, no fim, isso não combinava com meu humor.

Eu queria ir com força. Mas também queria que ele aproveitasse.

Meus dedos o penetraram, arrancando um gemido de seus lábios e o pau dele pulsou contra o meu. Ele queria isso. Nós dois queríamos.

E um dia, Camillia poderia querer também, sussurrou uma voz sombria na minha mente. Uma voz que se parecia muito com a minha.

Merda.

Eu estava perdendo o controle.

Tudo por causa de Camillia De la Croix.

Minha linda pequena nêmesis.

Com seios empinados.

Um traseiro perfeito.

E uma natureza rebelde que chamava pela minha alma.

Fechei os olhos e me concentrei na boca de Melek. Em sua bunda. Nos meus dedos. Nos nossos paus.

Mas uma presença feminina pairava entre nós.

Uma que meu príncipe já não tentava esconder.

Ele queria que eu a aceitasse. Que aceitasse *isso*. E, como sempre, eu era escravo das necessidades e desejos do meu príncipe.

— Eu te amo — falei ao me alinhar à sua entrada já preparada. — Lembre-se disso enquanto eu te destruo.

— Sempre, meu amor — ele murmurou, arqueando os quadris para me receber. — Agora me coma.

Eu me enterrei nele, arrancando um gemido de nós dois.

Então, reapresentei meu príncipe ao submundo e lembrei a ele porque todos se curvavam diante de mim como *Rei Fae do Submundo*.

Cami

O calor inundou minhas veias, me fazendo cruzar as pernas.

Pelos deuses Faes. Eu estava em chamas de novo, exatamente como fiquei ao cavalgar Az, embora parecesse que isso tinha acontecido horas atrás. E era uma reação completamente inadequada diante da hostilidade que se desenrolava no pequeno espaço à minha frente.

Ajax criou uma sala de estar, não muito diferente da que acabamos de deixar, para que pudéssemos conversar livremente. No entanto, ele a tinha montado às pressas, como denunciavam as paredes sem vida e a total falta de mobília. Não que qualquer um dos dois parecesse notar.

Eles estavam ocupados demais se encarando sobre um tapete que parecia estar apenas parcialmente tecido.

Az tinha acabado de explicar quem era Vivaxia e o que ela fez com ele, incluindo a parte sobre o feitiço de submissão.

Durante todo o tempo, Ajax apenas o encarou. Silencioso. Sombrio. Não fez nenhuma pergunta, apenas ouvia enquanto Az contava sobre os Faes Virtuosos, sobre como Lúcifer basicamente o salvou de uma vida de servidão, e agora avançava para alguns detalhes sobre o que havia levado à criação do Reino Fae do Submundo.

Lúcifer caiu.

Levou sua luz com ele.

Depois, criou uma nova fonte de poder no abismo do desespero.

Os Faes Pesadelo, também conhecidos como as "abominações" que os Faes Virtuosos haviam descartado sem cerimônia nesse mesmo abismo, prosperaram sob a Fonte recém-criada de Lúcifer.

Reinos nasceram, como o Submundo, as Terras Áridas e as Terras Pantanosas, onde os diversos Faes Pesadelo encontraram refúgio.

— E o Reino dos Faes do Submundo começou a prosperar — Az continuava naquele momento.

Enquanto isso, o calor dentro de mim continuava a crescer.

Algo que me fazia formigar de maneiras impronunciáveis.

Por que estou tão excitada?, me perguntei, engolindo em seco enquanto tentava afastar aquela reação estranha às palavras de Az. Eu não deveria me sentir assim.

Humm, discordo, respondeu uma voz aveludada, me fazendo perder o fôlego.

Melek?

Olá, doce anjo. Está se divertindo no paradigma do Ajax?, ele murmurou na minha mente. Sua voz mental carregava um toque ofegante que quase me fez franzir o cenho.

Mas mordi o lábio quando uma nova onda de desejo abrasador percorreu minha coluna.

Melek!

Ah, mal posso esperar para fazer você gritar meu nome desse jeito — ele disse com um suspiro que quase pude sentir roçar minha pele. — *Droga, Ty vai me destruir, Cami. E quer saber por quê?*

Engoli em seco enquanto uma imagem se projetou na minha mente sobre o que as palavras de Melek queriam dizer. Porque, pelo tom sensual com que ele as proferiu, percebi que "me destruir" não significava de forma violenta, mas sim de forma carnal.

Você... está transando agora, percebi. *É... isso que estou sentindo?*

Sim, ele sussurrou de volta. *Ty está me comendo enquanto pensa em você.*

Entreabri os lábios. *O quê?* Ele não podia estar falando sério. *Por que...?* Por que ele estaria pensando em mim? Será que Lúcifer sabia sobre os sonhos?

Melek parecia saber.

Será que ele contou ao Rei Fae do Submundo?

Será que Lúcifer descobriu através de Melek?

Meu coração acelerou. Eu não queria que Lúcifer soubesse sobre aquelas fantasias proibidas. Principalmente porque eu não conseguia controlá-las. Nem negá-las.

Eu odiava Lúcifer.

E ele deixou bem claro que também não gostava de mim.

O rosnado furioso de Ajax me arrancou dos pensamentos, me trazendo de volta à discussão diante de mim.

— Você devia ter me contado! Esse era o meu trabalho, Az.

Pisquei. O quê?

— O seu trabalho como Diretor era vigiar a prisão. O meu era domar as feras. Você nunca esteve em perigo.

— Ah, vai se foder — Ajax retrucou. — Não se trata de perigo. É sobre esconder a verdade. Sobre não confiar em mim. — Ele empurrou Az com as duas mãos no peito dele, o que me fez erguer as sobrancelhas.

— Não foi...

— Passei dez anos vigiando Faes Pesadelo — Ajax grunhiu, cortando Az. — E agora você vem com essa porcaria sobre acordos quebrados e almas sombrias? Que aquelas feras não eram realmente Faes Pesadelo?

Ah. Franzi a testa. *Ajax nunca soube sobre as almas sombrias?*

Então é nessa direção que a conversa dos dois foi? Melek perguntou, com um suspiro satisfeito. *Aposto que Ajax está lidando bem com essa revelação.*

Ele parece prestes a matar o Az, respondi em um sussurro mental, observando os dois se encararem diante de mim.

— O que você quer de mim? — Az exigiu depois de dizer algo que perdi enquanto falava com Melek. — Quer me domar de novo? Me bater? Me machucar?

Matar ou transar?, Melek provocou na minha mente. *Porque eu prefiro transar. O que me leva de volta ao motivo de Ty estar me comendo agora...*

Meu sangue voltou a esquentar.

Melek...

Eu disse a ele que queria te amarrar e assistir enquanto ele a tomava, ele prosseguiu antes que eu pudesse terminar a frase. — *Agora ele está me comendo enquanto pensa na sua doce boceta, anjo.*

Arfei, surpresa com a crueza das palavras dele.

Melek.

Deuses, fico tão duro só de pensar nele dentro de você. Em mim te acariciando, elogiando-a por receber nosso rei e garantindo que você se sinta adorada enquanto ele profana seu corpo.

Fiquei tensa, contraí as coxas, e abri os lábios em choque diante do comentário vívido. Melek já havia flertado comigo antes, mas nunca assim. Nunca de forma tão direta. Tão erótica.

Não consigo me segurar por muito mais tempo, anjinha, ele murmurou. A sensualidade em seu tom mental fez meus mamilos se enrijecerem. *Preciso que saiba o que pretendo fazer com você. Como planejo te dar prazer. O futuro para o qual estamos caminhando juntos, eu, você e o Ty.*

Balancei a cabeça, sem me importar com o fato de ele não poder realmente me ver.

Lúcifer me odeia.

Será?, Melek perguntou, com um tom levemente ofegante. *Ou ele só tem medo do que você pode significar para ele?*

Engoli em seco, ainda negando tudo o que ele dizia. Cada emoção aquecida que ele despertava em mim.

Isso é loucura.

Então é certo, ele sussurrou de volta. *O prazer não foi feito para ser são. Seria muito entediante, Cami. O prazer deve provocar um incêndio dentro de você. Te queimar. Fazer você questionar a própria existência, porque tudo o que consegue sentir é uma euforia tão intensa que mal consegue respirar.*

Meu peito doeu com a descrição dele e meus pulmões pareciam parar de funcionar.

Melek...

Isso mesmo, anjinha, ele elogiou. *Você sente, não é? As chamas. A intensidade. O poder trazido por sensações enigmáticas.*

As palavras dele se transformaram em um gemido que percorreu cada centímetro do meu ser enquanto o êxtase crescente dele reverberava pela minha existência e me arrastava junto.

Segurei o assento embaixo de mim, precisando me lembrar de que eu não estava lá. Não estava com ele. Mesmo que sentisse tudo.

As investidas de Lúcifer.

Seus rosnados contra o peito de Melek.

Eu quase podia vê-los transando na cama, com Lúcifer enterrado fundo em Melek, um de frente para o outro.

Ele está me masturbando, Melek gemeu na minha mente. *Me tocando no ritmo das estocadas impiedosas. Deuses, queria que você estivesse aqui conosco, anjinha. Toda amarrada nas minhas cordas. Arfando. Implorando para que tomássemos a sua boceta juntos.*

Cruzei as pernas sentindo meu centro latejar com um desejo renovado. Tudo o que eu sentia era o prazer de Melek. Tudo o que ouvia eram os suspiros dele. Tudo o que pensava era no que Lúcifer estava fazendo.

Quente.

Forte.

Másculo.

Intenso.

Droga, Melek gemeu. *Ty está me usando exatamente como quer usar você.*

Um arrepio percorreu meu corpo enquanto meus sonhos proibidos me assombravam. Todas as noites, eu acordava excitada. Pronta. Molhada. Tudo por causa do corpo grande e forte de Lúcifer me dominando.

Não fazia sentido.

Mas eu não conseguia parar de pensar nele.

Em seu calor. Na força. No apelo exótico.

Ele está pensando em você, Melek continuou, o que me fez cravar as unhas na cadeira.

Ou era um banco?

Não conseguia lembrar.

E eu não ia abrir os olhos para descobrir. Gostava muito da cena que minha mente projetava para interromper agora.

Ele deseja a sua submissão, anjinha. Posso sentir no gosto da língua dele, ouvir na mente do Ty. Ele quer colocar você de quatro e fazê-la aceitar tudo que ele tem para oferecer. Melek soltou um som de prazer, e jurei sentir o sopro no meu ouvido. *Ah, puta merda, ele está imaginando a mão dele no seu cabelo enquanto força você a chupar o meu pau.*

Engoli em seco, o sabor de Melek invadindo meus sentidos.

Como você está fazendo isso?

Somos acasalados, ele arfou. *Você pode me sentir e eu posso te sentir.*

Meus braços se arrepiaram, como se os dedos dele acariciassem minha pele mesmo à distância. Porque ele não estava aqui.

Ou... eu achava que não estava.

Abri os olhos, convencida de que me encontraria na cama com Melek e Lúcifer. Em vez disso, vi uma cena erótica com outros dois homens.

Az prensou Ajax contra a parede, o peito arfando pelo esforço. Meu companheiro Fae da Meia-Noite estava com o lábio inchado sangrando, e Az tinha hematomas surgindo na mandíbula.

As marcas não durariam. Mas as evidências de uma briga estavam ali.

A camisa de Ajax estava rasgada.

Os ombros nus de Az estavam rígidos e salientes.

E os dois pareciam prontos para se matar.

Os dois estavam ofegantes. Os lábios estavam entreabertos. Um rosnado saiu de Az, fazendo meus dedos dos pés se curvarem.

— Eu nunca vou te perdoar — Ajax falou. — Você me fez ficar assistindo-o puni-la.

— Eu sei.

— Você nunca me deixou entrar. Nunca confiou em mim. Me manteve no escuro o tempo todo, Az.

— E você se abriu comigo? — Az retrucou, com um chiado sublinhando as palavras. — Você me contou sobre seus pais? Sobre a Emelyn? Sobre tudo o que Constantine fez?

— Vai se foder — Ajax respondeu.

— Eu não estou errado — Az insistiu. — Você nunca confiou em mim emocionalmente para se abrir. Não era isso que nós éramos um para o outro.

— Nós só transávamos.

Az soltou um som de desdém.

— Você é meu escape e eu sou o seu. Um vínculo de cura. Uma amizade fundada em necessidade mútua e tendências destrutivas. Isso é mais que transar, Diretor.

— Ex-Diretor, Comandante. A menos que eu aceite o acordo de Lúcifer. — Um pouco da raiva dele se esvaiu com o comentário.

Me lembrei que Lúcifer ofereceu a Ajax sua vida de volta em troca de um acasalamento e um pouco da minha sanidade retornou.

Você sabia que ele ia fazer isso, não sabia?

Eu esperava que sim, Melek respondeu, o tom ofegante me lembrando das suas atividades... atuais. *Fomos feitos para ficar juntos, anjinha. E está na hora de abraçar o futuro.*

E se eu não concordar?, perguntei, carregando cada palavra com a maior incredulidade que consegui reunir. Infelizmente, não era muita. Porque aquele incêndio começava a rugir dentro de mim de novo e, de algum modo, estava ainda mais quente que antes.

Então vou ter que me esforçar mais para te convencer, ele sussurrou. *Considere isso minha primeira argumentação sobre porque devemos ser companheiros.*

Franzi o cenho.

Qu...

Meu pensamento foi cortado por uma onda de calor lancinante, a sensação me percorrendo como um jorro ardente de desejo que culminou em uma explosão de intensidade absoluta.

Melek! Vibrei com a paixão que tomava meu interior, meu centro pulsando com a ânsia de ser preenchida. De me sentir completa. De ser comida.

Porque eu podia sentir Melek chegar ao clímax. Sentir seu êxtase imenso. Seus tremores violentos. Seu arrebatamento esmagador e absoluto.

Experimentei o orgasmo dele como se fosse meu.

E, ainda assim, não estava realmente me desfazendo.

Apenas parecia. Na minha mente.

Isso, somado à cena que se desenrolava diante de mim, me deixou arfando. Molhada. Faminta.

— Vou aceitar o acordo que eu quiser — Ajax dizia, sem se importar que Az o estivesse segurando pela garganta. Os dois se encaravam a centímetros um do outro.

— Não vou te dividir com ele.

— A escolha não é sua — Ajax retrucou. — A sua Fênix pode ter me reivindicado, mas isso não significa que vou reconhecer nosso vínculo ou você.

Az rosnou.

— Quer você goste ou não, somos companheiros. — Ele pressionou os lábios contra os de Ajax antes que ele pudesse responder, fazendo o Fae da Meia-Noite tentar afastá-lo. — Você me odeia. Eu entendo. Mas vou passar a eternidade tentando conquistar o seu perdão.

— Eu...

Az o beijou novamente, dessa vez com mais força, fechando a mão ao redor da garganta de Ajax para cortar o ar.

Contraí as coxas. Minha respiração acelerou de novo. Meu sangue fervia.

Humm, isso mesmo, anjinha, Melek murmurou na minha mente. *Sinta os vínculos. Abrace o nosso futuro.*

Por *que está fazendo isso?*, perguntei, confusa com esse novo nível de sedução. Ele já havia flertado comigo, sim. Me beijado algumas vezes. Mas isso... isso era novo. Era... um nível completamente diferente de intenção.

Estamos passando do período introdutório para o verdadeiro cortejo, Cami. Preciso que você me conheça para que possa confiar em mim. Caso contrário, nunca vai me deixar te amarrar. Sua respiração foi como um beijo nos meus sentidos, como se estivesse parado bem ao meu lado com os lábios junto ao meu ouvido. *E, Cami, eu quero muito te amarrar.*

O poder explodiu na sala, empurrando Az alguns passos para trás quando Ajax rugiu de fúria. Então ele se lançou sobre o outro homem, agarrou-o pela nuca... e o beijou.

Arregalei os olhos diante da exibição viril, a combustão inesperada de energia masculina misturada à necessidade erótica.

O surto violento de Ajax culminou em um abraço cheio de língua e dentes enquanto os dois se devoravam.

Eu praticamente salivei com a cena.

Juntando isso ao fato de Melek e Lúcifer terem acabado de fazer algo parecido e que todos aqueles homens também me queriam.

Não queremos simplesmente você, anjinha, Melek sussurrou. *Queremos adorá-la e torná-la nossa rainha.*

Como se Az e Ajax tivessem ouvido as mesmas palavras, os dois pararam e se viraram para mim, com os rostos marcados por uma necessidade selvagem.

Meu coração parou de bater e as naturezas ferais me envolveram em uma onda de reivindicação pura.

— Vou precisar daquela palavra de segurança, Cami

— Az disse enquanto os dois vinham na minha direção. — Agora.

Ajax

O desejo emanava de Cami. Sua presença pareceu ter tomado todo aquele paradigma. Eu não fazia ideia do que a deixou tão excitada assim e não dava a mínima.

Eu só queria devorá-la.

E parecia que Az sentia o mesmo.

Chamas, pensei. Entre o beijo ardente de Az e o perfume viciante de Camillia, eu estava duro pra cacete.

— Isso não significa que eu te perdoo — falei para Az, me movendo para o lado dele. Então, agarrei Cami antes que ela pudesse responder à pergunta sobre a palavra de segurança e devorei sua boca sem piedade. Ela estava meio de pé, meio sentada na cadeira e tremia.

Az a ajudou a se levantar, com as mãos em seus quadris, posicionando-a entre nós enquanto eu reivindicava sua boca. Por completo. De forma intensa. Sem reservas.

Eu me transportei diretamente até ela depois que Lúcifer apresentou os termos do seu suposto acordo. Esperava contar tudo. Mas então a encontrei montada em Az e fui tomado pela fúria.

Porque presumi que foi a Fênix dele quem a seduziu.

Depois de ouvir toda a explicação, percebi que foi Az, o homem, quem havia rompido suas barreiras.

Ela o perdoou. Eu via isso. Entendia.

Mas eu não estava pronto para fazer o mesmo.

Não depois de descobrir tudo o que ele escondeu de mim.

Deixando tudo isso de lado, foquei em Cami. Nos seus lábios. Nos seus seios firmes. Nos seus gemidos.

Az traçava um caminho de beijos pelo pescoço dela. Sua presença era impossível de ignorar. Não apenas porque Cami arqueava o corpo ao seu toque, mas porque eu podia sentir seu desejo. Seu calor. Seu poder.

Ele mal se segurava. A necessidade por nós era uma presença sensual que ameaçava nos escravizar.

— Palavra de segurança — ele repetiu no ouvido de Cami. — Diga.

Ela estremeceu, os lábios junto aos meus. Me afastei para ouvir o que ela diria, curioso para saber que palavra escolheria.

— Acampamento — ela sussurrou, me fazendo piscar.

— Acampamento? — repeti, o termo causando efeito imediato. Toda a vontade de beijá-la evaporou enquanto eu perguntava: — Por quê?

— Porque eu odeio acampar — ela respondeu enquanto as narinas se abriam ao fazer a declaração. — Meus pais adoravam quando eu era criança. Mas toda vez que íamos a algum lugar, era para algum tipo de lição maluca. Como colocar fogo nos Everglades e me deixar com instruções para consertar.

Arregalei os olhos.

— Por que eles fariam isso?

— É por isso que você soube o que fazer com o vórtice nas Terras Pantanosas, porque o atingiu com aquele turbilhão de calor e água — Az disse, com um toque de admiração na voz. — Eu te ouvi pensar em Everglades durante nosso treinamento, mas não tinha feito a conexão até agora. Você aprendeu a fazer isso...

— Durante uma das nossas infames viagens de acampamento em família — ela completou. — Sim.

— Merda — ele rosnou. — Quando eu encontrar o seu pai, e vou encontrar, vou aniquilá-lo.

— Não. — Cami se virou para encará-lo. — Essa honra é minha. — Ela cutucou o peito nu de Az. — Você pode segurá-lo ou bater um pouco, mas quem vai matá-lo sou eu.

Chamas. A resposta incendiária dela deixou meu pau ainda mais duro. E parecia ter o mesmo efeito em Az, porque ele realmente gemeu.

Então ele segurou sua nuca e a puxou para um beijo brutal que fez Cami se derreter instantaneamente nos braços dele. Passei a mão pela sua coluna até a barra da regata, roçando os dedos no tecido enquanto meus lábios sussurravam um feitiço.

Fogo roxo como névoa dançou sobre minha pele, lançando pequenas faíscas douradas no ar. Não era exatamente o que eu tinha em mente. Minha magia estava um pouco alterada desde que me tornei companheiro de Az, mas o feitiço era exatamente o que eu queria.

Com um comando suave, a magia saiu da minha mão e devorou o tecido da blusa dela, fazendo-a ficar imóvel entre nós.

— Relaxe. — Meus lábios tocaram seu ombro, o toque era suave. — Só estou tirando a sua roupa para que Az continue te comendo com a língua.

O Comandante rosnou em aprovação, apertando a nuca de Cami e mudando o ângulo para intensificar o ataque sensual.

Ela tremeu e suspirou enquanto minha magia aquecia sua pele, tingindo-a de um rosa delicado ao percorrer seu corpo.

A regata e a calça sumiram, assim como as peças íntimas, deixando-a gloriosamente nua entre nós.

— Fogo... — Az murmurou em um som quase de ronronar antes de soltá-la e dar um passo atrás.

Franzi o cenho, olhando para ele confuso com o recuo repentino diante daquela mulher deslumbrante.

— Eu te queimei? — perguntei, imaginando se, talvez, meu feitiço tivesse tentado atacá-lo como reflexo do meu conflito interno.

Ele balançou a cabeça, os olhos violetas encontrando os meus.

— Não. Mas preciso que você me use para aliviar a tensão.

Arqueei as sobrancelhas.

— Você está de brincadeira? Quer que eu me curve para você? Que eu...

— Quero que você me coma — ele interrompeu e o pedido inesperado fez meus olhos se arregalarem.

Az nunca me deixava comê-lo.

Ele era dominante até o último fio de cabelo, sempre preferindo estar no controle e me forçar à sua vontade. Essa era a nossa dinâmica. Nós brigávamos e transávamos, quase sempre com ele por cima de mim.

— Por favor — ele acrescentou e a palavra soou estranha em seus lábios. — Estou acasalado e sem alívio há semana... afastado de Typhos... eu...

Ele fechou os olhos, soltando o ar em um suspiro dolorido que não se parecia em nada como o homem que eu conhecia.

— Meu Fogo da Fênix está em brasas, Ajax. Uma palavra

de segurança não é suficiente. Preciso que me ajude a manter o controle... aceitando parte do meu poder antes. — Seus olhos imploravam que eu o ajudasse, mais uma anormalidade.

Az possuía habilidades supremas. Ele nunca se curvava.

Mas agora, praticamente me implorava, a ponto de oferecer submissão completa.

Era um gesto de confiança. Ele sabia que podia contar comigo para cuidar dele, auxiliá-lo e protegê-lo. Mesmo com raiva e em meio a um confronto, sua fé em mim permanecia firme.

Ou talvez fosse a consciência de que eu nunca permitiria que ele machucasse Cami.

Que eu faria o que fosse preciso para protegê-la, até mesmo dele.

— Eu consigo lidar com o seu fogo — Cami disse, estendendo a mão para Az.

Ele deixou que ela o tocasse, mas seu olhar permaneceu no meu, as íris faiscando com uma mistura erótica de fogo negro e roxo.

Eu podia ver o poder delineando suas pupilas, sua Fênix desesperada para explodir.

Eu não tinha certeza do que ele quis dizer sobre "se afastar de Lúcifer", mas compreendia a necessidade de reivindicar.

Sua Fênix nos mordeu, mas o homem em si não havia concluído o acasalamento. Ele precisava transar conosco para selar o vínculo. E ao fazer isso, liberaria uma quantidade exorbitante de poder.

Como eu havia acasalado recentemente com Cami, sabia bem como era essa pressão, o quanto a necessidade de tomar a fêmea vinculada era selvagem.

Az sentia essa mesma pressão – em dobro. Além disso,

fazia semanas que seu animal tinha iniciado a reivindicação.

Sua capacidade de aguentar tanto tempo sem implorar era uma prova do seu controle inabalável. Principalmente considerando que, aparentemente, ele esteve no comando o tempo todo, ou em unidade com sua Fênix, ou fosse lá como ele tinha explicado.

Ele seguiu o nosso ritmo.

Se curvou a nós.

Tudo enquanto esperava o momento para se explicar e pedir perdão.

Não me surpreendia que tivesse começado com Cami. Ou talvez a conversa deles tenha começado de outra forma.

De qualquer forma, estava feito. Nós o entendíamos agora. E ele precisava de um escape.

— Az — Cami insistiu, cravando as unhas no peito dele. — Eu posso aguentar. Eu posso aguentar você.

— Não tenho dúvidas de que você pode me aguentar, pequena guerreira — ele respondeu, finalmente olhando para ela. — E vai. Mas preciso aliviar um pouco da pressão antes. Caso contrário, meu instinto vai fazer com que me contenha e isso vai estragar a lição que você pediu.

Ele acariciou o rosto dela, encostando a testa na sua antes que pudesse responder.

— Você quer saber como eu transo, e eu quero te ensinar. Mas não posso fazer isso neste estado. — Uniu seus lábios aos dela em um beijo lento e proposital enquanto me dava tempo para formular uma resposta.

Mas eu não precisava de tempo.

Eu já tinha decidido.

E mostrei minha resposta desfazendo o paradigma ao nosso redor, aquele espaço temporário semelhante a uma bolha que criei às pressas para termos privacidade ao falar sobre Faes Virtuosos.

Mas não precisávamos mais dessa privacidade.

O que precisávamos era de uma cama.

Grande o suficiente para brincadeira em grupo.

A cama na nossa suíte de hóspedes serviria perfeitamente. Era privativa o bastante para o que íamos fazer. E se alguém nos ouvir, bem... espero que gostem do espetáculo.

Porque eu estava prestes a arrebentar o traseiro de Az.

Descarregar nele toda a frustração com investidas punitivas.

Forçá-lo a aceitar cada centímetro da minha fúria.

E depois, fazê-lo gozar por cima da boceta molhada da Cami.

— Na porra da cama agora — ordenei, provocando-o de propósito. Ele costumava dar as ordens no nosso relacionamento, não eu.

Mas se ele queria me usar, então eu também ia usá-lo.

E ia aproveitar cada minuto.

Um som grave veio do peito de Az, me lembrando das incontáveis horas que passamos lutando nos últimos dez anos. Ele abriu os olhos, revelando íris negras sem nenhum vestígio de roxo.

Olá, Fênix, pensei, encarando o próprio poder encarnado.

Az inclinou levemente a cabeça, o movimento semelhante ao de uma ave, deixando claro que seu animal estava no controle agora. Mas, em um piscar de olhos, o violeta voltou, criando um padrão intrigante de redemoinhos obsidianas e ametistas.

Ele me contou como o acasalamento o uniu à sua Fênix.

Agora, eu podia ver.

E, se tivesse prestado atenção nas últimas semanas, talvez tivesse percebido antes.

Mas estávamos aqui.

Ou eu abraçava o futuro, ou ficava preso ao passado. A história da minha vida, de fato. Um olhar para Cami me obrigou a seguir em frente. A dar um passo em direção ao nosso destino. A aceitar... nossa existência.

Tirei a camisa rasgada e a joguei no chão enquanto recuava em direção à cama. O olhar ardente de Az percorreu meu tronco, explorando cada linha rígida antes de se fixar na minha mão desabotoando o cinto.

Segurando Cami pelos quadris, ele a girou para assistir, aproximando os lábios do ouvido dela.

— Ele não é lindo, pequena guerreira?

— Sim — ela respondeu sem hesitar.

Ele pressionou os lábios na pulsação dela enquanto murmurava.

— Você também é linda — ele disse, traçando o comprimento de sua garganta. — Pretendo adorá-la enquanto Ajax me come.

Os mamilos dela endureceram e Cami umedeceu os lábios.

— Tudo bem para você? — perguntei enquanto abaixava o zíper. — Porque vou recusá-lo se você quiser. — Eu falava sério. Ela vinha primeiro. E eu sabia que ele sentia o mesmo. Az provou isso nas últimas semanas.

Ela engoliu em seco, os belos olhos cinzentos encontrando os meus.

— Eu sei minha palavra de segurança e não tenho vontade de usá-la.

Sorri.

— Talvez você precise de um gesto de segurança também. Só por precaução.

Az sorriu, claramente entendendo o que eu queria dizer.

— Verdade. Sua boca pode não estar disponível. — O sorriso dele diminuiu um pouco quando abaixei minha calça. A atenção dele se fixou na minha ereção. — Chamas, Cami, veja como ele está duro. Você não sente vontade de se ajoelhar e prová-lo?

Ela deu um passo à frente, o gesto encorajado pela mão de Az em seu quadril. Mas os olhos dela permaneceram nos meus enquanto se ajoelhava diante de mim com a expressão faminta.

Cami não me deu tempo de dizer nada, só fechou a boca em torno da ponta com piercing em um sopro antes de me engolir profundamente.

— Puta merda. — Levei a mão aos cabelos dela enquanto inclinava a cabeça para trás. Mas Az estava ali no instante seguinte, segurando minha nuca e forçando meu rosto para cima, até encontrar o beijo dele.

Foi áspero. Exigente. Raivoso.

Quase não percebi Cami empurrando minha calça para baixo, quase não senti meus sapatos e meias sendo retirados. Em um instante, eu estava tão nu quanto ela, com meu pau preso na sua garganta e a língua de Az devorando minha boca.

Não era nem de longe o que eu esperava ao voltar para eles. Mas já não me importava com expectativas. Eu só queria sentir.

Az mordeu meu lábio e caiu de joelhos atrás de Cami.

— Que boa menina, engolindo Ajax desse jeito — ele ronronou no ouvido dela. Então forçou mais de mim em sua boca e a manteve ali, impedindo-a de respirar. — Feche a mão para mim — ele disse quando os olhos dela se arregalaram em alarme.

Um turbilhão de palavras veio da mente dela para a minha, nenhuma coerente.

— Não, Cami. Sei que podemos ouvir os pensamentos um do outro, mas preciso que entenda seu sinal não verbal de segurança. Agora, feche a mão — Az fechou a mão livre sobre a dela para forçá-la a obedecer. — E levante — acrescentou, guiando-a para o alto. — Assim.

Lágrimas se formaram em seus olhos, mas ela obedeceu, erguendo a mão.

Depois de um instante, ele a soltou, fazendo-a arfar contra meu pau. Minha cabeça ainda estava em sua boca, me permitindo sentir a luta para recuperar o fôlego. Cada sopro apertava ainda mais minhas bolas.

Porque, chamas, aquilo era excitante.

— Muito bem — Az elogiou, beijando o pescoço dela. — Este é o seu sinal não verbal para quando estivermos indo longe demais. E "acampamento" é sua palavra de segurança. Qualquer outra coisa que fizer ou disser será ignorada. Entendido?

Ela inclinou a cabeça, olhando-o diretamente nos olhos e tirando a boca do meu pau.

— Me engasgar com o pau do Ajax não é um limite.

Eu gemi, suas palavras me fazendo querer empurrá-la de volta para continuar.

Mas Az riu, claramente achando graça.

— Não estava tentando te forçar, pequena guerreira. Ainda não. Isso foi só para estabelecermos os termos.

Ela arqueou uma sobrancelha.

— Então é melhor você ficar nu para começarmos essa lição de verdade.

Ele ergueu a sobrancelha também.

— Se me quer nu, tire minha calça.

Cami o analisou por um momento, então se virou e passou a língua pelo meu pau, mantendo os olhos nos meus. Praguejei com a visão, apertando a mão no cabelo dela. *Provocando o Az, pequena rebelde?*, perguntei mentalmente.

Um pouco, ela respondeu pelo nosso vínculo. *E você também.*

Humm. Aprovei com um som baixo.

Ela me engoliu de novo, indo mais fundo do que Az pediu e parou para me encarar. *Você tem um gosto bom, Ajax. Mas o Az quer que você o coma. E eu quero assistir.*

Com essas palavras sedutoras, ela se levantou de forma elegante. Az a seguiu, o foco totalmente nela.

Os dois exalavam sensualidade enquanto ela agarrava a calça dele e o puxava. Ele a seguiu, o corpo todo em movimentos fluidos. Um daqueles famosos ronronares vibrou em seu peito enquanto ela abria e baixava a calça dele.

Os pés já estavam descalços, o pau ficou livre no mesmo instante. Porque, claro, Az não usava roupa íntima. Era o Az. E ele estava mais que pronto para nós dois.

Ele se inclinou para beijá-la, mas ela se moveu antes que ele pudesse alcançá-la. Nossa fêmea caiu de joelhos para lhe dar o mesmo tratamento que tinha acabado de me dar. Ele ficou imóvel, se contorcendo entre prazer e dor enquanto lutava contra o poder crescente.

Observei a batalha, testemunhando em tempo real o quanto ele estava perto de explodir e nos consumir com sua energia.

Puta merda, ele me chamou de lindo, mas assim... era o mais belo. Fúria personificada. Sensual. Poderoso.

O jeito como Cami o domou foi tão diferente das minhas tentativas pela força bruta.

Nossa companheira o conquistou com maestria, uma pequena rebelde sedutora de joelhos.

Passei por eles até chegar atrás de Az, apoiei a mão no quadril dele enquanto pressionava a boca em seu ouvido.

— Respire, Az — falei. — Deixe que ela brinque enquanto eu te preparo. Depois, pode me usar como quiser.

Ele estremeceu, cobrindo minha mão com a sua e apertando. *Nunca fiz isso por vontade própria*, ele sussurrou e a confissão me fez franzir o cenho. As palavras dele implicavam que já tinha sido forçado.

Por Vivaxia, percebi. Quando ela o tratou como um animal de estimação.

Usando um feitiço.

Como o que eu tinha lançado semanas atrás.

Fae, Az, eu...

Não, ele disse, sem dúvida acompanhando minha linha de pensamento. Ou talvez sentindo minha percepção na rigidez do meu corpo junto ao seu. *Só... transforme isso em uma lembrança boa. Algo que eu possa usar para ignorar as outras.*

Toda e qualquer vontade de fazer com que ele sentisse dor sumiu. Não que fosse forte, mas eu havia considerado uma forma de extravasar minha raiva.

Agora... agora eu queria que ele se sentisse bem.

Fazer exatamente o que ele pediu.

Criar uma nova lembrança. Algo muito melhor.

— Cami — falei, me forçando a focar. — Preciso da sua boca por um momento.

Olhando por cima do ombro de Az, encontrei o olhar curioso dela, os lábios inchados por chupar nossos paus. E talvez também dos nossos beijos.

Pressionei meu corpo nas costas de Az, com uma mão ainda no quadril dele, mas levei a outra para frente, na direção dela.

— Eu usaria sua boceta para lubrificar minha mão, mas quero sentir sua língua nos meus dedos.

As bochechas dela coraram e as pupilas ficaram dilatadas pelo desejo. Um estalo suave soou quando ela soltou Az para fazer o que eu havia pedido, o foco dela alternando entre nós à medida que começava a chupar meus dedos.

Meu pau pulsava contra a bunda de Az, a boca habilidosa de Cami facilmente me levando à loucura.

Mas depois de alguns minutos me deliciando com sua língua aveludada, me afastei e me concentrei em preparar Az enquanto ela voltava a se dedicar a ele.

— Chamas — ele praguejou, arqueando as costas à medida que eu o alongava com os dedos. — Mais fundo.

Obedeci, penetrando-o ao mesmo tempo que Cami o acariciava com a boca.

— Toque-se, Cami — Az pediu, mantendo uma das mãos sobre a minha e a outra guiava a cabeça dela. — Quero ouvir o quanto você está molhada.

Cami gemeu, o som atraindo minha atenção para ela, ajoelhada entre as coxas dele. Sua expressão era de puro desejo. Sua necessidade era uma presença palpável que me fazia ansiar por cair no chão e pedir que ela se sentasse no meu rosto.

— Puta merda, pequena rebelde — gemi. — Preciso que você vá para a cama e abra as pernas. O Az vai chupar essa boceta deliciosa enquanto eu o como.

Nossa linda companheira nos observou por um instante, depois soltou Az lentamente e engatinhou na direção da cama.

Nós dois praguejamos ao ver o balanço provocante de sua bunda em um convite silencioso.

— Engatinhar fica bem em você, Cami — Az disse, a voz baixa e carregada de desejo.

— Fica — concordei, acrescentando um terceiro dedo. — Vou precisar de mais lubrificante.

— Ainda bem que ela está molhada — Az murmurou, observando enquanto nossa fêmea subia na cama.

Ela parou de quatro e olhou por cima do ombro.

— Muito molhada.

— Puta merda — Az deu um passo na direção dela.

Eu o segurei com a mão no quadril.

— Deixe-a se posicionar, depois você pode atacar.

— Não posso pegá-la assim — ele temia que a liberação do seu poder a machucasse, mas eu conhecia os limites dele quase melhor do que ele mesmo.

— Você não pode gozar nesse estado, mas pode, sim, molhar o pau — garanti.

Cami continuou seu show sensual até chegar ao meio da cama. Então se inclinou lentamente, exibindo a boceta reluzente com as pernas propositalmente afastadas.

Outro movimento lânguido a levou ao colchão, onde finalmente se deitou de costas e abriu as pernas.

Soltei Az.

— Vá tomá-la.

Cami

Az avançou na minha direção com a graça predatória de um felino, os olhos em uma mistura hipnotizante de violeta e chamas obsidianas.

— Se eu transar com ela, não vou parar — ele disse, olhando para Ajax.

— Então prove — Ajax sussurrou.

— Quero que você a coma primeiro — Az retrucou, deixando escapar um pouco de sua dominância ao lançar um olhar por cima do ombro para Ajax. — Depois, vou lambê-la até ficar limpa enquanto você me come.

Ajax ergueu a sobrancelha.

— Já não adiou a sua gratificação por tempo demais?

Ele rosnou.

Ajax rosnou de volta.

— Vou usar a boceta dela para lubrificar meu pau. Mas depois vou te comer. Não tem mais volta.

Ele passou por Az e se arrastou por cima de mim. Seus olhos escuros brilhavam com uma intenção perversa. Apoiado com uma mão na cama, usou a outra para se tocar antes de encostar na minha parte mais quente. Um sibilo escapou de seus lábios ao sentir o contato, os músculos se retesando quando se inclinou até a minha entrada.

Ajax não esperou.

Me penetrou com tanta força que arqueei as costas para fora da cama e um grito escapou dos meus lábios por reflexo.

Em algum lugar atrás dele, Az riu, claramente se divertindo com a cena.

— Mal posso esperar para você fazer isso comigo — murmurou.

Ajax arregalou os olhos por um instante e seu olhar ganhou um brilho carregado de calor conforme ele se inclinava para tomar minha boca. Arfei contra a invasão, surpresa e sobrecarregada pelo modo como sua língua me reclamava no mesmo ritmo de seu pau.

A cama afundou quando Az se juntou a nós. Seu corpo grande se acomodou ao meu lado. Eu não podia vê-lo, apenas senti-lo. E sabia que ele também se tocava.

Estar vinculada a esses homens me permitia sentir o prazer deles. O desejo. As intenções.

Meu Diretor Fae do Submundo.

Meu Comandante Fae do Submundo.

E até... meu Príncipe Fae do Submundo, sussurrei em uma voz suave.

Humm, pensando em mim, anjinha?, uma voz masculina respondeu.

Não, menti, arqueando contra Ajax.

Pensando em como vai ser sentir meu pau? Se perguntando como eu me comparo ao nosso querido Diretor?

Fae, sussurrei. *Como sabe o que ele está fazendo?*

Porque eu consigo sentir, respondeu. *Como aquele piercing está te atingindo lá no fundo e incendiando seu corpo. Como a boca de Ajax está te tomando. Como a mão dele está moldada ao seu seio. Eu posso sentir tudo, Cami. Cada mordida de paixão. Cada pulsar de calor. Cada investida.*

Estremeci, me perdendo nas palavras dele e no ritmo de Ajax.

Então, tudo parou. Ele saiu de dentro de mim, afastando a boca também.

Pisquei, confusa, até encontrá-lo ajoelhado sobre mim, olhando para Az.

— Você precisa transar com ela.

— Não posso.

— Pode, sim. Vou estar aqui para te firmar. Jogue o seu poder em mim, mas tome a nossa companheira. Ela precisa disso e você também.

Fae, ele tinha razão. Eu realmente precisava sentir a energia feroz de Az, sua força, sua reivindicação selvagem.

— Por favor — acrescentei, olhando para meu companheiro Fênix Metamorfo. — Cansei de esperar. Me tome. Me ensine. Me coma.

— Chamas, Cami... — Az rolou na minha direção, pousou a mão no meu rosto e me puxou para um beijo. — Esse seu hábito de comandar vai me destruir.

Ele lançou um olhar a Ajax.

— Vocês dois... — Ele deixou a frase no ar, balançou a cabeça e retomou minha boca com uma paixão que senti até a alma.

Ajax deslizou para o lado, dando espaço para que Az me reivindicasse com o corpo. O fogo de Fênix ardia sobre sua pele quando ele se acomodou entre minhas coxas, mas não me penetrou como eu esperava. Em vez disso, me devorou com a língua, mantendo o pau pressionado no meu calor. Eu me sentia marcada. Reclamada. E, ainda assim, vazia. Necessitada. Desejosa.

— Az — arfei.

— Shh — ele me silenciou. — Já te dei controle

demais, pequena guerreira. Está na hora de você se lembrar de quem eu sou. Hora de aprender.

Ele mordeu meu lábio inferior, depois beijou um caminho até minha orelha e desceu para o meu pescoço. Arqueei meu corpo em sua direção, adorando seus lábios sobre mim. Cada parte de mim estava viva sob o seu toque, me entregando...

Ofeguei quando ele cravou os dentes na minha pele, mordendo meu pulso com força suficiente para tirar sangue.

Ajax sibilou.

Az riu.

— Ela também é minha.

Ele lambeu o ferimento no meu pescoço e se moveu para encarar Ajax.

— Quer? Então venha pegar.

Ajax rosnou e praticamente se atirou sobre nós para tomar a boca de Az. O peito dele vibrou contra o meu à medida que Ajax inclinava a cabeça para aprofundar o beijo e os dois alinharam os corpos sobre mim.

O pau de Az pulsou contra meu calor e os músculos de seu abdômen se contraíram no mesmo instante em que Ajax fazia algo entre eles. Então, os dois rosnaram e seus corpos se uniram.

Não conseguia ver, mas senti a invasão de Ajax, sua entrada brusca que fez Az se retesar. A dor logo foi substituída quando meu Diretor suavizou o beijo e um traço de emoção inesperada aqueceu nossos vínculos.

Eles pararam de se beijar e se encararam com os rostos tão próximos do meu que eu podia sentir a respiração deles.

Mais daquela conexão quente passou entre os dois até que Az deu um leve aceno e Ajax começou a se mover.

A eletricidade disparou pelo nosso vínculo, me fazendo

arquear junto com eles, sentindo meu corpo em chamas com sensações renovadas.

Era como Melek e Lúcifer outra vez, mas ainda mais intenso agora, porque os dois estavam transando em cima de mim.

Az beijou Ajax mais uma vez, as línguas sussurrando segredos que eu ansiava por ouvir.

Devo ter gemido, porque Az desviou a atenção para mim e, de repente, os segredos deles também se tornaram meus. Ele me beijou com a mesma paixão e intenção com que beijou Ajax.

Pude sentir o gosto dos dois, sabores masculinos que estavam se tornando um vício para mim. *Mais*, pensei. *Me dê mais*.

Az sorriu.

— Ainda tentando comandar? — Ele pressionou seu corpo no meu. — Ajax? Uma ajudinha?

Olhei para eles, curiosa sobre o que ele queria dizer, até que Ajax se inclinou entre nós e guiou Az até minha entrada.

— Coma ela com força, Comandante.

— Só vou ceder a essa ordem porque quero — ele respondeu antes de me penetrar.

Agarrei seus ombros, sentindo a diferença em relação a Ajax e, ainda assim, a mesma perfeição.

Meu parceiro Fae da Meia-Noite era grosso, com um piercing posicionado para provocar o prazer mais intenso. Mas Az era mais longo, mais esguio e pulsava com poder. Eu sentia sua penetração chegar à minha alma, com os movimentos quase sobrenaturais, como se estivesse reivindicando cada parte de mim.

Gemi em sua boca, seu nome ecoando como um mantra na minha mente.

Ele impôs um ritmo implacável, fazendo minha cabeça

girar. Eu estava perdida nele, em sua habilidade e em sua necessidade.

O desejo de Ajax se fundiu ao de Az, criando uma aura eufórica na qual mergulhei de cabeça e nós três nos movíamos em perfeita sintonia.

Era erótico.

Intensamente belo.

Absolutamente divino.

Nunca tinha experimentado nada assim e, pelo que sentia dos dois, eles também não.

Mãos percorreram meu corpo.

Az acariciou minhas curvas. Apertou meus mamilos. Afastou qualquer desconforto.

Explorei-o da mesma forma, passando as mãos por seus ombros e braços musculosos, depois pela parte superior do torso, descendo pelas laterais até encontrar Ajax por baixo.

Ele segurava com firmeza os quadris de Az, o corpo se chocando contra o do outro homem enquanto Az me penetrava.

Fae... eu amava aquilo. Queria repetir várias e várias vezes, e disse isso a Az com a boca.

Isso é só o começo, ele me prometeu e a voz soou como um carinho mental que disparou uma nova onda de calor por minhas veias.

Porque aquele homem, aquele *fae,* era meu. Assim como Ajax.

E Melek.

Adoro que esteja pensando em mim enquanto está prestes a gozar, Cami, a voz masculina respondeu.

Ignorei-o e me concentrei nos homens que estavam realmente no quarto comigo.

Mas Melek não foi embora. Continuou sussurrando, me provocando com suas cordas, dizendo como eu estava indo bem por aguentar Az, murmurando pensamentos sombrios sobre como seria se eu estivesse no meio, sendo penetrada pelos dois lados.

Coloque o terceiro na sua boca e vai ficar completamente cheia de pau, ele continuou, me fazendo gemer contra os lábios de Az.

Me agarrei a ele, sentindo meu interior pulsar com uma necessidade avassaladora. Eu me sentia consumida. Viva. Como uma rainha.

Porque, mesmo com Ajax dentro de Az, os olhos dele estavam em mim, algo que eu sentia mais do que via. Az estava totalmente focado na minha boca. E Melek continuava sussurrando obscenidades na minha mente.

Eu era o centro do mundo deles.

A deusa deles.

A companheira deles.

Az mordeu meu lábio com força suficiente para fazê-lo sangrar, obrigando meus olhos a se abrirem.

— Estou dentro de você agora, Camillia. Concentre-se no meu pau. No jeito como estou te comendo. No que estou te fazendo sentir.

Ofeguei quando ele avançou, com as mãos cravadas nos meus quadris com tanta força que eu tinha certeza de que deixaria marcas.

— Minha Fênix é possessiva, pequena guerreira — ele acrescentou, investindo de novo. — Queremos sua atenção total enquanto te comemos. Então, mande o Melek se foder.

Ouvi uma risada na minha mente, pertencente ao Fae em questão.

Vou parar de te distrair, anjinha, ele sussurrou. *Não me importo em ouvir e sentir através de você.*

Az rosnou e o som vibrou no meu peito, provocando meus mamilos, que ele alcançou para apertar.

Gritei e gemi quando ele se inclinou para lambê-los. Ajax se moveu junto, saindo de dentro dele enquanto Az começava a descer pelo meu corpo.

Meu interior chorou com a perda daquela sensação de preenchimento e minhas mãos foram para o cabelo de Az em uma tentativa de impedi-lo.

— Não vou te comer de novo até ter toda a sua atenção — ele disse com uma leve censura na voz. — Garotas boas são comidas. Garotas más são levadas apenas à beira do clímax.

— Az.

— Ah, agora tenho sua atenção? — ele provocou com a boca próxima ao meu ventre. — Humm, vamos ver se consigo me tornar o seu mundo.

Ele agarrou minhas coxas, forçando-as a se abrir ainda mais para acomodar seus ombros. Então pressionou os lábios no meu monte de Vênus antes de beijar um caminho mais para baixo.

Mas ele não tocou meu clitóris. Preferiu ir ao redor dele, concentrando-se em cada de mim.

Quando a língua penetrou minha abertura, soltei um gemido, precisando de mais. Precisando dele. Do seu pau. Da sua presença. Do seu calor.

Praguejei seu nome com os dedos ainda enredados em seus cabelos. Ele agarrou meu pulso quando tentei puxá-lo para cima, me forçando a soltá-lo.

— Segure-a para mim — ele disse para Ajax.

Lancei um olhar furioso ao Fae da Meia-Noite.

— Nem pense nisso.

Ele me estudou por um instante, como se ponderasse obedecer. Mas, então, deu de ombros.

— Não ouvi nenhuma palavra de segurança.

Ofeguei quando ele segurou meus pulsos e os moveu para cima, prendendo-os nos travesseiros.

— Agora se comporte e deixe o Az te levar ao clímax — ele disse, a boca pairando sobre a minha. — Ele não gosta de ser ignorado.

— Eu não estava...

Ajax me silenciou com os lábios em um beijo brutalmente intenso que me fez esquecer até meu nome.

Só para Az me lembrar dele ao dizer:

— Concentre-se, Cami. Sou eu quem está com a língua perto do seu clitóris. São minhas mãos que você sente nas suas coxas. Meus dentes prontos para morder.

Arregalei os olhos com essa última parte, subitamente apavorada de que ele realmente pudesse...

Gritei quando sua boca se fechou em torno do meu ponto sensível e o calor do seu beijo sensual atingiu meu centro pulsante.

Por favor, não me morda, pensei para ele.

Humm, ele murmurou de volta. *Talvez eu morda.*

Uma mistura exótica de excitação e medo se espalhou dentro de mim, criando o mais intoxicante delírio de prazer e dor.

Eu não fazia ideia de que podia sentir medo e tesão ao mesmo tempo.

Mas, por baixo de tudo, havia uma camada de confiança.

Az não me machucaria sem propósito. Ele faria ser bom. Me faria aproveitar cada gota do que tivesse para me dar. E provou isso ao me lamber profundamente ao mesmo tempo que penetrava um dedo em mim. Não era suficiente, apenas um toque do preenchimento que eu tanto sentia falta lá embaixo, mas ainda assim me mantinha cativa embaixo dele.

— Brinque com os seios dela — ele ordenou.

Ajax sorriu contra minha boca.

— Eu sabia que você não aguentaria se conter por muito tempo.

— Ainda vou te deixar terminar na minha bunda.

— Ótimo. — Ajax beijou minha bochecha, piscou para mim e deslizou para baixo, segurando um dos meus mamilos. Arqueei o corpo contra ele, arfando enquanto os dois exploravam meu corpo com maestria.

Eu estava tão perto de desmoronar.

Tão perto de explodir.

Minhas coxas se retesaram, minha respiração acelerou e os nomes deles estavam na ponta da minha língua.

Só para tudo parar.

Abri os olhos em um rompante, lançando um olhar furioso aos dois homens que haviam cessado seus movimentos. Um me encarava de um seio, o outro entre minhas pernas.

— Você não tem permissão para gozar ainda — Az disse.

— O quê?

— Eu te avisei, baby. Garotas más são levadas à beira do clímax. — Ele fechou a boca de novo em torno do meu clitóris enquanto mordia, fazendo exatamente o que eu temia. Arqueei as costas na cama. Porque, cacete, doeu.

Ahhh, mas a sensação depois... o jeito como a língua dele afastou a dor...

Pisquei, confusa com a mistura de sensações. Perdida no toque sensual de Az. Em sua boca. Em suas mãos. Eu já subia novamente, quase tocando as estrelas.

Só para despencar logo em seguida.

— Az.

— Humm, quase acredito que tenho sua atenção agora — ele provocou com as mãos apoiadas nas minhas coxas. — Isso significa que está pronta para se comportar?

Rosnei.

— Estou pronta para te matar.

Ele sorriu, depois me deu um tapa entre as pernas, arrancando de mim um grito que soou perigosamente parecido com o nome dele. Um palavrão estava prestes a escapar quando ele voltou a boca para o meu centro e Ajax voltou a segurar meus seios.

E assim continuou: os dois me torturando até a beira da loucura para depois me deixarem cair, apenas para me puxarem de volta outra vez.

Meus olhos se encheram de lágrimas, a dor quase se tornando demais.

— Por favor, Az — supliquei. — Fae, por favor, me deixe gozar...

Ele não deixou.

Porque, é claro, ele não deixaria.

Me empurrei para cima na cama, afastando Ajax dos meus seios, libertando meus pulsos, e agarrei Az.

— Me come.

— Não.

Rosnei.

Ele devolveu o som e, no instante seguinte, me prensou de volta contra o colchão.

— Você é minha.

— Prove.

Ele sorriu.

— Goze dentro de mim, Ajax. Quero que a Cami sinta.

Ofeguei.

— Você está sendo cruel.

— Não, pequena guerreira. Estou te ensinando. Você queria saber como eu transo, e é assim. — Seu corpo se moveu contra o meu ao mesmo tempo em que Ajax o penetrava, os dois se unindo intimamente. Az mantinha o olhar cravado em mim.

— Vou te consumir por dentro e por fora — ele disse, com a voz carregada de uma ameaça letal. — Cada inspiração vai carregar o meu cheiro. Cada pensamento vai terminar com o meu nome. Cada oração será sussurrada para mim, por mim.

— Puta merda — Ajax arfou, quase me fazendo desviar o olhar para ele.

Mas Az ocupava todo o meu campo de visão, com os olhos ardendo em violência contida.

— E você vai me consumir da mesma forma. Espero apreciação mútua. Obsessão mútua. Então, se quer que eu te coma, é melhor estar pronta para se comprometer.

Engoli em seco, completamente rendida a esse Fae selvagem sobre mim.

Ajax o penetrava, e eu sabia que devia estar sendo bom para os dois, mas a atenção de Az permanecia apenas em mim, apesar do membro pulsante entre nós.

— Está pronta para se curvar, pequena guerreira? — ele perguntou. — Está pronta para se submeter por completo? Porque vou te dominar de formas que nunca experimentou antes. Vou te levar a novos patamares. Mas preciso do seu corpo, do seu coração e da sua mente para fazer isso.

— Você já me tem — prometi, incapaz de pensar em qualquer coisa além do que ele estava me oferecendo. — Por favor, me aceite.

— Ah, Camillia — ele murmurou, o olhar descendo para meus lábios. — Não só aceito. Eu te amo pra cacete. — Sua boca tomou a minha antes que eu pudesse sequer começar a responder.

E, no instante seguinte, ele estava dentro de mim, me preenchendo, me comendo e girando o quadril de um jeito que estimulava meu clitóris já sensível.

Em segundos, eu subia de novo, meu corpo tão

preparado, tão dele, que só consegui segurar seus ombros e tentar acompanhar o ritmo brutal.

A língua dele me prendeu e as mãos marcaram a pele dos meus quadris. Tudo o que pude fazer foi sentir, existir e estar com ele naquele momento.

Nenhum pensamento importava.

Respirar já não era prioridade.

Meu coração batia em um compasso que era todo para Az.

E meu corpo se curvava à vontade dele conforme ele me usava, me preenchia, me possuía.

Em segundos, eu estava me desfazendo. E, dessa vez, ele deixou. Dessa vez... eu voei. Passei direto pelo penhasco, mergulhando em uma nuvem de inexistência. Ofegando. Morrendo. Gritando. Chorando. Tremendo.

Era tudo tão intenso que meu orgasmo parecia não ter fim.

Tanta luz.

Explodindo.

Me preenchendo de calor.

Tanto poder.

Az existia em toda parte: no meu sangue, na minha mente, na minha alma.

Ele era o próprio poder e seu cheiro de cinzas me incendiava por dentro. Estávamos ligados. Atados. Unidos para sempre.

Meu espírito ardia de excitação, abraçando a Fênix dele com um beijo de fogo que percorreu cada centímetro do meu ser.

Era... incrível.

Quente.

Inegavelmente apaixonado.

Ele rugiu. Seu prazer se misturou ao meu em uma onda incandescente de loucura. Eu me derreti. Me deliciei no calor. Me entreguei aos raios únicos do seu sol.

Tanto poder. Eu me maravilhava, sentindo-o girar dentro de mim, fortalecendo minha alma e preenchendo uma parte que eu nem compreendia totalmente.

Eu estava satisfeita.

Plena.

Embriagada com a essência dele.

Quando abri os olhos, já era... outra. Uma nova versão de mim mesma. Ainda eu, mas completa da melhor maneira possível.

E estava olhando para um par de olhos roxo-escuros maravilhosos.

— Você está brilhando — Az murmurou.

Sorri.

— Quer dizer reluzindo? — Era uma frase brega, mas, depois daquela experiência avassaladora, eu deixaria passar.

— Não, quero dizer brilhando mesmo.

Ajax surgiu por cima do ombro de Az, com o cenho franzido.

— Você parece uma bola de discoteca.

Olhei para eles, confusa.

— O quê? — Levantei o braço para ver o que queriam dizer e soltei um suspiro ao notar a camada de glitter dourado cobrindo minha pele. Olhei para baixo e percebi que estava em todo o meu torso também. E em Az. Como se tivéssemos acabado de rolar em uma pilha de...

A ejaculação cintilante de Melek.

Uma risada cortou meus pensamentos, terminando com um suave: *De nada, anjinha.*

Rosnei.

Melek.

Divirta-se, foi a resposta dele. *Até logo...*

Melek

— Você parece satisfeito — Ty murmurou quando saí do banheiro com meu robe favorito. Ele estava recostado na cabeceira da cama, vestindo apenas uma calça de moletom e com o laptop no colo. — Imagino que tenha algo a ver com a nossa Camillia?

— Humm, sim. — Meu sorriso se alargou. — Az acabou de levar nossa Camillia ao êxtase, e ela explodiu do jeito que só uma Fae Virtuosa poderia.

Ty voltou a olhar para o laptop, mas seus dedos pararam de digitar ao ouvir minhas palavras.

— Glitter?

— Sim.

— Entendi.

Ergui uma sobrancelha.

— Não vai me questionar? Nem comentar sobre a evolução de Cami?

— Sei muito bem que você fortaleceu seu vínculo com ela, Melek — ele respondeu em tom suave, voltando a digitar. — Se quer me surpreender, vai ter que se esforçar mais.

— Não estou tentando te surpreender, meu amor.

— Não? — Ele ergueu o olhar. — É só mais um joguinho então?

— Está bravo comigo?

Ele sorriu.

— Não, pequeno príncipe. — Ele fechou o laptop e o colocou de lado, levantando-se da cama para vir até mim. — Simplesmente já não me surpreendo quando o assunto é Camillia De la Croix. — Ele passou uma mão pela minha nuca e segurou meu quadril com a outra. — Vai ter que se esforçar mais.

Acompanhei a diversão dele.

— Mencionei nossa conversa sobre eu amarrá-la para você transar com ela. Isso a excitou.

Ele enrijeceu.

— O quê?

— Foi o bastante, meu amor? — perguntei com falsa inocência, tocando de leve os lábios dele. — Ah, acho que isso virou um trocadilho, não é? — Me movimentei contra sua ereção crescente. — Bem, me lembre de te contar sobre os sonhos dela depois.

— Que sonhos? — ele perguntou no exato momento em que um zumbido ecoou no quarto.

— Melhor atender, Ty — murmurei, me afastando. — Vamos conversar sobre sua atuação de destaque nos sonhos de Cami mais tarde.

— Melek.

— Ty.

Ele apertou a mão na minha nuca, me puxando para perto.

— Eu nunca vou transar com ela.

Inclinei a cabeça.

— Quem você está tentando convencer, meu rei? A mim ou a si mesmo?

Ele rosnou enquanto o zumbido ficava mais alto, exigindo sua atenção. Quem quer que estivesse por trás daquele alarme claramente tinha um desejo de morte, porque ninguém dava ordens a Ty.

Ao me soltar, ele foi até a mesa e apertou um botão, fazendo surgir uma tela translúcida. Sua tensão aumentou quando um rosto inesperado apareceu.

Bem, isso explicava a presença insistente, pensei ao encarar os traços sombrios do Fae Mythos que encarava Ty com ousadia.

— Hades — Ty cumprimentou. — Que ligação inesperada.

— É mesmo? — o Fae de aparência divina retrucou. A imponência sinistra era digna do governante do Reino do Submundo. — Duvido muito.

Ty se acomodou lentamente na cadeira, mantendo a expressão impassível.

— Maliki? — Foi tudo o que ele perguntou.

— Exato. Eu o quero de volta.

Fiquei atrás de Ty, que se recostou no assento semelhante a um trono, apoiando o cotovelo no braço da cadeira e levando a mão ao rosto.

— Humm. E por que eu concordaria com isso?

— Porque ele não tem nada a ver com o seu problema com a Fae Virtuosa — Hades disse, a entonação britânica dando um toque arrogante às palavras.

— E o que você sabe sobre o meu problema com a Fae Virtuosa? — Ty retrucou sem qualquer sinal de surpresa.

Faes Virtuosas não eram de conhecimento comum. Sua existência era um segredo milenar, guardado desde que sua destruição deu origem a todos os reinos Faes.

Com exceção de um: os Fae Mythos.

Eles existiam desde o tempo dos Faes Virtuosos, mais próximos de deuses do que de anjos. Historicamente, os dois tipos evitavam contato, mas Ty tinha se empenhado em conquistar a amizade de alguns, sabendo que a presença deles no Reino Fae do Submundo ajudaria a proteger os nossos.

Até agora, a estratégia tinha dado certo. Os Faes Mythos gostavam do status de deuses venerados nos reinos Fae do Submundo, fama que lembrava os tempos em que o Reino Humano lhes prestava tributo.

Hoje, os humanos os consideravam mitos. Assim como o meu povo – ou os anjos, como os mortais nos confundiam.

Pobres humanos. Mentes tão frágeis. E tão fáceis de manipular.

Ty olhou por cima do ombro para mim, claramente ouvindo meus pensamentos.

Desculpe, estava só divagando.

Humm foi tudo o que ele respondeu antes de voltar a encarar Hades, que permanecia calado, observando Ty com a paciência típica de um ser tão antigo.

— Imagino que o objetivo desta ligação seja me informar que você tem algo que eu possa achar valioso e, em troca dessa informação, quer seu mascote de volta — Ty resumiu. — Acertei?

— Você tem conversado com Morpheus.

Ty soltou um suspiro pesado.

— Eu jamais teria uma conversa com ele. Ele tem um talento especial para mexer com os meus sonhos. — Ele lançou outro olhar na minha direção. — Você tem conversado com Morpheus? Talvez sobre Camillia De la Croix?

Levei a mão ao peito.

— Eu faria isso?

— Sim. — Sem nenhuma hesitação. — Fez?

Sorri.

— Não. Mas gostei da ideia, então obrigada por

compartilhar. — Morpheus, o Deus dos Sonhos, poderia ser bem útil para mim. — Com licença, preciso fazer uma ligação.

Ty estendeu a mão e segurou meu pulso, impedindo-me de sair.

— Maliki e Azazel são meio-irmãos, e Azazel é meu. Portanto, tenho interesse pessoal no bem-estar de Maliki. Seu relacionamento com ele, seja lá qual for, não passou despercebido. Essa resposta te satisfaz?

— Nem um pouco — Hades respondeu. — Ficaria mais satisfeito se você concordasse em liberar Maliki. Já o interrogou por tempo suficiente. O portal que ele abriu apenas ofereceu a alguns Ghouls e Faes da Morte a oportunidade de reivindicar possíveis companheiras.

— Acho que está se esquecendo do príncipe Strigoi, que também desapareceu. E de seu amante, herdeiro da família rival, certo? — Não era de conhecimento geral que o príncipe Strigoi e seu assassino eram amantes, mas Ty sabia de todos os segredos que circulavam por seus reinos.

Hades entrelaçou os dedos sobre a mesa diante dele e as sombras de seu covil sombrio me lembraram o antro favorito de Ty.

Os dois eram, de fato, parecidos.

E, ao mesmo tempo, completamente diferentes.

Tudo o que Ty fazia era pelo seu povo. As intenções de Hades eram... indeterminadas.

Mas era curioso ele ter ligado para Ty pedindo esse favor.

— O que você oferece em troca da libertação de Maliki? — perguntei em voz alta, atraindo o olhar noturno de Hades para o meu. Raramente falávamos, mas nos conhecíamos há muito tempo.

— Eu poderia simplesmente levá-lo — Hades observou.

— Poderia — Ty concordou. — Mas não vai.

Hades suspirou.

— Não, não vou. Não tenho desejo algum de lidar com você, Typhos. E digo isso tanto para acordos quanto para conversas em geral.

— E, ainda assim, me ligou.

— Sim, liguei. Porque já interrogou Maliki o suficiente para saber que ele é inocente.

— Isso exigiria que ele falasse — Ty replicou. — O que ele não está fazendo.

— Porque eu o obriguei ao silêncio, e a lealdade dele é comigo.

— Ele é um dos meus Faes Pesadelos.

— No meu domínio — Hades retrucou.

— Um domínio que eu te dei.

— Em troca da minha proteção. Não finja que me fez algum favor, Rei Fae do Submundo. Não sirvo a você. Escolho viver aqui porque gosto. Mas esses Faes são tão meus quanto seus, e quero Maliki de volta. Agora.

Os olhos de Ty se estreitaram.

— Eu não sirvo a você, Deus Hades.

O Fae Mythos soltou um resmungo.

— Esse é um título ridículo. A única pessoa autorizada a me chamar de Deus é... — ele se interrompeu bruscamente e pigarreou. — Eu não sou seu Deus, Typhos.

Ty se inclinou para frente, o cabelo longo caindo sobre os ombros largos e nus.

— Pare de encenar comigo e me diga por que devo libertar Maliki. E não diga que é porque pediu educadamente.

Hades o encarou por um longo momento antes de balançar a cabeça.

— Você não achou que poderia levar todas aquelas

noivas sem pagar um preço, achou? Que todos aqueles pais simplesmente aceitariam seu destino e seguiriam em frente? — Ele se inclinou também, igualando a postura de Ty. — Vamos, Typhos. Você, mais do que ninguém, conhece o conceito de vingança.

Ty não disse nada, mas sua mente começou a dissecar as palavras do Fae Mythos.

— Faes Virtuosos adoram seus acordos e jogos — Hades acrescentou. — Certamente você consegue ver o quadro maior aqui, Rei Fae do Submundo.

— Esclareça.

Hades lhe lançou um olhar que dizia que não tinha o menor interesse em esclarecer nada.

— Maliki não se encaixa no perfil que você criou para o seu culpado. O portal dele foi único, ele se lembra exatamente do que fez e não demonstra arrependimento. E, mais importante, ninguém saiu ferido. Alguns Faes encontraram companheiras. Isso dificilmente é um crime. Agora, solte-o, ou eu mesmo irei buscá-lo.

A ligação terminou com um estalo profundo que deixou Ty e eu olhando para a tela em branco.

— Parece que preciso fazer uma visita pessoal a Maliki — Ty disse após uma pausa.

— Provavelmente é uma boa ideia — concordei. — Mas sou necessário no Reino Fae da Meia-Noite.

Ty voltou o olhar para mim.

— Você não consegue ficar longe dela por mais de algumas horas, não é?

Sorri.

— Não é Cami quem quer me ver. — No momento, ela estava no chuveiro com Az e Ajax, tentando lavar sua energia etérea. Eu passaria lá para ajudar, conversar um pouco e depois encontraria o Fae que me aguardava.

— Zakkai tem perguntas.

Ty franziu o cenho.

— Ele entrou em contato?

— Não exatamente. — Não precisei explicar mais do que isso.

— Devo me preocupar? — Ty perguntou com um leve tom de preocupação.

— Não, amor. — Me inclinei para beijá-lo, roçando os dedos em sua mandíbula. — Já te disse inúmeras vezes que tudo o que faço é por você. E falo sério.

— Eu sei que fala — ele sussurrou. — Mas Zakkai não é um jogador qualquer nesse jogo.

— Ah, ele é uma ameaça — concordei, traduzindo o que Ty queria dizer. — Mas eu até gosto dele. É bem informativo sem perceber.

Ty me estudou por um instante antes de balançar a cabeça.

— Divirta-se, Melek.

— Sempre. — Dei mais um beijo nele. — Tente não matar Maliki. Hades parece bem afeiçoado a ele.

Meu rei franziu o cenho.

— Sem promessas.

Dei de ombros.

— Então me convide para a batalha inevitável. Vou adorar ver você e Hades brincarem.

— "Brincar" está longe do que faríamos.

Sorri.

— Ver você lutar contra um Fae divino e imortal certamente qualificaria como preliminar, meu amor. — Com isso, me teletransportei para o closet em busca de uma roupa melhor. Não podia aparecer no Reino Fae da Meia-Noite vestindo um roupão.

Bem... na verdade, podia.

E se fosse só para ver Cami, iria.

Mas, infelizmente, havia certas expectativas para

dignitários estrangeiros que eu precisava respeitar se quisesse que Zakkai também mantivesse as formalidades.

Um terno, decidi, puxando um todo preto do cabide. Ao sair para a suíte, encontrei Ty com um traje semelhante, mas usando uma camisa social azul-marinho, da cor de seus olhos.

— Surpresa você não ter escolhido vermelho — comentei.

— Vermelho me tentaria a sangrá-lo. Isso não só irritaria Azazel, que já está bravo comigo, assim como Hades. — Ele ajustou as lapelas do paletó. — Então, vou fazer isso à moda antiga.

— Fechando um acordo?

— Encantando-o — Ty murmurou. — Sou o diabo, afinal. Se não consigo tentá-lo ao pecado, quem mais conseguiria?

— Humm, estou gostando desse rumo — admiti, caminhando até ele. — Queria mesmo que tivéssemos mais tempo na cama.

— Mais tarde — prometeu.

— Mais tarde — concordei, roçando os lábios nos dele. — Talvez eu te conte sobre os sonhos da Cami... com você na cama dela.

Desapareci para o Reino Fae da Meia-Noite antes que ele pudesse responder, mas ouvi seu rosnado ecoar nos meus pensamentos.

Ele não queria admitir sua fascinação por ela, assim como ela não queria se render à atração por ele.

Mas eu faria os dois caírem.

De preferência, comigo no meio.

Ah, as amarrações que vamos desfrutar, pensei, aparecendo na suíte de Cami, onde ela estava de pé no centro do quarto, furiosa.

— Ah, sim, vamos todos olhar para o globo dourado reluzente.

— Com prazer — respondi. Porque não havia nada mais atraente do que Camillia De la Croix nua, molhada e reluzente diante de mim.

Olá, minha doce Rainha Fae do Submundo...

CAMI

ALGUNS MINUTOS ANTES

ÓTIMO. Simplesmente ótimo.

O comentário do Ajax sobre "bola de discoteca" foi perfeito demais. E, por mais que eu esfregasse e me lavasse, não adiantava.

Porque eu estava *brilhando*.

Passei a mão no espelho embaçado, frustrada ao ver que o reflexo ainda exibia aquele mesmo brilho dourado.

— Argh. — Apertei a toalha com mais firmeza no corpo e caminhei irada em direção ao quarto, onde Az e Ajax me esperavam sentados na cama. Eles também entraram comigo no chuveiro, tentando me ajudar a limpar a pele.

Mas... nada feito.

— Vocês tinham razão. Eu pareço mesmo uma bola de discoteca — falei, fazendo os lábios de Ajax tremerem. — Isso *não* tem graça.

— É meio engraçado — ele retrucou, e eu estreitei os olhos. Ele ergueu as mãos, fazendo todos aqueles músculos deliciosos dos braços se flexionarem. — Posso tentar alguns feitiços, se quiser.

— Ela só vai absorver — Az resmungou, fazendo Ajax ficar sério. — Assim como absorveu toda a minha energia.

Fiz uma careta. Porque, sim, aparentemente isso também aconteceu. A troca de poder que Az tanto temia, aquela que ele queria que Ajax ajudasse a aliviar, veio toda para mim.

Eu só percebi durante o banho, quando Az me contou que o meu orgasmo basicamente arrastou os dois para o mesmo abismo que eu, e que ele perdeu completamente o controle, liberando tudo o que estava segurando. Foi por isso que meu clímax foi tão intenso: eu literalmente estava surfando na explosão de energia dele.

Mas eu estava bem.

Ele estava bem.

Ajax também.

Então... tudo estava bem.

Exceto pela minha pele.

Ouro. Porcaria. De. Melek.

Dessa vez, ele mesmo não riu. Na verdade, ficou em silêncio desde que me disse para aproveitar. Seja lá o que isso quisesse dizer.

— Preciso de mais café — murmurei.

— Como desejar — uma voz grave respondeu. Sir Silber apareceu um momento depois com uma bandeja nas mãos, canecas já fumegando. — Na varanda, na sala de estar ou na cama?

— A sala de estar está perfeita — agradeci ao gárgula. — Obrigada, Sir Silber.

A pequena criatura de pedra fez uma reverência e foi arrumar a mesa de centro na sala.

— Eles ficam à espreita nas paredes, esperando serem chamados? — Az perguntou, olhando para Ajax.

Nosso companheiro Fae da Meia-Noite deu de ombros.

— Estão sempre ouvindo, como as figuras mentais, só que bem mais úteis.

— E mais bonitos também — Sir Silber comentou ao voltar para o quarto. — Até porque vocês conseguem nos ver.

Ajax sorriu.

— Sim, eu entendi a piada.

— Você não riu.

— Não foi muito engraçado.

Sir Silber bufou.

— Vai ver se trarei café para você de novo.

Ajax deu de ombros.

— É só eu pedir para o Sir Fletcher.

A gárgula se remexeu, parecendo um pássaro irritado, mas sem penas.

— Não precisa ser ofensivo, Mestre Ajax.

— Tem razão — meu companheiro respondeu, mais suave. — Peço desculpas. Aceitarei seu café com prazer a qualquer momento, Sir Silber.

A gárgula assentiu, satisfeita.

— Ótimo. Me chamem se precisarem de mais alguma coisa. — E desapareceu sem deixar rastro, fazendo Ajax balançar a cabeça.

— Ele tira seu café, você menciona outro gárgula e, de repente, ganha o privilégio de volta — Az resumiu. — Boa jogada.

— O mesmo pode ser dito sobre o seu joguinho de provocação com a Cami — Ajax devolveu, levantando-se da cama com os pés descalços e pegando a varinha. Em um piscar de olhos, a toalha sumiu, substituída por uma calça de moletom cinza. Ele fez o mesmo com Az, mas, ao erguer a varinha para mim, franziu a testa e baixou a mão. — Na verdade, você pode ficar nua.

Az concordou.

— Apoiado. — E puxou a minha toalha antes que eu pudesse protestar.

— Ah, sim, vamos todos admirar o globo dourado reluzente.

— Com prazer — uma voz aveludada respondeu, que eu já tinha ouvido na minha mente inúmeras vezes nas últimas horas. Por isso, presumi que ele estivesse só rondando meus pensamentos... não realmente aqui.

Mas então Ajax lançou um feitiço, me vestindo com uma calça de yoga e uma regata, enquanto exigia:

— Você não sabe bater?

— Claro que sei — Melek respondeu. — Só escolhi não fazer.

Ajax resmungou.

Az cruzou os braços.

— O que você quer, Melek?

— Falar sobre a oferta do Ty — ele disse. — Venho ajudando a Cami a aprender mais sobre acordos nas últimas semanas e, na minha experiência, analisar exemplos em tempo real costuma render as melhores lições.

Balancei a cabeça.

— Não vamos falar disso até eu tomar café. — Comecei a contorná-lo, mas parei. — Não, pensando bem, não vamos falar disso até você tirar o sua porra de glitter cintilante da minha pele. *E* depois, café.

Sim. Esse era o acordo que eu estava disposta a oferecer: *tire essa sua porcaria brilhante de mim, me dê alguns minutos para tomar café e aí conversaremos.*

Não é o meu glitter, querida. É o seu, a voz de Melek ecoou na minha mente. *É energia de Fae Virtuoso, algo que acredito que o fortalecimento do nosso vínculo tenha despertado em você.*

Como eu tiro isso?

Ele segurou meu pulso e me girou de repente, fazendo

Ajax e Az avançarem. Mas um par de asas bloqueou minha visão e arregalei os olhos ao ver Melek em sua forma de Fae Virtuoso.

Abri a boca, fascinada pelas plumas brancas salpicadas de pó dourado.

O mesmo pó dourado que está cobrindo o meu corpo agora, percebi, quando suas asas me envolveram em um abraço, me escondendo dos outros.

Olhei para cima, completamente hipnotizada pela beleza dele. Encantada pela proximidade. Perdida no turbilhão multicolorido de suas íris.

Melek já era estonteante sem asas. Mas, com elas... com elas, ele redefinia o significado de *impossível*. Porque era a visão mais gloriosa que eu já tinha presenciado.

Todos os ângulos afiados.

Traços esculpidos.

Olhos cativantes.

Cabelos fartos.

Corpo musculoso.

Penas magníficas.

Eu nem sabia como as asas podiam existir enquanto ele usava aquele terno, mas não me importei o suficiente para perguntar. Era Melek. Tudo nele era enigmático e desafiava a lógica.

Ele me puxou contra si, soltando meu pulso para segurar minha nuca, e os lábios roçaram nos meus. Suspirei no abraço dele e um calor protetor se espalhou pela minha pele. Ou talvez fosse apenas a maciez das plumas ao meu redor.

Eu não tinha certeza.

Mas me sentia em paz.

Segura.

Plena.

— Mal posso esperar para voar com você, doce Cami

— ele disse junto à minha boca. — Mas, até lá, vou ajudá-la. — Um sopro de movimento sussurrou ao nosso redor e, de repente, as asas desapareceram.

Assim como o dourado da minha pele.

Franzi a testa, olhando para os meus braços que, aparentemente, coloquei ao redor do pescoço dele e pisquei.

— Como...?

Ele deu de ombros.

— Absorvi um pouco da sua energia. Como você fez com o Az. — Ele lançou um olhar por cima do ombro. — Aquela foi uma bela explosão, Comandante. Um nível totalmente novo para você, se não me engano.

Az soltou um grunhido e passou ao lado dele.

— A Cami tem razão. Precisamos de café.

— Acho que eu preferia quando você parecia uma bola de discoteca — Ajax murmurou, seguindo Az, mas parando para me encarar. — Agora você está com o cheiro do Melek.

Arqueei as sobrancelhas.

— Vocês dois vão ter que aprender a compartilhar — Melek disse antes que eu pudesse responder. — Ela também é minha companheira. E, embora eu tenha escolhido um método de sedução mais lento, ainda pretendo transar com ela. Então é melhor pararem de tentar marcar território.

— Disse o cara que a cobriu com *porra* dourada — Ajax rebateu.

— Ela fez isso sozinha — Melek respondeu. — E não é *porra*, que é uma palavra bem grosseira, aliás. É magia etérea. Muito potente e poderosa. — Ele olhou para mim. — Posso te ensinar a usá-la.

— Por que eu estou, de repente, soltando magia etérea? — perguntei com um suspiro, nem tão surpresa assim por ter herdado o que parecia ser mais uma habilidade.

— Presumo que tenha a ver com o nosso acasalamento. — Ele se inclinou para tocar meus lábios novamente, lembrando-me de que ainda estávamos em um abraço um tanto quanto íntimo. Quando tentei me afastar, ele me prendeu ainda mais. — Falo sério. Posso ensinar.

— Como você está me ensinando sobre acordos? — questionei.

Ele sorriu e me girou nos braços, trazendo minhas costas contra o peito dele.

— Isso te ajudou a perdoar o Az, não ajudou? — ele sussurrou no meu ouvido. — Também aproximou o Ajax e o Az.

Franzi o cenho.

— O que as suas lições sobre acordos têm a ver com isso? — Mas, mesmo perguntando, percebi a resposta. Era óbvio. — O acordo de Vivaxia.

— O acordo de Vivaxia — ele repetiu. — Tudo o que fiz foi a seu favor.

— Por quê? — perguntei, virando-me para encará-lo. — Por que eu? — Era algo que eu nunca tinha entendido.

— Porque você é a chave da nossa salvação, anjinha — respondeu, os lábios roçando nos meus. — Você nasceu para ser nossa. E logo vai entender o porquê.

— Ou você poderia simplesmente me contar — sugeri.

Os lábios dele se curvaram levemente.

— Não, meu amor, acho que não posso.

Um arrepio percorreu meu corpo. O carinho dele me lembrou do que Az disse antes de me reclamar com o corpo dele.

Todos esses homens.

Todas essas palavras.

Tanta confusão.

Balancei a cabeça.

— Café. — Isso resolveria tudo.

Exceto que... não, não resolveria.

Porque Lúcifer queria que Ajax se tornasse seu companheiro.

E como íamos impedir isso?

Az

Entreguei uma xícara para Cami assim que ela chegou à sala de estar, o café já preparado do jeito que ela gostava pela gárgula solícita.

Ela tomou um gole e soltou um gemido, som que foi direto para o meu pau.

Tínhamos transado apenas uma vez. Eu queria mais. *Muito mais.*

Ajax também.

Ele tinha gostado de me comer, e o desejo de repetir vibrava entre nós. *Você pode comer a bunda da Cami da próxima vez*, eu disse a ele. *Enquanto eu como a boceta dela.*

Ele quase se engasgou com o café e os olhos escuros encontraram os meus. *Nunca vou me acostumar com você dentro da minha cabeça.*

Dei de ombros. *Já estou aí há semanas, Ajax.*

Sim. Enquanto eu achava que você estava preso e o seu pássaro estava no comando. Por que agora é diferente?

Porque agora eu sei a verdade, ele respondeu, ainda olhando para mim. *Ou, pelo menos, as verdades que você me contou.*

Eu contei tudo, garanti. *Se faltou algo, vou dizer. Você pode me perguntar qualquer coisa.*

Ele engoliu o café e depois colocou a xícara na mesa. *Vai levar tempo para confiar em você, Az.*

Eu sei, admiti.

Mas sinto muito por... ter usado aquele feitiço.

Segurei-o e o puxei para mim, sem me importar que Melek e Cami estivessem no meio de uma conversa sobre comida.

— Você não sabia — falei em voz alta. — Mas eu sabia o que aconteceu com você e Constantine, e mesmo assim, te mantive preso. Te forcei a assistir. O que eu fiz foi pior. Muito pior. Então não se desculpe comigo. Eu é que devo desculpas.

Ajax me olhou, atônito.

— Certo.

— Certo? — repeti.

— Certo — ele reiterou.

— Sinto muito.

— Certo — ele disse outra vez.

— Sei que você não me perdoa e não confia em mim, mas prometo nunca mais fazer nada assim com você. Posso dever lealdade eterna ao Typhos pelo que ele fez por mim, mas você... você é meu companheiro. Você e a Cami vêm primeiro. — E eu dizia a verdade. Era por isso que tinha fechado minha mente para Typhos.

Ele queria o meu companheiro.

O meu Ajax.

E nem me contou sobre a oferta ou o plano.

Isso era inaceitável.

— Você não vai se acasalar com ele — falei em voz alta, fazendo Ajax franzir o cenho. — Vamos criar uma contraproposta. Juntos.

— A escolha é minha — ele retrucou. — E a proposta dele...

— É boa demais para ser verdade — cortei. — Vamos analisar cada palavra. Criar uma contraproposta. E, se você decidir acasalar com ele, tudo bem. Mas não vou te deixar se sentir coagido por causa de um trato "brilhante".

— Eu estava lá quando ele fez a oferta. Posso ajudar — Melek disse ao nosso lado.

Soltei Ajax e encarei o príncipe.

— Para depois correr até o Typhos com a nossa contraproposta? Não.

Melek ergueu as sobrancelhas.

— Você acha que eu faria isso?

— Sim — respondi sem hesitar. — Ele é sua prioridade. Seu rei.

— E seu companheiro também — Melek retrucou, com uma pontada de irritação incomum. — Sei que você está irritado porque ele propôs isso ao Ajax sem te avisar, mas sabe que Typhos nunca te machucaria, Azazel. Agora Ajax e Camillia são extensões de você, o que significa que ele também não faria mal a eles.

Cami pigarreou.

Melek olhou para ela.

— Ah, anjinha, ele quer te punir. E sim, vai doer. Mas ele sempre compensa depois. Prometo.

Ela arregalou os olhos com o tom sensual.

— Ele me odeia.

Melek sorriu.

— Ele te teme e quer te domar. Confie em mim, é diferente.

Franzi o cenho.

— É por isso que ele quer acasalar com o Ajax. Para controlar a Cami.

— Obviamente — Melek respondeu para minha

surpresa. Ele nunca era tão direto quando o assunto envolvia Typhos.

Esperei que ele dissesse mais. Não confiava nesse Melek "franco". Ele adorava jogos... eu só precisava descobrir qual ele queria jogar agora.

— É a forma do Ty assumir o controle e proteger o círculo dele. — Melek deu de ombros. — É um acordo simples, mas eu adoro uma boa contraproposta. Então, vamos discutir opções?

— Para você entregar para ele? — devolvi, reforçando minha suspeita de espionagem.

— Não pretendo compartilhar nada, Azazel. — O tom sério era atípico. — Você não entende a importância do que estamos construindo, porque está deixando a raiva possessiva turvar sua visão. Mas a proposta do Ty é boa para todos nós.

— Como? — Cami perguntou, a xícara quase vazia. — Me explique como.

— O acordo do Ty nos une como círculo. Te dá liberdade para viver em segurança no Reino dos Faes do Submundo, dá status e poder ao Ajax, e nos permite proteger melhor a Fonte Fae do Submundo.

— Permitindo que Typhos controle a Cami por meio dos companheiros dela — insisti. — É isso que ele quer.

— Não, isso é o que ele *precisa* — Melek corrigiu. — Confiança leva tempo, Azazel. Especialmente quando se possui um histórico de traição.

Cerrei a mandíbula. Eu não precisava de uma palestra sobre o passado de Typhos, eu o tinha vivido. Embora entendesse o que era necessário para conquistar confiança, não concordava com os métodos dele.

— Não vou deixar que ele use o Ajax.

— Não é usar. É proteger — Melek rebateu.

— O Ajax está bem aqui e sabe tomar decisões sozinho

— o próprio Ajax disse com frieza. — Pare de falar por mim, Az.

— Não estou falando por você. Eu...

A boca dele me calou e o beijo inesperado me pegou de surpresa. Me inclinei para ele, mas Ajax se afastou logo em seguida.

— Obrigado por tentar me proteger. Mas eu consigo lidar com isso.

— O que você quer fazer? — Cami perguntou, pousando a mão no ombro dele.

— Ainda não sei. Quero conversar sobre tudo isso. — O olhar dele foi para Melek. — Mas não com você.

Melek o encarou por um momento e assentiu.

— Certo. Tenho uma reunião. Mas, se mudar de ideia e quiser minha ajuda, a Cami sabe me encontrar. — Ele desapareceu antes que pudéssemos comentar, deixando para trás uma pena que pousou no ombro de Cami.

Ela a pegou e observou as pontas cintilantes até que a pena explodiu em um sopro de poeira brilhante. Ela fechou os olhos e seu corpo tremeu de raiva.

— Se eu virar uma bola de discoteca de novo, vou gritar.

— Você não é uma bola de discoteca — falei, contendo o riso. — Mas o Melek acabou de te marcar com o cheiro dele.

Cami apertou o nariz, suspirando alto.

— Toda essa energia possessiva vai me matar.

— Ainda bem que você é Fae e não morre fácil — Ajax provocou, puxando-a para um beijo cheio de posse, do jeito que eu também queria.

Quando ele terminou, ela arfava. Mas não me importei, beijei-a também. Marquei-a com minha língua. Disse, sem palavras, que ela era minha.

O olhar dela ganhou um brilho de desejo quando me afastei com a expressão turva de necessidade.

— Precisamos falar sobre o acordo do Lúcifer.

— Sim — concordei, tirando a xícara de suas mãos trêmulas. — Mas podemos fazer isso depois que eu te comer de novo.

— *Nós* — Ajax corrigiu. — Depois que nós te comermos. Juntos. Ao mesmo tempo.

Ela arregalou os olhos.

— Acho que deveríamos priorizar comida e conversa.

— Por quê? — perguntei. — Não precisamos comer, e a conversa não vai mudar.

— Precisamos planejar.

— E vamos — prometi. — Depois que te comermos de novo.

Ela balançou a cabeça.

— Vocês só pensam com o pau.

— Isso vai além de pau, pequena guerreira — falei, encurralando-a contra Ajax. Ele segurou seus quadris, com o peito colado às costas dela no momento que eu agarrava sua garganta. — É sobre tirarmos a marca do Melek e colocarmos a nossa.

— Você é nossa — Ajax repetiu. — E compartilhar é superestimado.

— Compartilhar é superestimado — concordei. — O Melek pode ter um vínculo com você, mas é o nosso pau que você vai sentir o dia todo. O nosso gozo que vai te inundar à noite. O nosso gosto que vai ficar na sua boca e na sua boceta.

— As nossas marcas que você vai carregar na pele — Ajax acrescentou, com os lábios no pescoço dela.

Cami arfou quando ele a mordeu e bebeu fundo de suas veias.

Sorri.

— Vamos possuir cada centímetro seu. E, quando estivermos certos de que o Melek virou uma lembrança distante, aí sim vamos falar sobre como lidar com Typhos.

— As prioridades de vocês são... interessantes — ela disse, ofegante.

— Vivi muito tempo, Cami. Mas, pela primeira vez, me sinto realmente vivo. — Apertei-a entre mim e Ajax. — Vou aproveitar essa sensação mais um pouco. Depois, voltamos para a realidade e pensamos em como contra-atacar o Typhos.

Os lábios dela se abriram como se fosse argumentar, mas só um gemido escapou quando Ajax continuou a sugar seu sangue.

— A melhor parte de um acordo é que você pode recusá-lo. Então, no pior cenário, a gente diz não e oferece outra coisa. — Falei em sua boca. — De qualquer forma, estaremos prontos. E, o mais importante, vamos enfrentá-lo como um time.

Passei a mão pelo cabelo de Ajax, segurando-o contra a garganta dela e incentivando-o a beber mais.

— Agora, somos um círculo de companheiros. Juntos para sempre. Inquebráveis e poderosos. — Apertei a garganta dela com uma mão e, com a outra, aumentei minha pressão no Ajax. — E muito, muito excitados. Então, tire essa roupa e nos deixe te marcar. *De novo.*

Melek

Sorri quando Cami gemeu e suas roupas sumiram em um piscar de olhos.

Eu não devia ter ficado para assistir, mas não consegui me afastar.

Az e Ajax estavam famintos, quase ferais na ânsia de apagar meu cheiro dela. Pena para eles que eu já fazia parte dela. Cami era minha tanto quanto deles.

Logo, seria por mim que ela gemeria. Seria a mim que imploraria para sentir dentro dela. Desejaria tocar, acariciar e lamber a mim.

Mas... não seria hoje.

Príncipe? Ty murmurou na minha mente. *Você parece... triste.*

O jeito como ele disse aquilo deixou claro que era um sentimento incomum vindo de mim. E, ouvindo a palavra, percebi que... eu nem tinha notado que me sentia assim até ele falar.

Talvez eu esteja, admiti. *Ajax e Az não querem que eu os ajude a criar uma contraproposta para você.*

Ty ficou em silêncio por um longo momento.

Você quer ajudá-los. Não era uma pergunta, mas uma constatação.

Quero me juntar a eles, respondi. *Mas os dois ainda não estão prontos para confiar em mim.*

E uma parte pequena de mim, mas estranhamente incômoda, temia que talvez eles nunca estivessem.

Eles decidiram que sou o inimigo, Ty disse, e percebi um leve toque de tristeza por trás das palavras. Quase imperceptível, mas ali. *Azazel...*

Está consumido pelos instintos da Fênix, concluí por ele. *Az sabe que você não é o inimigo, meu amor. Mas não ficou nada feliz com você por propor algo ao Ajax como forma de controlar a Cami.*

Ty suspirou fundo na minha mente. *Camillia De la Croix está desmontando tudo o que construí.*

Não, meu amor. Ela só está te desafiando de um jeito que você nunca experimentou. É revigorante e apavorante ao mesmo tempo, e você está tentando lidar com isso à sua maneira. Mas talvez não funcione.

Provavelmente foi a resposta mais direta que eu já lhe dei, parecida com as que tinha dado a Azazel alguns instantes atrás.

Talvez Ty não fosse o único a se sentir deslocado por causa de Cami. Ela me queria. Eu percebia toda vez que olhava em seus olhos. Ainda assim, ela parecia determinada a me afastar. Normalmente, eu apreciava um bom jogo de gato e rato, mas, nos últimos tempos, tudo o que eu queria era implorar para que ela me deixasse adorá-la.

Era como se uma parte de mim se sentisse solitária sem ela. O que era estranho, já que eu tinha o Ty. Eu estava completo.

Pelo menos, deveria estar.

Talvez fosse por ter iniciado o vínculo sem finalizá-lo.

Eu não queria forçá-la... *não* a forçaria.

Porém, eu a seduziria.

Quase me conectei à mente dela naquele instante para fazer exatamente isso, mas uma presença à espreita capturou minha atenção.

Minha reunião está prestes a começar, avisei a Ty. *Você está com Maliki?*

Sim. Ele está sentado na minha frente e não diz uma palavra.

Arqueei a sobrancelha. A maioria dos Faes se dobrava aos comandos de Ty, sentindo seu poder se espalhar pelo Reino Fae do Submundo. Ele não era um governante cruel, apenas poderoso. E quase todos cediam a esse poder. Mas Maliki não parecia temê-lo.

Isso é impressionante, comentei.

É irritante.

Sorri, mas não com a leveza de sempre.

Pelo menos, você não está entediado, meu amor.

Ele soltou um sopro de riso. *Com você na minha vida, nunca estou entediado, príncipe.*

Com o elogio fresco na mente, me materializei no corredor do Palácio dos Faes da Meia-Noite bem quando Zakkai virou a esquina.

— Então você é um Fae Virtuoso — ele disse em cumprimento.

Eu poderia negar.

Mas... por que perder tempo?

— Sou. — Me encostei à parede coberta de videiras, ignorando os sons ao redor me avisando que não era bem-vindo. Se alguma daquelas criaturas com forma de serpente me mordesse, teria um choque infernal.

Zakkai parou a um passo de mim e sua magia sondou a minha, como sempre fazia. Mas, desta vez, não tentou esconder o interesse. Pelo contrário, entrelaçou seu poder ao meu, tentando entendê-lo.

— Não vai funcionar — avisei, minha voz traindo

certo cansaço. — Por mais poderoso que você seja, minha essência é *outra.* Sua Fonte veio da minha. Tentar entendê-la – *reescrevê-la* – é impossível.

Ele recuou parte do poder, mas não completamente.

— Você é uma ameaça.

— Claro que sou. Mas você também é. — Inclinei a cabeça. — Quer medir varinhas, Zakkai?

— Quero proteger meus companheiros.

— Assim como eu.

A mandíbula dele travou e os olhos prateado-azulados me avaliavam enquanto seus longos cabelos brancos esvoaçavam em uma brisa invisível.

— Caminhe comigo.

— Não costumo reagir bem a ordens — avisei. — É só perguntar ao Ty. — Mas me afastei da parede mesmo assim, fazendo um gesto para que ele fosse na frente. — Só saiba que estou seguindo por curiosidade. Nada mais.

Ele deu de ombros.

— Achei que você quisesse ir embora antes que sua companheira começasse a gritar o nome de outros homens.

Com isso, ele virou as costas.

Talvez ela gritasse o nome deles... mas era minha essência que estaria na pele dela quando gozasse, pensei, voltando meu foco para a fêmea no cômodo ao lado. Sua mente estava completamente tomada por Ajax e Az, que a adoravam com as bocas, seu belo corpo se contorcendo entre eles como a deusa que era.

Eles tinham decidido se revezar em sua boceta em vez de apresentá-la ao sexo anal. Uma pena. Eu suspeitava que meu anjo apreciaria ser preenchida dos dois lados.

Talvez Ty e eu tivéssemos a oportunidade de apresentá-la a isso em breve.

Se ela algum dia me aceitar, sussurrou uma voz sombria.

Fiz uma careta diante do pensamento indesejado. Não havia sido convidado e era inteiramente inoportuno.

Camillia De la Croix era minha. Ela era minha desde o momento em que a encontrei lendo *Vita* na biblioteca.

Sua agitação está dificultando minha concentração, pequeno príncipe, Ty murmurou em minha mente. *Sua reunião não está indo bem?*

Pisquei, percebendo que Zakkai me aguardava com uma expressão expectante no fim do corredor. *Não, está apenas começando.*

Zakkai está te ameaçando? Ty perguntou, subitamente mais alerta. *Quer que eu me junte a você?*

Zakkai está bem. Eu... franzi a testa. *Az e Ajax estão brincando com a Cami, e eu queria poder estar lá com eles. Mas não me querem por perto. E isso é...* me interrompi, irritado. *Não é nada. Vou ficar bem.*

Meu rei, obviamente, compreendia o que eu sentia, porque respondeu baixinho:

Eles são tolos por não te quererem, Melek. Um dia você terá sua vingança... com as cordas.

Sorri com a ideia que suas palavras despertaram em minha mente: a imagem de Cami amarrada, implorando para que eu a deixasse gozar enquanto eu a provocava da mesma forma que ela fazia comigo agora. *Humm.* Era uma distração agradável.

Volte para Maliki, eu disse a Ty ao mesmo tempo que começava a seguir Zakkai, meu humor instantaneamente melhorado.

Já o liberei, Ty informou.

Parei de andar.

Tão depressa?

Hades apareceu.

Arqueei as sobrancelhas.

E?

E ele ainda está aqui.

Humm. Inclinei a cabeça. *Isso é interessante.*

Verdade.

Retomei o passo.

Bem, me avise se ele disser algo intrigante.

Sim, foi a resposta de Ty, seu jeito de concordar.

Duas conversas com um Fae Mythos em uma década já eram raras. Duas no mesmo dia eram praticamente inéditas. Eles geralmente se mantinham reservados, preferindo reinar em silêncio e aparecer apenas ocasionalmente em público.

E Hades era o mais recluso de todos. Normalmente enviava o primo Orcus para fazer o que fosse necessário. O que quer que precisasse de Ty devia ir além de Maliki.

Eu cuidaria disso mais tarde.

Por ora, havia uma conversa ainda mais intrigante com o Arquiteto da Fonte Fae da Meia-Noite. Ele retomou a caminhada, sem dizer uma palavra sobre meu estranho atraso. Eu suspeitava que ele soubesse que eu estava falando com Ty, ou talvez já estivesse acostumado a que aqueles ao seu redor mantivessem conversas mentais.

Quando chegamos à saída do palácio, lancei um olhar para ele, mas o segui escada abaixo até uma nuvem que nos aguardava.

— Eu normalmente prefiro minhas penas — comentei.

— Se eu tivesse asas, também preferiria — Zakkai respondeu, avançando até a névoa. — Depois de você.

Sorri.

— Eu preferiria comer um galho de *thwomp* em chamas.

Ele riu.

— Posso providenciar isso.

Mas, em vez de insistir que eu entrasse na névoa mística, foi ele quem deu o primeiro passo.

E desapareceu por completo.

Esperei um instante, depois suspirei e o segui rumo ao desconhecido.

Portais Faes da Meia-Noite eram estranhos. Sua magia era pegajosa e incômoda na minha pele. Felizmente, também eram curtos.

Três passos e, de repente, eu estava diante de uma porta fechada, sem maçaneta à vista.

— Este não é seu lugar — disse uma voz.

Encontrei a origem no batente da porta, pendurada em uma aldrava.

— Eu sei, obrigado. Mas o seu Arquiteto da Fonte me convidou para um encontro, então aqui estou.

— Eu não chamaria de encontro — Zakkai retrucou do outro lado da porta. — É mais como uma viagem de compras necessária.

Franzi a testa, sem entender, até que a aldrava em forma de gárgula bufou e removeu o painel de madeira que bloqueava minha saída.

Do outro lado, havia uma loja, logo além de uma rua de paralelepípedos. Olhando para os lados, percebi que tínhamos entrado em uma espécie de vilarejo.

— Fofo — declarei, gostando das torres góticas e do céu noturno. — Bem apropriado.

Zakkai deu de ombros.

— Aflora gosta de uma taverna aqui perto. Eles têm hidromel e outras iguarias dos Fae Elementais.

— Será que têm bebidas de lava? — perguntei em voz alta.

— Provavelmente — Zakkai respondeu, indo em direção à entrada da loja. — Eles oferecem comidas e bebidas de todos os reinos. — Ele me lançou um olhar. — Até dos inóspitos.

Bufei.

— Nós dois sabemos que isso não é verdade. Você visita Zenaida o tempo todo.

— Visito? — ele retrucou, fingindo inocência. — Humm.

Não me dei ao trabalho de responder. A verdade já estava clara.

O que não estava claro, entretanto, era o motivo de estarmos ali.

Franzi a testa ao entrarmos em uma loja repleta de vestidos de gala.

— Precisa de uma roupa para o Baile Fae Inter-Reinos? — perguntei.

— Na verdade, sim — ele respondeu. — Aflora precisa de um vestido. Imagino que Cami também, não?

Estudei seu perfil e notei a forma como ele examinava cada canto da loja em busca de ameaças. Mas tudo o que senti ao nosso redor foram alguns espectros esperando para brincar. Fora isso, a loja estava bastante vazia.

— Você não precisava me trazer para comprar vestidos só para garantir minha confirmação, Arquiteto — falei. — Nós estaremos na sua festinha.

— Até o seu rei?

— Claro. Typhos está no meio das negociações de termos com o resto do nosso círculo de companheiros. Ele espera ouvir a contraproposta deles no baile.

Zakkai sorriu.

— Quer dizer a contraproposta de Ajax?

— Não, quero dizer *deles* — murmurei, passando os dedos por um vestido particularmente lindo.

Cami ficaria deslumbrante nesse tom dourado.

E não apenas porque lembrava sua magia etérea.

— Ty pode não estar pronto para abraçar nosso círculo em expansão, mas isso já está feito — acrescentei baixinho, um tanto encantado pelo tecido acetinado. —

Az, Ajax e Cami estão completamente vinculados. Qualquer coisa que Ty ofereça a Ajax é oferecida a todos eles.

— Então você está esperando que Cami se ofereça no lugar de Ajax — ele retrucou, sem rodeios.

Interrompi minha admiração pelo vestido dourado para encará-lo.

— Zenaida recentemente me pediu para jogar uma partida de xadrez com ela. Acho que você deveria se juntar a nós.

— Vou interpretar isso como um sim.

— Pode interpretar como quiser — falei, me virando para ele. — Por que estou aqui, Zakkai?

— Sou multitarefa — ele respondeu. — Eu realmente preciso pegar o vestido de Aflora e decidi que você seria uma companhia interessante para a viagem.

Soltei uma risada breve.

— Testando nossa nova amizade?

— Considerando possíveis alianças, sim.

— Humm. E qual é a sua avaliação até agora?

— Convencido, arrogante, poderoso e brincalhão — ele respondeu sem hesitar. — Zephyrus vai te odiar.

Ergui uma sobrancelha.

— E você?

— Muito provavelmente vou favorecer você em toda discussão contra Zephyrus — ele admitiu, contraindo levemente os lábios antes de soltar um suspiro frustrado. — Por favor, pare de apalpar a minha bunda e traga o vestido da rainha Aflora.

Uma risadinha tilintante respondeu à declaração dele.

— Como o rei desejar.

Zakkai revirou os olhos.

— Eu não sou o rei.

— Quatro reis, uma rainha. Ah, mas ela é realmente

uma rainha de muita sorte. — A voz feminina flutuou pelo ambiente, seguida por um coro de concordância.

Havia espectros na biblioteca perto dos dormitórios das Noivas Fae do Submundo, o que me tornou bastante familiarizado com as criaturas fantasmagóricas. Elas tinham inclinações para causar encrenca e flertar.

O tipo de diversão de que eu gostava.

— Eu também gostaria de adquirir um vestido — disse a eles. — Mas vou precisar de joias e sapatos combinando.

— Ohhh, o Príncipe Fae do Submundo deseja falar conosco, deseja sim — um espectro sussurrou. — Ele é tão bonito.

— Muito bonito — outra suspirou, roçando em mim e beliscando minha bunda.

Me limitei a sorrir.

— Obrigado, queridas. — Então forneci as medidas de Cami, números que eu havia gravado há muito tempo, e voltei meu foco a Zakkai. — Você se importaria de entregar a peça no quarto de hóspedes dela? Ou, melhor ainda, fingir que é um presente da Família Real Fae da Meia-Noite?

— Preocupado que ela rejeite se souber que vem de você? — ele perguntou com um tom divertido.

— Eu sei que ela vai rejeitar — respondi, sem compartilhar da diversão dele. — Az e Ajax a reivindicaram, com razão. Eu... eu não.

Ele ficou mais sério, os olhos azul-prateados faiscando.

— Talvez eu saiba um pouco sobre estar de fora de um círculo de companheiros. — Ele lançou um olhar para o vestido dourado que agora flutuava sobre nossas cabeças, graças aos espectros prestativos. — Considere a tarefa concluída.

— Obrigado — respondi. — E me considere à sua disposição, caso pense em algo que queira perguntar.

Se Zakkai queria um aliado, eu aceitaria. Além disso, ele poderia ser útil para mim. Era um Arquiteto de Fontes, acostumado a desfazer tramas complicadas e realinhá-las de formas que o beneficiassem, assim como ao seu círculo de companheiros. Talvez pudesse me ajudar a desfazer a armadilha que eu mesmo criei com Cami.

Eu queria que Ajax e Az a reivindicassem, mas parecia que meu plano tinha funcionado bem demais.

Porque agora eles não queriam dividir.

Zakkai assentiu, respondendo à minha oferta de responder perguntas.

— Captei o essencial da lição de história com Az, mas tenho certeza de que haverá perguntas adicionais.

— Dos seus companheiros?

— Dos meus companheiros — ele repetiu, confirmando que pretendia informá-los da lição de história, como chamou.

— Mais alguma coisa por enquanto? — perguntei.

— Uma bebida? — ele ofereceu.

Considerei e assenti.

— Uma bebida pode ser bom.

— Cobrem os itens do nosso convidado na conta real — ele disse aos espectros. — Voltarei para buscar tudo.

— Conta real, ele diz — uma das vozes riu. — Joias, o outro pediu.

— Ohhh, caro, não é?

— Caro.

— Apenas se certifiquem de que brilhe, por favor — intervim. — Minha prometida é bastante fã de... — Como era o termo mesmo? Ah, sim... — *Bolas de discoteca.*

Cami

— Uau. — Soltei a respiração, encarando meu reflexo. A seda dourada se moldava aos meus quadris e seios, realçando cada curva.

Essa não era uma cor que eu teria escolhido para mim, mas, destacava os reflexos dourados do meu cabelo loiro-escuro. E também combinava com o tom da minha pele.

Talvez porque o dourado fosse minha nova cor, pensei com azedume.

Toda vez que gozei na última semana, terminei coberta de glitter.

Feliz, ou talvez infelizmente, Melek havia deixado um limpador especial no banheiro.

Considere isto um presente de boas intenções, anjinha, dizia o bilhete dele. Quase joguei a garrafa fora, mas a curiosidade mórbida falou mais alto. E, bem, eu já não parecia uma bola de discoteca depois do banho. Antes era outra história.

Eu odiava isso.

Ajax e Az, no entanto, estavam começando a adorar.

Porque, aparentemente, aquilo tinha gosto de ambrosia para eles.

— Sua boceta já era deliciosa antes — Az tinha dito no outro dia —, mas agora está divinamente deliciosa. Goze de novo, pequena guerreira. Preciso de *mais*.

Era... um desenvolvimento interessante. O tipo de detalhe que me fez apertar as coxas quando o homem em questão entrou no quarto.

— Fogo sagrado, Cami, você está...

— Incrível — Ajax completou por ele.

— Vocês dois estão incríveis também — admiti, apreciando o caimento perfeito dos ternos combinando. Todos pretos, é claro. Só que Ajax trazia um detalhe interessante adornando o ombro. — Bela coruja.

Az resmungou.

— Ela é uma idiota.

A coruja eriçou as penas como se tivesse entendido e bateu o bico na direção de Az.

Arqueei as sobrancelhas.

— Kuro está começando a simpatizar com a Fênix do Az — Ajax disse com um leve sorriso.

— Você está se divertindo com isso — o Comandante murmurou.

— Um pouco — Ajax admitiu enquanto as asas de Kuro se abriam e fechavam.

— Ela não parece mais tão brava com você — comentei, lembrando da outra vez em que tinha visto Kuro. Na ocasião, ele estava no ombro de Shade, não no de Ajax, e esnobou Ajax ao se recusar a olhá-lo. — Vocês... hum, se reconciliaram?

Eu não sabia bem qual termo caberia ali. Kuro era o familiar de Ajax, mas quando meu companheiro se tornou Diretor dos Faes do Submundo, havia deixado a coruja no Reino Fae da Meia-Noite. E, pelo pouco que ele contou, o animal não ficou nada contente. Mas agora ele parecia tranquilo.

Ou melhor, parecia um pouco contrariado.

Mas com Az, não com Ajax.

— Não sei ao certo — Ajax respondeu à minha pergunta. — Ele apareceu para me ajudar a me arrumar. Tenho quase certeza de que isso é para você.

Ele estendeu uma sacola que eu nem tinha notado antes, estava muito ocupada admirando como o terno se ajustava ao corpo dele em vez de reparar nas mãos.

Peguei a pequena sacola, franzindo o cenho.

— O que é?

Ele deu de ombros.

— Acho que é um presente da Aflora e dos companheiros dela. Shade provavelmente mandou Kuro para me entregar.

— O que significa que o trabalho dele terminou e ele já pode ir embora — Az disse, fixando o olhar na coruja.

Kuro sibilou em resposta.

Az rosnou.

E os dois se encararam.

Contraí os lábios quase rindo.

— Acho que estou gostando do seu familiar, Ajax.

Ele sorriu de volta para mim.

— Eu também.

As íris de Az escureceram até ficarem negras, e ele inclinou a cabeça de um jeito animalesco. Kuro respondeu com outro eriçar de penas, mantendo a postura rígida.

Engoli a risada e foquei na sacola, retirando de dentro uma pequena caixa. Franzi o cenho enquanto a curiosidade me atiçava.

— A realeza me mandou joias?

A expressão de Ajax era tão surpresa quanto a minha.

— Acho que sim. — Ele passou o dedo pela caixinha. — Abra.

Não abri. Em vez disso, perguntei:

— Você testou para ver se tinha feitiço?

— Não exatamente. — Ele hesitou. — Eu estava sentindo se havia magia.

— E tinha?

— Eu não deixaria você abrir se tivesse — respondeu.

Justo, pensei, erguendo a tampa. Um par de brincos e um colar combinando cintilaram diante de mim, ambos com pingentes circulares.

— Uma escolha interessante — murmurei, intrigada com o símbolo esférico. — É para se parecer com a Fonte? Porque lembra um pouco a Fonte Fae do Submundo, só que as gemas são mais douradas que branco-ofuscante.

— Não faço ideia — Ajax disse, soando tão perplexo quanto eu. — Mas é bonito.

— É, sim — concordei, pegando o colar primeiro. — Pode me ajudar a colocar no pescoço?

— Uma desculpa para te tocar enquanto você está nesse vestido? — ele retrucou, pegando a joia brilhante da minha mão. — Sim, por favor.

A última parte veio em um murmúrio baixo enquanto ele afastava meu cabelo do ombro para alcançar melhor a minha nuca.

O calor dele se infiltrou na minha pele quando fechou a joia no meu pescoço, o olhar preso na minha garganta e na pedra que repousava logo acima dos meus seios.

— Sério, Cami, você está deslumbrante. — A voz dele engrossou, os olhos percorrendo o decote profundo em V. Então, pegou a caixinha da minha mão, tirou os brincos e me ajudou a prendê-los.

Az não disse nada. Sua Fênix ainda estava em algum tipo de duelo silencioso com a coruja.

Mas quando Ajax deu um passo atrás para avaliar os toques finais do meu visual, Az gemeu.

— Vou ficar duro a porra da noite inteira, Cami.

— Idem — Ajax murmurou. — Se não tivéssemos que ir a esse baile, eu já teria rasgado esse vestido.

— Ainda podemos rasgar — Az disse em um tom quase casual. — Te comer. Algumas vezes. Depois descer para a festa?

Lancei a ele um olhar reprovador.

— Duvido que a Aflora e os companheiros dela apreciem vocês destruindo o presente que me deram. — Apontei para a roupa. — Vocês não podem rasgá-lo. Ainda não.

— Tudo bem. Eu só vou tirar de você — Az murmurou, avançando para brincar com a alça no meu ombro. — Devagar... — Ele começou a puxar o fio sedoso, deslizando-o em direção ao meu braço. — Com gentileza...

A magia vibrou na minha pele quando o tecido escapou dos dedos de Az e voltou ao lugar, como se nada tivesse acontecido.

Franzi o cenho.

— Isso foi estranho.

Az agarrou a alça de novo, puxando-a do meu ombro com mais força.

Apenas para ela voltar bruscamente ao lugar.

Arregalei os olhos.

— Que merda é essa? — Lembrava aquele vestido de correntes que Lúcifer me fez usar na boate dele. Meu corpo se arrepiou, começando pelo meu pescoço, e descendo por meus ombros e braços.

Segurei o zíper na lateral e o puxei para baixo, mas gritei quando ele subiu sozinho em resposta.

— Nããão — grunhi, me recusando a ficar presa em

outra peça de roupa. Essa podia ser sedosa e cobrir cada centímetro certo do meu corpo, mas ainda funcionava como uma prisão.

Pelo menos, não está esfregando meu clitóris, pensei.

Ainda, outra parte de mim sussurrou.

Arregalei os olhos. *Não. Não. Não.*

Tentei tirar a calcinha por baixo. A renda, da mesma cor do vestido, chegou até meus joelhos antes de deslizar magicamente de volta para o lugar com um estalo sonoro.

— O que é isso? — questionei, só então percebendo que Az e Ajax já estavam mergulhados na discussão sobre o assunto.

Kuro não estava em lugar nenhum. A coruja desapareceu enquanto eu surtava.

— Typhos não faria isso — Az dizia. — Ele criou o vestido de correntes como uma punição sensual. Era a forma dele de fazer uma declaração. Não estou dizendo que concordo com os métodos dele, nem tentando justificar, só estou afirmando que isso não combina com o estilo dele.

— Então, quem faria? — Ajax exigiu. — Porque duvido muito que Aflora tenha feito isso.

— Feito o quê? — uma voz profunda perguntou enquanto Shade se materializava no quarto com Kuro pousado em seu ombro. — Imagino que seja disso que estamos falando, já que você mandou Kuro vir me bicar?

— Não mandei. Ele foi sozinho — Ajax respondeu sem olhar para o melhor amigo, seus olhos negros com aro azul fixos em mim. — As joias também estão enfeitiçadas?

Alcancei o colar e o abri. O pingente deslizou quando puxei a corrente para longe da minha nuca.

— Não, parece que... — A peça deslizou de volta para o lugar e o fecho se prendeu com um clique. — Esquece. A joia também está.

Shade franziu o cenho.

— Esse é um truque interessante.

— O que você quer dizer com "interessante"? — Ajax questionou. — Esse vestido e as joias não são do seu círculo?

Não gostei do modo como a expressão de Shade se aprofundou. Porque dizia, sem palavras, que isso não vinha dele nem dos seus companheiros.

E aquilo não fazia sentido.

Antes que Shade pudesse confirmar o que eu já tinha lido nos traços dele, falei:

— Zakkai me trouxe esse vestido semana passada, disse que era um presente para o baile de hoje.

Shade deixou o olhar percorrer a roupa em questão e seus olhos brilharam. Mas não de apreciação, e sim de diversão.

— Ah, claro. O encontro de compras dele com o Fae Virtuoso.

Eu pisquei.

— Como você conhece esse termo? — Ajax questionou, dando um passo à frente e se colocando entre mim e o melhor amigo para capturar toda a atenção dele.

— Zakkai — ele respondeu, dando de ombros. — Aliás, suas habilidades de construção de paradigmas poderiam melhorar, sabia? Talvez você devesse voltar para as aulas do Diretor Granton e fazer de novo.

Ajax enrijeceu visivelmente.

— Você ouviu nossa conversa na semana passada.

Shade arqueou uma sobrancelha.

— Acredite ou não, eu valorizo sua privacidade. Mas Zakkai...

— Merda — Az resmungou. — Ele ouviu tudo, não foi?

— Ouviu — Shade confirmou. — E compartilhou

com Aflora, cuja privacidade eu também valorizo, mas estou conectado à mente dela, então... — Deu de ombros novamente. — Está tudo bem. O seu companheiro Fae Virtuoso se ofereceu para responder qualquer pergunta que Zakkai tivesse, e pronto.

— Meu companheiro Fae Virtuoso? — Ajax repetiu. — Eu não tenho nenhum companheiro Fae Virtuoso.

— Ele quer dizer Melek — Az rosnou. — Parece que ele e Zakkai viraram amigos.

— Zakkai não tem amigos.

Shade rebateu, ao mesmo tempo que Ajax disse:

— Melek não é meu companheiro.

Shade riu.

— Você está em um círculo de companheiros agora, velho amigo. O que é da Cami é seu, e o que é seu é dela, e blá-blá-blá. — Ele acenou com a mão. — Você vai aprender. De qualquer forma, preciso voltar para Aflora. Kuro?

A coruja saltou do ombro de Shade para o de Ajax, e então Shade desapareceu em uma nuvem de fumaça roxa.

— Melek — Ajax rosnou, ignorando completamente o que Shade tinha acabado de dizer. — Só pode ter sido ele que enfeitiçou esse vestido.

— Por quê? — Az perguntou.

— Porque ele sabia que eu o rasgaria assim que descobrisse que era dele — minha voz ferveu enquanto eu mesma agarrava o vestido, tentando fazer exatamente isso.

O tecido sedoso rasgou com um estalo satisfatório.

E se recompôs na mesma hora.

— Não. Eu me recuso a usar essa merda. — Girei o corpo, decidida a despedaçar o tecido. — Me dê uma lâmina, Az.

Ele não discutiu, apenas fez aparecer uma e me entregou.

Cortei as alças.

Elas se reconectaram em um piscar de olhos.

Puxei a fenda da saia, tentando prolongar o rasgo até o corpete. Mas o tecido se recompôs em uma espiral de magia.

Ajax murmurou alguns feitiços. Eles basicamente ricochetearam no traje, espalhando fagulhas roxas e douradas pelo quarto.

Grunhi, determinada a não perder essa batalha.

Mas a porcaria do vestido não cedia!

Talvez fosse o jeito de Melek marcar território ou de me dar uma de suas famosas proteções mágicas.

Não importava o motivo. Porque eu nunca mais seria enjaulada.

Um grito de frustração se formou dentro de mim quando a lembrança daquelas correntes pesava na minha mente.

As provocações masculinas.

O metal contra meu clitóris.

Me forçar a não reagir. Ser forte. Suportar tudo sem piscar.

Eu não queria passar por aquilo de novo. Eu não podia. Foi horrível.

E terminou com aquela explosão de portal.

Absorvendo o poder de Lúcifer.

Ajudando-o apenas para acabar escondida aqui, no Reino Fae da Meia-Noite.

Agora, eu teria que enfrentá-lo. Cumprir com nossa contraproposta. Seguir com o plano.

Nesse vestido que era uma prisão e que brilhava como a porra da Fonte.

Cami. A voz de Az ecoou pela minha mente. Sua presença dominante interrompeu meus movimentos frenéticos.

Eu nem tinha percebido que ainda girava, tentando arrancar o vestido mágico.

Um único olhar para seu rosto preocupado sugeria que eu já estava nisso há um bom tempo, porque ele parecia quase com medo. Ou talvez arrependido.

— Eu não deveria tê-lo deixado te colocar naquele palco — ele sussurrou, me confundindo. — Eu deveria tê-lo impedido. Me desculpe.

Pisquei.

— O quê?

— Typhos — ele grunhiu. — Eu não devia tê-lo deixado te punir daquele jeito.

Ajax estava ao lado dele, com a mesma expressão preocupada.

— Você não precisa ir hoje à noite — ele me disse. — Ele quer uma resposta minha. Eu posso dar.

Pisquei de novo.

— Eu não tenho medo dele — falei. O que não era exatamente verdade, Typhos Lúcifer era um farol aterrorizante de poder, mas eu não queria mais me esconder.

Não foi ele quem me deu esse vestido.

Foi Melek.

Foi o que Shade sugeriu ao falar dessa coisa nova de Zakkai com Melek. Amigos. Aliados. Parceiros secretos. Quem sabia como definir aquilo? Nem importava.

Porque Zakkai trouxe o vestido. E estava claro que foi em nome de Melek.

Eu o amaldiçoaria mentalmente, mas isso exigiria derrubar a barreira que construí entre nós, barreira que Az me ajudou a erguer e a aperfeiçoar há alguns dias.

Ainda estava aprendendo a compartimentalizar meus laços de acasalamento. Não confiava em mim mesma para derrubar a parede agora e alcançar Melek. Com minha sorte, ela desmoronaria de vez e eu teria que começar tudo de novo.

O que significava que eu teria que ir ao baile.

Vestida assim.

Por um único propósito: encontrar Melek.

E quando encontrasse, eu ia matar aquele filho da mãe.

Typhos

Não franza tanto a testa, meu amor. Vai fazer a Rainha Aflora pensar que você não quer estar aqui. Melek interveio em minha mente.

Eu não *quero estar aqui*, informei.

Mesmo? Ou está de mau humor porque um certo trio ainda não apareceu? Os olhos multicoloridos dele brilharam de forma travessa, elevando meu humor apesar da irritação. *É uma festa, meu rei. Se divirta um pouco.*

Sim, eu deveria estar aproveitando à *minha* maneira.

Deveria estar envolvido no duelo verbal de fechar um acordo, mas isso exigia a participação de uma certa Noiva do Submundo, do meu Diretor e do meu Comandante.

Mas, infelizmente, eles não estavam em lugar nenhum.

Em vez disso, eu estava sendo forçado a assistir à exibição Fae de todas as origens, vestidos em exagero, dançando sobre um piso vítreo, cuja superfície refletia a lua. Os aromas suculentos de beladona e de galhos de *thwomp* em chama ao longe eram bem diferentes do cheiro de casa, mas não totalmente desagradáveis.

Em qualquer outra noite, eu teria apreciado o convite

da Rainha Aflora e o que ela havia conquistado com a Rainha Elemental. O Baile Fae Inter-Reinos era um dos poucos eventos que eu já havia planejado comparecer, dado seu propósito.

Celebrar aqueles que, de outra forma, eram suprimidos e ostracizados. "Abominações", como os puristas entre os Fae os chamavam, estavam ali, brincando e se divertindo. Ironia do destino, as chamadas "abominações" eram muito mais próximas dos Faes originais do que qualquer Elemental ou Fae da Meia-Noite poderia imaginar. Ainda assim, ver tantos deles em público era realmente revigorante.

Esse nível de liberdade e aceitação me lembrava do meu próprio reino e de tudo que eu construí.

Mas ainda era apenas um eco, um lampejo de paz que não duraria.

Tais conquistas já tinham acontecido antes e sempre terminavam do mesmo jeito: em fracasso.

Claro, havia poucos registros ou histórias dessas revoltas, porque sempre que Faes de heranças mistas conquistavam espaço, alguma entidade superior desfazia tudo e destruía as evidências de sua existência.

Eu estava surpreso que esse esforço tivesse chegado tão longe.

E temia pelo seu colapso inevitável.

Ainda assim, era bom testemunhar essa paz. E a ambientação combinava com o momento.

Meias-paredes erguiam-se pelo salão em arcos massivos, como se o palácio estivesse prestes a nos envolver a todos em seu abraço sombrio. A escadaria principal, para onde eu continuava olhando enquanto esperava uma certa fêmea aparecer, permanecia vazia no topo, com degraus talhados profundamente na pedra.

Lanças irregulares feitas de árvores e vinhas

entrelaçadas, cortesia da Rainha Fae da Meia-Noite, com sua herança de Fae da Terra, projetavam sombras que se estendiam pelo salão com uma profecia sombria que apenas eu parecia enxergar. As estruturas criavam uma sensação paradoxal de estar, ao mesmo tempo, preso e livre.

Apropriado para as festividades de hoje e para seu inevitável fracasso.

Eu esperava estar errado. Só o tempo diria.

E se estivesse certo, esses mesmos Faes poderiam precisar da segurança do meu reino.

O que significava que eu precisava controlar Camillia De la Croix e a ameaça que ela representava para a minha Fonte.

Meu peito apertou. Camillia era a primeira entidade em milênios a me desafiar e a me fazer questionar o futuro.

E agora, ela me faz esperar pelo meu Diretor e meu Comandante.

Do jeito que Melek suspirava por ela, eu sentia que o estava perdendo também.

Eu estava perdendo tudo.

Mas não por muito tempo.

Essa noite, o desmoronar de tudo que me era caro chegaria ao fim.

E eu faria isso do único jeito que sabia.

Controlando o caos.

Eles que não estejam tentando fugir, rosnei dentro da cabeça de Melek. *Porque não hesitarei em deixar essa soirée para caçá-los.* Não disse as palavras em voz alta, porque provavelmente ecoariam pelo salão e causariam um alvoroço.

Eu já estava cansado da atenção. Tínhamos ficado ali muito mais do que eu pretendia, o que atraiu cumprimentos indesejados demais.

Eles não estão fugindo, pelo menos não de você, meu rei, Melek me assegurou enquanto pegava uma bebida efervescente de um dos gárgulas que circulavam. Ele tomou um gole delicado.

Pergunte a ela onde eles estão, exigi. Eu teria perguntado a Az, mas ele não me deixava entrar. Sua barreira estava firme na minha mente, e eu não queria forçá-la.

Não posso, Melek murmurou. *Az ensinou a ela como me bloquear em algum momento da última semana e, bem... é impressionante. E frustrante.*

Ela bloqueou você?, perguntei, surpreso por só saber disso agora.

A expressão de Melek se desfez por um instante, rápido demais para qualquer um perceber. Mas eu vi claramente. E senti a dor que isso lhe causava também.

Franzi o cenho.

Você está magoado.

Ela ainda não confia em mim, ele respondeu. Preciso dar tempo a ela.

Soltei um resmungo. *Você já deu tudo a ela. Só uma tola não veria a sorte que é ter conquistado sua afeição.*

Melek escolheu Camillia como sua companheira meses atrás, a abençoou com seus dons, sua proteção, seu amparo. E ela continuava a rejeitá-lo em favor dos outros dois Faes.

E agora, erguia muros contra ele?

Melek não merecia rejeição. Mas, para consertar essa situação, eu teria que reivindicar Ajax como companheiro e, assim, tomar sob meus cuidados todo o perigo que vinha embrulhado em um lindo pacote chamado Camillia De la Croix.

— Isso será resolvido em breve — prometi a ele.

— Humm — Melek respondeu em voz alta enquanto tomava outro gole da bebida borbulhante e piscava para um certo Selkie Metamorfo que o devorava com os olhos.

Revirei os olhos. Norden. Um Príncipe Fae do Inverno,

graças ao recente acasalamento com Lark, o Rei Fae do Inverno.

O Selkie era pecaminoso, sensual e muito provocador.

Exatamente como Melek.

O que explicava por que os dois forjaram uma amizade.

Norden puxou um palito azul de doce cristalizado de um recipiente e o lambeu generosamente, mantendo o contato visual com o meu príncipe o tempo todo.

Ardendo por dentro, agarrei a nuca de Melek em uma clara demonstração de posse.

Com ciúmes, meu amor? Melek me provocou, evidentemente satisfeito por ser o centro das atenções.

Por que ele não flerta com o próprio círculo de companheiros? rosnei mentalmente.

Porque ele sabe que eu gosto do seu lado possessivo, Melek ronronou de volta. *Ele está atiçando você como um favor para mim. E está me provocando com o doce. Quero a receita, mas ele se recusa a compartilhar.*

Não perguntei por que ele queria a receita. O doce Selkie causava sonhos orgásmicos, e eu só podia imaginar a quem Melek queria presentear com um pedaço.

Ele me perguntou recentemente se eu faria uma demonstração com cordas para ele — Melek continuou. — *Aparentemente, ele quer amarrar Artica como presente de Natal para Lark e Kalt. Eu disse que faria isso em troca da receita. Ele recusou.*

Ele fez uma pausa quando Norden colocou o doce inteiro na boca e fechou os olhos.

Talvez esteja reconsiderando.

Eu estava prestes a soltar uma resposta, algo como *Talvez o Selkie tenha desejo de morte,* quando os pelos da minha nuca se eriçaram.

Minha atenção se virou na direção da onda elétrica e

meus lábios se entreabriram ao encontrar a fonte da estática.

Camillia De la Croix.

Ela estava no topo da escadaria em espiral, sua aparência dourada lembrando a de um anjo.

Merda. Ela estava deslumbrante.

A raiva que fervilhava em meu peito se torceu em uma sensação que não ousei nomear. Talvez fosse o modo como os cachos loiro-escuros emolduravam seus seios empinados ou como a fenda em seu vestido cintilante se estendia até a coxa.

Ela era a personificação do desejo – de uma *rainha* – e sua fúria ardente, refletida nos punhos cerrados ao lado do corpo, me fez salivar.

Eu esperava por essa fúria, até a desejava.

Humm, que o jogo comece, pensei quando meu Diretor e meu Comandante surgiram logo atrás dela, o simbolismo nada perdido para mim.

Um trio unido.

Logo se tornaria um círculo, pensei.

A deusa dourada desceu as escadas com tempestades letais borbulhando em seus olhos cinzentos. Mas não era para mim que ela lançava aquele olhar.

Era para Melek.

O que você fez, pequeno príncipe?, perguntei, incapaz de esconder a diversão. Porque a fêmea furiosa praticamente exalava apelo sexual, com seus saltos ecoando com uma resolução tempestuosa a cada passo.

Não faço ideia, Melek disse, com uma pontada de inquietação na voz. Ainda assim, parecia tão fascinado pela visão dela quanto eu. *Não sei se deveria estar assustado ou excitado. O segundo está vencendo.*

Humm, murmurei, com imagens proibidas invadindo minha mente.

Imagens que Melek havia plantado, graças aos pensamentos pecaminosos que nutria durante a última semana.

Todas as vezes que transamos, ele sussurrou palavras e cenários sobre Camillia.

Normalmente indefesa, à nossa mercê.

Suplicando por sexo.

Gemendo de necessidade.

Tudo que eu via era Melek amarrando os pulsos dela com fitas douradas que cintilavam sobre sua pele, inclinando-a enquanto eu afastava o vestido para saborear o que havia por baixo.

— Melek — Camillia sibilou ao se aproximar. Energia em chamas praticamente lambia sua pele, e não pude deixar de me perder na fantasia de domá-la.

De domar a *ela*.

Exatamente como Melek queria que eu fizesse.

Mas isso nunca aconteceria, porque a última coisa de que eu precisava era que essa víbora me desmontasse como já tinha desmontado os outros. Se eu não conseguisse manter a cabeça fria diante dessa tentação encarnada, estaríamos todos condenados.

— Olá, anjinha — Melek murmurou, ignorando o veneno com que ela havia pronunciado seu nome. — Você está radiante, meu amor.

— Ah, você quer dizer isso aqui? — Camillia retrucou, puxando a alça do vestido. Ela voltou ao lugar como se tivesse vontade própria, o que me fez erguer uma sobrancelha. — O que você fez com isso, Melek? Por que não consigo tirar? — Um grunhido adorável acompanhou as perguntas, me fazendo imaginar como aquele som se sentiria contra meu pau.

Ela cruzou os braços, o que empinou seu seio e atraiu

meu olhar para o colar dourado que brilhava em seu pescoço.

O pingente na ponta repousava perfeitamente entre os seios, o efeito cascata bastante convidativo.

Me fez imaginar o esperma de Melek escorrendo da mesma forma. Não me preocupei em afastar a imagem. Meu príncipe teria sua diversão com ela quando ela finalmente caísse em si.

E eu assistiria. Permitiria ao menos essa pequena indulgência.

— Deixe-me adivinhar — ela bufou, sem dar chance para Melek responder. — Vou ter um orgasmo espontâneo no meio da pista e jorrar gozo com glitter em todo mundo?

Os olhos multicoloridos de Melek brilharam de deleite.

— Bem, isso seria uma visão e tanto.

— Estou falando sério, Melek — ela retrucou, inclinando-se ao ponto de praticamente me empurrar para o lado.

Ela não percebeu que eu estava bem aqui?

— O que você fez com isso? — ela exigiu, as bochechas assumindo um tom carmesim que realçava ainda mais os lábios rosados. — Da última vez que você me deu joias, ganhei a fúria do Rei Fae do submundo.

Um riso quase me escapou.

— Fúria é um termo um tanto forte, não acha?

Os olhos acinzentados dela finalmente se voltaram para mim, e Camillia ficou completamente rígida, sua tempestade de verão violenta congelou em um instante.

— E-eu... eu não te vi aí — admitiu.

Eu não fui ignorado por ninguém em, bem, jamais. E a sensação que isso provocou mudou completamente meu humor para algo mais leve, pronto para brincar com aquela fêmea tentadora que claramente não me temia como deveria.

Melek chamou um dos gárgulas e pegou outra das bebidas, depois olhou para o doce Selkie no tabuleiro e o pegou também.

— Você parece com sede, anjinha. Posso sugerir um drink borbulhante e um pouco de açúcar para mergulhar nele?

Eu praticamente podia sentir a aprovação de Norden do outro lado do salão.

Camillia afastou tanto a bebida quanto o doce.

— N-não, obrigada. Só quero saber o que você fez com este vestido e por que não consigo tirá-lo. — Engoliu em seco, voltando o foco para mim. — Ou isso é... outro castigo?

Eu a encarei enquanto uma infinidade de punições desfilava pela minha mente.

Mas captei a pontada da ira de Az. A muralha entre nós pulsou com uma fúria quase contida.

Olhei para ele. *O que houve?* perguntei, ciente de que ele podia me ouvir agora, já que eu conseguia senti-lo.

Aquele vestido de correntes. O tom raivoso me pegou de surpresa.

O que tem ele?

Deixou uma marca, ele respondeu. *Olhe para ela, Typhos. Está com raiva, mas também apavorada. Você obviamente a traumatizou com aquele espetáculo, e agora ela está esperando outro.*

Franzi o cenho.

— Nunca vi este vestido na minha vida — informei tanto a ele quanto a Cami, em voz alta. — Melek?

— Eu o escolhi, mas não o enfeiticei. — Ele franziu a testa quando estendeu a mão para tocar o tecido, mas Cami deu um passo rápido para trás, como se tivesse medo do toque dele. O braço de Melek caiu ao lado do corpo e a dor de sua rejeição ecoou pela minha mente e coração.

Mal sufoquei um rosnado.

Aquela fêmea era um problema.

Melek escondeu a dor por trás de um olhar inexpressivo.

— Fui às compras com Zakkai para escolher o seu vestido, mas juro que não o encantei.

— Então, quem fez isso? — Cami exigiu.

Melek e eu trocamos um olhar.

Ele está dizendo a verdade? Az me perguntou, com o tom um pouco menos irritado.

Sim. Não precisei elaborar. Az sabia que nem Melek, nem eu mentíamos. Melek gostava de brincar, sim, mas jamais negaria algo assim de forma tão direta. Ele teria sido evasivo, talvez devolvendo com um *eu faria isso?*

— Talvez tenham sido os espectros — Melek sugeriu. — Pedi a Zakkai para entregar o vestido a você, porque sabia que não o usaria se viesse de mim. Os espectros ouviram. Talvez tenham feito algo para impedir que você o removesse antes do baile acabar.

Cami arregalou os olhos.

— Essa é a sua história? Que um espectro fez isso?

Melek fez uma careta rara.

— Se eu o tivesse enfeitiçado, eu diria.

— Assim como eu — acrescentei. — Parece plausível que os espectros tenham encantado o vestido. São criaturinhas intrometidas. O que explica a afeição deles pelo meu príncipe.

Esse comentário dissipou a expressão de Melek, levando-o a me lançar um olhar.

— Obrigado, meu amor.

— Não tenho certeza se "intrometidas" é exatamente um elogio — retruquei, bem ciente de que ele podia ouvir a provocação na minha mente.

Porque, embora a mania de se meter de Melek criasse

certos aborrecimentos, sua natureza ardilosa foi o que inicialmente me atraiu para ele.

Cami apertava o vestido e aquele traço de medo ainda pairava em seus olhos.

Medo de quê? perguntei a mim mesmo.

Ou talvez medo não fosse o termo certo.

Assombrada parecia mais adequado, como se estivesse revivendo uma memória profundamente dolorosa.

As correntes, pensei, recordando o que Az disse sobre eu tê-la traumatizado com aquele castigo. Humm.

Esse conhecimento apertou algo em meu peito, me deixando desconfortável. A maioria dos meus jogos sensuais era apreciada no fim.

Mas o castigo de Cami não chegou a esse tipo de clímax.

Porque o portal se abriu nas Terras Pantanosas, desviando meu foco.

E então ela apareceu e tocou na minha Fonte.

Para fechar o portal em vórtice, lembrei, percorrendo o corpo de deusa dela com o olhar.

— Acho que você e eu precisamos ter uma conversa, pequena tentação — informei baixinho.

Ela arregalou os olhos ao me encarar, antes de moldar a expressão em algo digno de uma rainha. Fria, calma, confiante.

Muito atraente.

— Ajax tem uma contraoferta...

Estalei a língua e balancei a cabeça.

— Ainda não — murmurei, estendendo a mão. — Primeiro, vamos dançar.

O acordo poderia ser discutido depois. Antes, eu queria... conversar com Camillia. Eu não tinha certeza do que exatamente queria dizer, mas era uma necessidade que não conseguia negar.

Um convite para dançar não era o que a prometida de Melek esperava. O olhar dela se demorou em minha mão, depois voltou lentamente para o meu rosto.

Deveria me incomodar enxergar o poder da minha própria Fonte queimando dentro dela, ver como já havia mexido com a minha alma. Mas havia uma inocência ali, algo que Melek vinha tentando me ajudar a reconhecer.

Talvez ela não tivesse intenção de causar mal.

Mas isso não mudava o fato de que era uma ameaça.

— Dançar? — ela repetiu.

Melek pareceu decidir por ela ao pegar sua mão e colocá-la na minha. O simples gesto despertou um calor em meu baixo ventre, um prenúncio de todas as fantasias que Melek desejava transformar em realidade.

Eu não cederia a seus desejos nesse ponto, mas seria um dos maiores testes de autocontrole da minha vida.

— Sim — respondi. — Uma dança.

Ela engoliu em seco, e eu me preparei para a rejeição.

Porém, uma parte dela se curvou.

Não exatamente a alma, mas talvez a fêmea dentro dela.

Vi isso no leve turvar de seus olhos, um sutil indício de submissão. Do tipo que eu adoraria despertar em sua cama.

— Certo — ela concordou baixinho, e a palavra agitou uma centelha de euforia dentro de mim.

Euforia que morreu rapidamente quando Az sussurrou: *Ela acha que não tem escolha.*

Ela tem, garanti a ele. *Mas vou deixar isso mais claro enquanto conversamos.*

Não proponha acordos, ele me avisou, e encontrei seu olhar em chamas. *Ela é minha, Typhos. E minha Fênix é extremamente possessiva. Não me faça escolher entre vocês dois.*

Arqueei a sobrancelha. *Acredito que essa escolha já foi feita, não foi?*

Com isso, puxei Camillia para longe dos dois machos que fervilhavam atrás dela.

— Espere...

— Não vou machucá-la — interrompi Ajax antes que terminasse a frase. — E ouvirei sua contraoferta quando terminar de falar com Camillia.

— Deixe que conversem — Az disse, colocando a mão no ombro de Ajax. — Ele não pode fazer nada aqui. Além disso, foi você quem disse que precisamos deixar Cami fazer o que quiser.

Ajax lançou-lhe um olhar.

— Eu disse isso nas Terras Pantanosas, quando ela estava tentando consertar o portal. Isso é diferente, e você sabe.

— Vou ficar bem — Camillia assegurou, sua confiança voltando. — O Rei Fae do Submundo e eu só vamos conversar.

Meu título formal em seus lábios me lembrou de como certa vez comentei sobre sua maneira de tratar meu príncipe com informalidade.

— Lúcifer — corrigi enquanto a guiava para a pista de dança.

— O quê?

— Ou Typhos, se preferir — acrescentei.

Ela me encarou, perplexa.

— Não entendo.

— Acho que já passou o tempo dos títulos entre nós, Camillia. — Me inclinei para sussurrar em seu ouvido. — A única situação em que isso pode mudar é no quarto. Mas aqui, pode me chamar de Typhos ou Lúcifer. A escolha é sua.

A palavra foi proposital, um jogo com o que Az disse

sobre Camillia achar que não tinha opção a não ser dançar comigo.

Talvez pudéssemos usar isso como ponto de partida para a conversa.

Porque, quando o assunto era Camillia De la Croix, eu já não queria retirar suas opções.

Eu só queria, no fim, selar um acordo que protegesse a todos nós.

E que me devolvesse o controle da minha Fonte.

Cami

Essa era uma péssima ideia. Mas que escolha eu tinha?

Typhos Lúcifer era o Rei Fae do Submundo.

Provavelmente um dos seres mais poderosos que já existiram.

E ele tinha me convidado para dançar.

Merda.

Eu disse que sim porque... bem, fiquei sem palavras. Temi esse encontro por semanas, sabendo que minha vida poderia muito bem acabar no momento em que visse Lúcifer novamente.

Ainda assim, entrei no salão tomada por um turbilhão de raiva, procurando por um Príncipe Fae do Submundo, sem nem pensar duas vezes no Rei.

Até que ele falou, comentando sobre minha escolha de palavras. *Fúria.* Ele chamou de um termo forte. Eu diria que era preciso.

Embora agora ele não parecesse nada furioso.

Na verdade, parecia quase satisfeito.

Mas isso não impediu a multidão de abrir caminho enquanto ele me conduzia até a pista de vidro.

Todos se viraram para encarar, curiosos para descobrir quem tinha inspirado o infame Rei Fae do Submundo a se juntar a eles.

Ele ignorou todo aquele interesse, mantendo o foco inteiramente em mim. O que era perturbador, para dizer o mínimo. E não apenas porque ele era pura tentação com aquele terno.

Porque sim, ele ficava muito bem com aquela roupa.

Com tudo que usava. As roupas caíam perfeitamente nele. Um feito e tanto, considerando sua altura e músculos.

— Você parece perplexa — ele disse, puxando-me para seus braços. — Está tendo dificuldade em decidir como me chamar, Camillia?

Engoli em seco, recordando as palavras que ele tinha sussurrado ao meu ouvido momentos antes.

A única situação em que isso pode mudar é no quarto. Mas aqui, você pode me chamar de Typhos ou Lúcifer. A escolha é sua.

Como isso mudaria no quarto? pensei.

Mas essa era uma linha de pensamento perigosa, especialmente porque eu me lembrava dos meus sonhos.

Coisa que eu precisava ignorar.

Principalmente porque ele estava tentador. A camisa azul-safira destacava seus olhos da cor do oceano, o cabelo escuro estava arrumado, caindo em volta dos ombros, e ele tinha um sorriso que servia tanto de aviso quanto de convite.

Pigarrando, escolhi "Lúcifer", porque parecia fazer mais sentido para mim.

Ele era o próprio demônio. E possuía aquele tipo de sensualidade contra a qual os livros da minha mãe tinham me alertado.

Ou... seriam os do meu pai? Era ele quem sempre me dava coisas para ler.

Mas eu me lembrava nitidamente de minha mãe ser

obcecada por simbolismo demoníaco, provavelmente pelo fato de meu pai ser um Fae do Submundo.

Será que ela sabia o tempo todo do acordo dele? perguntei a mim mesma. Aquele que me comprometeu a uma vida como Noiva Fae do Submundo?

Bem, lamento desapontar, mãe, mas não sou mais uma Noiva Fae do Submundo.

Agora, eu era uma ameaça em potencial para o homem que me segurava na pista de dança.

Não tinha dúvidas de que aquela dança era algum tipo de punição sórdida, tão perversa quanto o vestido de correntes.

E o que eu uso agora, pensei, lançando um olhar ao tecido amaldiçoado.

Melek sugeriu que os espectros tivessem enfeitiçado o material.

Eu duvidava.

Tudo aquilo era um jogo, e provavelmente o Rei Fae do Submundo acabaria me matando por diversão bem ali, no meio da pista.

— Normalmente, as pessoas se movem enquanto dançam — Lúcifer murmurou. Sua mão queimou nas minhas costas ao mesmo tempo que a outra segurava a minha.

— O quê? — perguntei, sem entender.

— Você está parecendo uma estátua — ele disse, me conduzindo para mais perto. — Eu a convidei para dançar, não para ficar parada em um abraço desajeitado, srta. De la Croix.

Franzi o cenho.

— Você é o Rei Fae do Submundo. Não deveria conduzir? — A provocação escapou antes que eu pudesse pensar melhor, congelando meu corpo inteiro quando repeti as palavras na mente.

Para minha surpresa, Lúcifer riu. *Riu.* E, céus, que visão era aquela. Os olhos se enrugaram nas laterais, os lábios se curvaram em um sorriso verdadeiro. Não um daqueles cheios de charme malicioso, mas um sorriso genuíno.

— *Touché*, Camillia. — Senti os dedos dele tensionarem em minhas costas e ele flexionou os braços enquanto guiava nossos movimentos.

Meu coração pareceu entalar na garganta e o estômago revirou em desconforto à medida que eu esperava pela mudança de humor. Pelo momento em que ele revelaria a verdadeira natureza daquela punição. Pelo instante em que a diversão se tornaria letal. Pelo segundo em que meu mundo inteiro se incendiaria.

Mas tudo o que ele fez foi mover nossos corpos em um ritmo sensual, que me lembrou de novo dos meus sonhos.

Lúcifer sobre mim.

Me beijando.

Me marcando com suas mãos.

Um arrepio percorreu minha pele, meu corpo e mente, travando uma batalha que eu não conseguia definir. Eu deveria odiá-lo, não desejá-lo. Ele me fez passar pelo Inferno, barganhou minha vida em um acordo com meu pai e me descartou quando me considerou uma ameaça.

Eu o ajudei com aquele portal.

Ele escolheu a fúria, não a gratidão.

E me colocou naquela porcaria de vestido, pensei, tremendo de novo.

Mas teria sido mesmo tão ruim? outra parte de mim questionou.

Sim! Foi terrível. Ele é um Fae horrível. Merece morrer pelos próprios pecados.

Franzi o cenho. Aquela voz furiosa vinha de um canto de mim mesma que eu não reconhecia. Eu estava zangada com ele? Sim. Tinha medo dele? Também. Mas querer que ele morresse?

— Você está franzindo o cenho — Lúcifer observou, a voz um pouco mais baixa. — Agora todos vão pensar que sou um mau condutor, não é?

Pisquei.

— Ah, eu... — Não fazia ideia do que responder. Estava estranha. Fora do meu eixo. Dividida entre retrucar ou... ou... pedir desculpas?

— Foi uma piada, Camillia. — O tom sério me fez levantar o olhar. Não sabia quando havia desviado os olhos, mas aconteceu, porque só então percebi que não o encarava até aquele momento.

Ele me estudava com aqueles olhos azuis, a expressão impassível.

Tudo o que eu conseguia ver eram as maçãs do rosto marcadas e o maxilar quadrado, traços impossivelmente belos que dificultavam manter o foco nos detalhes.

Regra dos Hell Fae nº 66: O demônio mora nos detalhes.

A regra aleatória atravessou meus pensamentos, me lembrando novamente de meus pais. Eles eram a razão de a maioria dessas regras existirem.

Bem, meu pai, especificamente.

Mas essa, em particular, era um sussurro que minha mãe costumava repetir.

Balancei a cabeça, afastando as lembranças indesejadas, e voltei meu foco ao Rei Fae do Submundo.

— Eu não fazia ideia de que você tinha senso de humor. — Outra provocação que escapou sem permissão.

E, mais uma vez... o Rei Fae do Submundo riu baixo.

— Há muito que você não sabe sobre mim, pequena tentação.

Arrepio. Aquele apelido deslizou sobre mim como uma carícia sutil, uma sensação que eu não queria experimentar. Mas meus sonhos estavam confundindo a minha mente.

Assim como as palavras sensuais de Melek. Graças aos deuses eu consegui bloqueá-lo.

Claro que o estrago já estava feito. As imagens dele me amarrando para Lúcifer eram uma fantasia que ainda me assombrava todas as noites.

— O que você gostaria de saber? — Lúcifer prosseguiu, me trazendo de volta à dança, que era mais um sutil balanço de quadris do que qualquer outra coisa.

Um balanço que mudou quando a música ficou um pouco mais acelerada.

Meus mamilos se enrijeceram quando nossos peitos se encontraram. A proximidade de Lúcifer desligou algum circuito no meu cérebro. Mas o frio do colar em meu pescoço me puxou de volta, me lembrando da situação.

Porque aquela sensação eu já conhecia: era a magia de Melek.

Então foi ele quem enfeitiçou meu vestido, concluí. *Porque, claro, só poderia ter sido ele.*

— Camillia? — Lúcifer me chamou.

— Por que estamos fazendo isso? — perguntei a ele. — Por que estamos dançando?

Tinha que ter alguma relação com o vestido encantado. Eu só não conseguia ver o propósito.

— Porque é um baile — ele murmurou, curvando os lábios em um sorriso tentador. — E em bailes geralmente se dança, não é?

— Eu não saberia — respondi de forma seca. — Este é o meu primeiro.

— Ah. — Ele assentiu. — Suponho que você tenha perdido o evento das Noivas Fae do Submundo.

Contraí o maxilar. Porque sim, eu perdi aquele encontro... como punição por usar um colar encantado.

Relembrar aquilo fez meu sangue ferver, mas o feitiço esfriou minha pele outra vez.

Eu queria arrancá-lo. Queimá-lo. Destruir cada fragmento de magia. Mas não fazia ideia de como. Era como o vestido de correntes, tudo de novo.

Embora... com o vestido de correntes, eu... eu havia absorvido a magia.

Talvez pudesse fazer isso de novo?

Não, melhor ainda, talvez eu *devesse* fazer isso de novo...

Me concentrei na energia ao meu redor, buscando alguma conexão, qualquer coisa em que eu pudesse me agarrar para quebrar o feitiço. Eu deveria ter pensado nisso antes de entrar no baile, mas antes tarde do que nunca. Ah, ali...

Lúcifer me girou em uma inclinação, me distraindo do fio que eu quase capturei. Quando ele me ergueu de volta, segurei seu ombro com a mão livre e meu coração bateu forte.

Seus olhos azuis eram intensos. Como redemoinhos de loucura, caos e poder.

— Tenho sido duro com você — ele disse, mantendo meu olhar. — Talvez injusto. Talvez, não. Ainda vamos ver. Mas reconheço que dificultei as coisas para você, Camillia.

Soltei uma risada sem humor.

— Acho que isso é um belo eufemismo, Majestade.

— Lúcifer — ele corrigiu. Outro giro e inclinação, que terminou com minhas costas contra seu peito e seus lábios em meu ouvido. — Sem formalidades, Camillia.

— Por quê? — perguntei, sem fôlego enquanto ele me girava de novo. — Você já deixou mais que claro que não tem interesse em me conhecer. — Pelo menos, não na vida real.

Nos meus sonhos, bem, essa era outra história.

Ignorei esse pensamento e acrescentei:

— Também já disse que sou íntima demais do seu príncipe. Por que a mudança repentina?

Ele me girou de novo, me segurando firme pelos quadris e me trazendo junto a si.

— Porque meu coração pertence a esse príncipe, e ele deixou muito claro os sentimentos que tem por você.

A seriedade em seu tom refletia o brilho em seu olhar, me obrigando a engolir em seco.

— Ele está brincando comigo. — Desde o início, fui apenas um brinquedo novo que Melek pescou do grupo das Noivas Fae do Submundo. Ainda não tinha descoberto as razões dele. Mas suas intenções não eram duradouras. — Sou só uma fixação temporária.

Lúcifer parou de se mover, e a força total do oceano girava em suas íris.

— Não há nada de temporário no que ele está fazendo. Ele prendeu a alma dele à sua por toda a eternidade e, embora possa parecer um jogo, porque meu príncipe é brincalhão por natureza, isso não tem volta.

Ele me girou antes que eu pudesse responder, me inclinando tanto que meus cabelos roçaram o chão, para em seguida me puxar de volta em um movimento habilidoso que me deixou sem ar e sem palavras.

Ou talvez tivesse sido a veemência de suas palavras.

Mas ele não havia terminado de falar.

— Melek deixou claro o que deseja em cada presente, cada pensamento, cada truque. Você significa muito mais para ele do que imagina, do que eu mesmo percebia. Mas agora eu vejo. E estou... tentando respeitar isso. — Ele ergueu a mão para afastar os cabelos do meu rosto, bagunçados pela dança.

Mantive seu olhar e meu coração parecia ter parado de bater.

Estávamos muito próximos, nossos lábios a poucos centímetros de distância.

Se aquilo fosse um dos meus sonhos, ele me beijaria. Depois me amarraria com as cordas douradas de Melek e me torturaria com a boca e as mãos.

Engoli em seco, sem saber se odiava ou amava aquela ideia. Se o odiava ou se o desejava.

— Ele não enfeitiçou o seu vestido, Camillia — Lúcifer disse baixinho. — Se você não o tivesse bloqueado, teria ouvido a dor que essa acusação lhe causou.

Observei o Rei Fae do Submundo, e parte da frustração anterior voltou à tona ao lembrar do vestido.

— Ele já enfeitiçou coisas antes.

— Sim, para protegê-la — ele respondeu. — Eu a puni como forma de puni-lo. Ele conhecia as regras das Noivas Faes do Submundo e escolheu trapacear. Eu não podia deixar isso sem resposta.

A música mudou outra vez e o ritmo diminuiu.

Lúcifer acompanhou a melodia, me mantendo em seus braços e nos guiando na nova cadência.

Para todos os defeitos que tinha, que, suponho não serem muitos além de ser um obcecado por controle com um fetiche por punições, ele sabia dançar.

— Além disso — ele continuou —, eu estava com ciúmes da afeição dele. A alma de Melek é fiel à minha. Às vezes, ele brinca com outros, mas não transa com ninguém. Apenas os usa para satisfazer uma necessidade que não posso suprir. Mas com você, é espiritual. E isso me chocou profundamente.

Cami

— Oh.

Foi uma resposta pobre.

Mas eu não fazia ideia de como reagir à admissão de Lúcifer de que ele estava com ciúmes.

Essa também era a conversa mais longa que Lúcifer e eu tivemos, e ele estava sendo... sincero. Eu não sabia como interpretar nada daquilo.

— Você ainda... está com ciúmes? — arrisquei.

— Muito — ele murmurou. — Mas os motivos desse ciúme estão mudando.

Minha testa franziu.

— O que quer dizer?

Ele deu de ombros.

— Não é relevante para o meu pedido de desculpas. Só estou tentando dizer que reconheço que não facilitei as coisas. Você não ameaçou apenas a minha Fonte, mas também o meu coração. Faes já morreram por muito menos, Camillia.

Meu peito apertou com a menção de um pedido de

desculpas, depois meu coração acelerou com o que interpretei como uma ameaça.

— Não estou tentando ser uma ameaça, Lúcifer.

E eu realmente não estava.

Mas a magia gelada contra meu esterno parecia me contradizer, porque o colar vibrava com uma energia fria.

Parecia ficar ainda mais gelado a cada minuto e a proximidade de Lúcifer intensificava o arrepio. Eu não tinha certeza do que aquilo significava. Era algum tipo de aviso? Ou apenas uma forma de afastar o calor dele?

— Isso ainda está para ser visto — ele murmurou, me girando novamente. Sua resposta me fez questionar se ele estava ouvindo os pensamentos caóticos na minha cabeça, mas então percebi que ele respondia à minha afirmação de que não queria ser uma ameaça.

— Eu não quero sua Fonte — prometi. — E não quero... — interrompi, quase dizendo seu príncipe, mas percebi Melek parado ali perto com Az e Ajax, todos focados em mim.

Na verdade, os três estavam me observando, provavelmente à procura de sinais de desconforto. Ou talvez só tentando adivinhar o que o Rei Fae do Submundo queria me dizer.

— Meu príncipe é muito atraente — Lúcifer disse enquanto me girava nos braços, me posicionando de costas contra seu peito e levando os lábios ao meu ouvido outra vez. — Você estava prestes a negar que deseja o toque dele?

Encarei o olhar cintilante de Melek, notando a preocupação que brilhava no fundo. Um brilho incomum, que eu não tinha certeza de já ter visto ali.

— Ele está preocupado com o que você vai fazer comigo? — perguntei, ignorando a questão de Lúcifer.

— Não. Ele sabe que não vou machucá-la.

Quase olhei por cima do ombro para conferir sua expressão, mas já sabia que não revelaria nada.

— Queria ter essa confiança — murmurei, mais para mim mesma do que para ele.

— Você tem todo o direito de não confiar nas minhas intenções — Lúcifer respondeu, e suas palavras me deixaram em silêncio. — Eu já a ameacei mais de uma vez, castiguei de formas incomuns e, em essência, deixei claro meu profundo desprezo pela ideia de meu príncipe se unir a você.

Ele me girou de novo e senti minhas pernas desajeitadas devido ao choque.

— Não confio em você, Camillia — ele disse, e foi menos surpreendente do que todo o resto. — E você também não deveria confiar em mim. Mas acho que está na hora de encontrarmos um caminho, de talvez aprendermos a confiar um no outro... pelos nossos companheiros.

A última parte foi dita enquanto ele me conduzia em outra inclinação e seus lábios ficaram próximos da minha garganta.

Eu mal conseguia respirar quando ele me ergueu de volta. Meu corpo estava em chamas e, ao mesmo tempo, gelado.

Era uma contradição absurda: minha pele ardia enquanto o colar parecia gelo contra meu peito.

O feitiço era para me deixar submissa? Para me fazer aceitar qualquer acordo que ele estivesse prestes a propor?

— O que você está oferecendo? — sondei, tentando decifrar suas verdadeiras intenções, assim como testar minha teoria.

— Não estamos fazendo um acordo, Camillia — respondeu. — Não aqui. Não ainda. Prometi a Az que só conversaria com você, e não sou do tipo que quebra promessas.

Eu o encarei.

— Mas o seu mundo inteiro gira em torno de acordos.

— Não queria soar repetitivo, mas você não me conhece muito bem. E sim, acordos têm valor para mim, mas existem coisas na vida que não podem ser ditadas por contratos. Às vezes, precisamos colocar fé nos outros para testar suas verdadeiras intenções.

— É isso que está fazendo? — perguntei. — Confiando em mim para ver se vou traí-lo?

Ele me analisou por um momento enquanto nossos quadris balançavam no ritmo lento da música.

— Honestamente, Camillia, suponho que estou tentando encorajá-la a ter um pouco mais de fé em mim e nas minhas intenções. E, em troca, vou tentar fazer o mesmo com você.

— Isso significa que você não quer me matar?

Ele contraiu os lábios em um quase sorriso.

— Ah, eu ainda quero te matar, Camillia. Seja intencional ou não, você é uma ameaça. — Sua mão desceu pelas minhas costas, me envolvendo em seu abraço. — Mas só porque eu quero fazer algo não significa que vou. — Essas palavras foram sussurradas no meu ouvido em um tom mais baixo.

— Isso não me faz sentir segura perto de você — confessei em um sussurro.

— Então estamos quites, Camillia De la Croix. Porque eu também não me sinto seguro perto de você. — Seus lábios roçaram meu pulso, fazendo meus brincos brilharem em sincronia com o colar.

Um cubo de gelo percorreu minha coluna, me fazendo arregalar os olhos em choque. Foi tão inesperado e estranho em contraste com o calor que emanava do corpo de Lúcifer.

De novo, tentei decifrar a magia que me aprisionava naquele vestido.

Algo estava acontecendo.

Algo estranho.

— Eu nunca poderia machucá-la, Camillia — Lúcifer disse com a voz suave como um sussurro. — Você está ligada ao meu coração agora, à minha própria alma. E é por isso que vou lhe confidenciar algo.

Segurei seus ombros. A proximidade me deixava tonta. Ou talvez fosse apenas a estranha batalha de temperaturas acontecendo sobre a minha pele.

O que quer que ele fosse revelar provavelmente estava relacionado a isso e, com sorte, explicaria aquelas sensações conflitantes.

— Melek adora seus jogos — ele começou, confirmando o que eu suspeitava.

Melek enfeitiçou este vestido.

Ele mentiu sobre os espectros.

A verdadeira punição estava prestes a começar.

Apertei as coxas, torcendo para que o tormento sensual não começasse entre minhas pernas. Eu não suportaria aquele constrangimento outra vez. A corrente já tinha sido demais.

Mas será que tinha mesmo? pensei, recordando a experiência no clube Fae do Submundo. Eu me senti sobrecarregada e humilhada, sim. Mas também fiquei furiosa. Mantive a cabeça erguida. Enfrentei aquela sala com confiança.

Foi horrível ele ter feito aquilo comigo, outra parte de mim ponderou, a voz surgindo daquele lugar estranho e desconhecido outra vez. Um lugar de insegurança, que eu nem sabia que possuía.

— Mas algo que você precisa entender é que meu príncipe joga com aqueles de quem gosta — Lúcifer continuou, me trazendo de volta a seus comentários sobre Melek. — É o jeito dele de te cortejar.

Franzi o cenho. *O quê?*

— Tudo o que ele fez foi para a sua proteção, desde o colar que uma vez lhe deu até os votos de acasalamento e suas visitas aqui no Reino Fae da Meia-Noite. Ele não está tentando machucá-la, Camillia. Está tentando conquistar sua afeição e provar o próprio valor. — Lúcifer finalmente afastou os lábios do meu pescoço, seus olhos ardendo de paixão enquanto me observava.

Retribuí o olhar, confusa e um pouco perdida.

Eu esperava que ele fosse me *revelar* suas intenções. Finalmente mostrar qual seria a punição.

Não falar sobre Melek e seus sentimentos por mim.

— Ele está triste, Camillia — Lúcifer sussurrou. — E não consigo te dizer o quanto essa emoção é rara para Melek.

Pisquei para ele.

— Ele está triste? — Eu não duvidava de que fosse *raro*. Não conhecia Melek há tanto tempo quanto Lúcifer, mas sabia o suficiente para entender o quanto aquilo devia ser anormal para o príncipe brincalhão dos Faes do Submundo.

— Na falta de uma explicação melhor, acho que ele está se sentindo rejeitado. — Lúcifer inclinou a cabeça enquanto nossos corpos ainda balançavam no compasso da música, que não mudou muito nas últimas duas canções. — É sua intenção rejeitá-lo como companheiro?

Arregalei os olhos.

— Eu...

— Você estava prestes a me dizer que não queria meu príncipe, não estava? — ele insistiu, se referindo à nossa conversa de minutos atrás. — Você disse que não queria a minha Fonte e então começou a dizer que não queria outra coisa. Presumo que fosse mencionar Melek. Estou errado?

Eu não tinha certeza de como nossa conversa evoluiu para os meus sentimentos por Melek, ou como acabamos na pista de dança.

Typhos Lúcifer queria me matar. Ele me odiava. Achava que eu era uma ameaça.

Ainda assim, estava me segurando com cuidado e tentando ter uma conversa íntima comigo.

Tudo isso sob o olhar dos meus companheiros.

Olhei para eles, mas os encontrei conversando entre si. Pareciam já não se preocupar tanto comigo nos braços do Rei Fae do Submundo.

Talvez, como nada de terrível havia acontecido, não vissem Lúcifer como uma ameaça imediata.

Será que eu o vejo como uma ameaça? pensei, me lembrando do que ele disse sobre nunca poder me machucar, sobre eu estar ligada ao coração e à alma dele.

Ainda assim, ele também declarou o desejo de me destruir.

Um retrato honesto da nossa relação, suponho. Talvez a forma mais honesta com que já havia se dirigido a mim até agora.

Ah, ele já admitiu antes que queria me matar, mas naquela noite disse que desejar algo e fazê-lo eram duas coisas muito diferentes.

— Camillia? — ele chamou, tentando trazer meu foco de volta.

Voltei a olhar em sua direção, mas parei ao captar uma cabeleira loira, o brilho refletindo sob a luz da lua. Virei a atenção para aquilo, a cor me lembrando da minha mãe.

Mas a mulher não estava em lugar nenhum.

Uma ilusão de ótica? pensei, franzindo a testa.

Os lábios de Lúcifer roçaram minha bochecha.

— Quero uma resposta, Camillia. Se pretende partir o coração do meu príncipe, preciso saber para poder recolher os pedaços e curá-lo.

— Você não vai me ameaçar para ficar com ele? — perguntei, um tanto surpresa com a própria resposta, assim como com o tom usado. Havia muita raiva enraizada em mim, talvez alimentada por aquela voz estranha que já ouvi duas vezes em meus pensamentos.

— Se você não enxergar o quanto meu príncipe é digno, então sua punição será simplesmente nunca experimentá-lo em toda a sua beleza — Lúcifer disse, com uma leve fúria sublinhando sua voz. No entanto, não era um tipo de fúria que me assustava. Era diferente. O tipo proferido por um homem possessivo com relação ao seu companheiro.

Ele me girou ao som de uma nova música, com os movimentos um pouco mais firmes. Não violentos, mas dominantes. Como se tentasse me trazer à obediência.

— Melek é um presente dos céus — disse. — Uma alma linda. Eu nem sempre concordo com suas ações, mas tudo o que ele faz tem um propósito. Ele não é maldoso. Ele é puro. E os jogos que fez com você foram todos a seu favor.

— Todos eles já te irritaram — rebati.

— É verdade — ele concordou. — Mas é porque Melek está me provocando de propósito. Ele acredita que você está ligada ao nosso futuro. Às vezes, eu entendo o motivo. Agora, não.

Arqueei as sobrancelhas.

— Você fala isso como se fosse um insulto.

— Porque é — ele respondeu antes de me inclinar até

o chão, roçando o nariz no meu. — Você está rejeitando meu coração. E acho que é uma tola por fazer isso.

— Eu não o rejeitei.

— Mas também ainda não o reivindicou.

Segurei as lapelas do paletó de Lúcifer, mantendo nossos corpos juntos quando ele me ergueu novamente.

— É difícil reivindicar alguém que está sempre jogando.

— Então abra os olhos e perceba que ele não joga desde que você chegou aqui. Ele tem tentado ajudar, garantir sua segurança enquanto eu me acalmava o suficiente para enxergar a razão. — Ele me girou, colando o peito nas minhas costas de novo. — Ele é seu anjo da guarda, Camillia. Aceite isso. Ou seja gentil e rejeite-o.

Ele me soltou para dar a volta e encerrar nossa dança.

Segurei sua mão por instinto, sem querer deixá-lo ter a última palavra, e uma energia trovejante percorreu meu braço. Nós dois olhamos para o ponto de contato e ele franziu o cenho.

Tentei soltar, mas não consegui, minha mão parecia colada à dele.

— O que é isso? — ele questionou.

— Eu... eu não sei. — Tentei dar um passo para trás, mas minhas pernas se recusaram a obedecer.

Não. Não eram minhas pernas... eram meus *sapatos.*

— É este... este *vestido* — sibilei, levando a mão livre ao tecido para puxá-lo para longe de mim.

Lúcifer franziu o cenho para o tecido ofensivo e estendeu a mão para tocá-lo também. Um rosnado escapou dele quando puxou a mão de volta, mas a roupa foi junto, enquanto um poder gélido se espalhava por cada centímetro do meu corpo.

Estremeci em resposta. A sensação me dominou e arranhou cada pedacinho da minha pele.

Az, Ajax, pensei, tentando encontrá-los na multidão.

Mas acabei cruzando o olhar com um fantasma.

Um que eu não via... há anos.

Mas aqueles olhos azul-gelo só podiam pertencer a Mystika De la Croix. *Minha mãe.*

— Camillia — Lúcifer grunhiu, fazendo minha atenção voltar para ele.

Arfei diante da cena à minha frente. Sua expressão de dor e dentes cerrados destoava completamente do homem com quem eu acabei de dançar.

Mas foi a estranha mecha branca em seu cabelo escuro que realmente capturou meu foco.

Ela me lembrava a Fonte.

E era uma diferença gritante em meio aos fios escuros.

— O que...? Eu... eu não...

Sua mão ainda estava presa à minha, a outra segurando meu vestido.

Meu vestido que agora *brilhava.*

Reflexos dourados. Centelhas brancas. *Energia congelante.*

Inspirei fundo. O poder parecia se infiltrar em minhas veias, me lembrando da vez em que tomei a Fonte dele emprestada para fechar o portal. Mas agora era diferente. Não era intencional. Era... forçado.

A magia do vestido, pensei outra vez, tentando de imediato agarrar o fio que havia notado antes. O frio me lembrava de Melek, mas não podia ser ele. Ele jamais faria isso com Lúcifer.

— *Merda* — o Rei Fae do Submundo grunhiu, ainda tentando se libertar do que quer que estivesse acontecendo entre nós.

Tudo se desenrolou tão rápido que a multidão só agora parecia perceber que havia algo errado. *Muito, muito errado*, pensei, procurando outra vez pelos meus companheiros.

Os três vinham em minha direção.

Mas eu não podia deixá-los me alcançar. Nem a mim, nem a Lúcifer.

Se nos tocassem, talvez fossem sugados para seja lá o que isso fosse.

— Leve-nos para o Reino Fae do Submundo — ordenei a Lúcifer

Ele me lançou um olhar fulminante.

— De jeito nenhum vou deixá-la perto da minha Fonte.

— Eu não sei o que está acontecendo! — gritei para ele. — E não quero arriscar que Az, Ajax e Melek fiquem presos nisso também!

A atenção dele foi para os três Faes tentando abrir caminho pela multidão até nós. A minha, para o fantasma espreitando por perto.

Ela ainda estava lá.

Os cabelos loiros esvoaçando em um vento invisível.

Os lábios apertados em uma linha de desaprovação.

O olhar penetrante.

Até sua imagem ser atravessada por alguém que passou bem no meio dela.

Um fantasma, pensei, tentando afastar aquela visão da minha mente. *Estou enlouquecendo.*

Os fios de poder cresciam rápido ao meu redor enquanto o beijo gelado espalhava arrepios pelos meus braços e pernas.

Segui a energia, tentando localizar a fonte do feitiço para desfazê-lo.

Zakkai, percebi, tentando encontrá-lo na multidão.

Mas havia Faes demais.

E tudo acontecia em um piscar de olhos.

— Lúcifer! — gritei quando ele tentou se soltar de

novo, apenas para mais de seu poder jorrar para dentro de mim. Me *atravessando*.

Eu o senti se derramar em meu ser e seguir para algum lugar profundo, para uma caverna que eu não compreendia direito.

Mas aquela caverna estava ligada à energia mágica que girava ao redor do meu vestido. Eu conseguia ver agora os fios de poder quase tangíveis.

Puxei um deles no instante em que Lúcifer me envolveu nos braços.

— Segure firme — ele ordenou.

Então, o mundo desapareceu.

Assim como o toque de Lúcifer

Mas a energia permaneceu, me capturando em uma nuvem de névoa gélida.

Os tentáculos gelados se contorciam, pulsavam e batiam contra meu espírito. Furiosos e frios. Intensos e aterrorizantes.

Ainda assim, agarrei aqueles fios de neblina, determinada a me libertar do aperto congelante.

Um calor abrasador cortou meu corpo, arrancando um grito da minha garganta enquanto dedos flamejantes cravavam em minha alma. Afastei aquilo com força, não querendo nada do fogo.

Apenas o gelo.

O feitiço.

A porcaria do vestido.

Arranhei o tecido enquanto minha mente se desfazia e os tentáculos de energia se partiam ao meu redor. Eu sentia a magia falhar. Sentia as grades invisíveis se abalando sob a força da minha luta.

Só mais um pouco, pensei, golpeando a energia agora visível com minha própria força de vontade enquanto arrancava o colar.

Ele não voltou para minha garganta.

Os brincos foram os próximos.

Eles não retornaram às minhas orelhas.

Então, foquei nos restos do tecido dourado, rasgando os fios com meus dedos e com a mente. Tudo estava conectado: o feitiço de enredamento, a energia fria, o sifão.

Mergulhei fundo no poço dentro de mim, encontrei a energia de Lúcifer e a expulsei com toda a força que consegui reunir, destruindo as últimas grades daquela prisão feita de poder.

Uma luz branca e quente respondeu na mesma medida, me fazendo piscar até cair na escuridão.

Eu estava em lugar nenhum e em todo lugar ao mesmo tempo.

Flutuando. Perdida. Não mais corpórea.

Meus olhos abriram e fecharam, mas tudo o que vi foi branco. Branco puro e ofuscante.

Silêncio.

Imobilidade.

E frio.

Ah, tão frio...

Até que alguém surgiu diante de mim.

Alguém emoldurado por asas brancas deslumbrantes.

Pisquei para o anjo, surpresa por vê-la ali.

Ela já não parecia etérea como no Baile Fae Inter-Reinos, sua aparência fantasmagórica agora era muito mais sólida.

— M-Mãe? — Minha voz saiu rouca, como se estivesse sem uso. Ou talvez por ter gritado por um tempo indeterminado. Eu realmente não sabia. Nem conseguia me lembrar do motivo dos gritos ou de como tinha parado ali.

Será que eu estava morta?

— Olá, Camillia — minha mãe cumprimentou, prendendo toda a minha atenção. — Bem-vinda à utopia.

— Utopia? — repeti.

Ela sorriu.

— Sim, minha querida. *Utopia.*

Typhos

Meu cabelo batia contra o rosto e o estômago revirava com a distinta sensação de queda, que me fazia sentir leve e impotente ao mesmo tempo.

Não era algo a que eu estivesse acostumado, mas era uma sensação que conhecia bem demais.

Meus pesadelos a traziam de volta de tempos em tempos, relembrando o dia em que tudo acabou.

E minha nova vida começou.

Chamas me envolveram, me transformando em uma esfera de fogo enquanto minha Fonte se deleitava no meu poder. Eu a criei, uma vez, muito tempo atrás.

Agora, de alguma forma, ela havia retornado ao auge, mas não estava satisfeita.

Estava furiosa.

Camillia, pensei com uma ponta de melancolia ao entender o que ela realmente fez.

Eu não tinha recuperado minha Fonte.

Ela a havia *devolvido*.

Pequena tentadora, eu estava muito errado a seu respeito.

Ela nem percebeu o poder do gesto de se libertar

quando desfez a energia gélida de seu vestido. Aquilo vinha nos unindo à força, obrigando-a a drenar meu poder para um vazio dentro de sua alma.

Eu senti isso acontecer, sabia que ela não estava no controle.

Segure firme, eu lhe disse ao abrir o caminho de volta para casa.

Então tentei levá-la comigo.

Mas ela rompeu a conexão e lançou todo o meu poder de volta contra mim, fazendo uma explosão se espalhar pelo meu domínio.

Eu não estava preparado para receber a devolução da minha Fonte e, como resultado, ela ricocheteou.

E agora, estou caindo de novo.

Me preparando, fechei os olhos e aceitei o que viria a seguir.

Depois da queda, viria o impacto.

E ia doer.

Meus ouvidos estalaram quando rompi a barreira do Reino Fae do Submundo, e o inferno da minha Fonte rugiu para vida.

O som ecoou por todo o território, sendo ouvido a milhares de quilômetros... o rugido da queda do Rei Fae do Submundo.

E então, tudo que conheci foi dor.

Pedras e rochas explodiram ao meu redor quando meu corpo se chocou contra o chão implacável.

Ou seria contra uma construção?

Ah, meu palácio, percebi ao vislumbrar o horizonte enquanto as paredes desmoronavam.

Eu caí no mesmo lugar da minha primeira queda.

De algum modo, isso parecia adequado.

Atravessando paredes e blocos de pedra, minha Fonte buscou o vazio familiar. Construí meu palácio ali de propósito, o local servindo como memorial para me lembrar até onde eu havia caído.

Minha capital se ergueu sobre essa cratera sagrada, toda imponência e altura. Mas, na realidade, minha queda original escavou uma caverna inteira sob a atmosfera flamejante do Reino Fae do Submundo.

Felizmente, hoje eu não parecia revisitar aquele abismo secreto. Meu impacto foi poderoso, mas nem tanto.

O sangue inundou minha boca enquanto cada osso do meu corpo se despedaçava. Eu me regeneraria em questão de instantes, mas primeiro meu corpo físico seria destruído pela colisão.

Aceitei isso com raiva.

Para ser inteiro novamente, precisava me render à dor.

Um silvo escapou dos meus pulmões vazios quando a pedra explodiu ao redor em muralhas de Fogo do Inferno, antes de se transformar em poeira que se espalhou no ar. Meu palácio ficaria apenas parcialmente destruído pela queda.

O Fogo do Inferno vinha do poder da minha Fonte. Permaneceria eterno.

Assim como eu.

Meus ossos se recompuseram em segundos que pareceram horas, puxando meus órgãos de volta à forma enquanto meu corpo se costurava de novo.

Como isso aconteceu?, pensei, olhando para uma estátua milagrosamente intacta.

A pedra retratava meu corpo prostrado no chão, com filetes de ouro atravessando o mármore vermelho. Uma representação de agonia, da queda e do horror que eu suportei.

A dor não foi apenas física, apesar das marcas sangrentas esculpidas nas costas da estátua.

Foi uma ferida emocional, algo que jamais cicatrizou.

Agora, eu estava diante da entrada dos meus aposentos privados, exatamente onde o impacto da minha primeira queda manteve a pedra aquecida.

O material incandescente foi a fundação de todo este reino. Eu o ergui do nada, moldando um novo mundo onde os rejeitados por aqueles em quem confiavam poderiam encontrar refúgio.

Ódio incandescente e determinação, foi disso que meu reino nasceu.

Ninguém vai rejeitá-lo aqui.

Era o que a estátua representava. O chão debaixo de mim se estendia por quilômetros, e eu construí meu palácio em torno dele. A sacada quebrada se abria para uma cidade que eu cultivei a partir de nada além de desespero e dor.

Mas agora, sentia como se renascesse outra vez. Naquele dia em que caí, perdi tudo.

Desta vez, não fui eu quem fez o sacrifício.

Foi Camillia.

Onde ela está? Com os dedos cravados na rocha incandescente que se solidificava em volta de mim, me arrastei até ficar de joelhos.

Em todo lugar.

Minhas narinas se dilataram quando aspirei seu perfume de rosas, desta vez com um toque de ambrosia e fogo.

Uma mistura de Melek e de mim.

Uma combinação intoxicante, que assentava um desejo profundo em minha alma e, de forma estranhamente plena, o preenchia.

Eu não me sentia assim desde... antes.

Antes de Camillia De la Croix.

Porque ela a devolveu.

Esse tempo todo, ela vinha drenando minha Fonte, mas agora eu tinha certeza de que não foi de propósito.

Alguém esteve usando sua habilidade de sugar meu poder, mas ela descobriu isso ao mesmo tempo que eu.

E ela lutou contra.

Exatamente como eu esperaria de uma futura rainha.

O pensamento surgiu como reflexo, me surpreendendo. Ela não era para ser minha. Ela pertencia a Melek. A Ajax. A Az. Não a mim. Eu não a queria.

Pelo menos... eu não *deveria* querê-la.

Mas sua lealdade ressoava verdadeira, sua honra era um farol que minha alma ansiava por retribuir.

Ela salvou minha Fonte. Forçou-a de volta para dentro de mim. Provou, com seus atos, que falava a verdade quando disse que não queria meu poder.

Talvez ainda fosse um truque. Um jogo perigoso para me atrair ao seu círculo íntimo.

Mas vi sua expressão, o medo quando percebeu o que estava acontecendo.

E, mais que isso, sua *fúria*.

Ela não queria ser usada daquela maneira e reagiu contra a magia.

Desde o momento em que nos conhecemos, jurou ser inocente. Eu me recusei a acreditar, porque ela tinha a habilidade de alcançar minha alma e tomar meu poder.

Exceto que ela nunca usou isso para benefício próprio, não de verdade.

Camillia só tentou sobreviver.

Ela fechou o portal que teria matado meu povo.

Jamais me desafiou abertamente, seguiu minhas ordens, mesmo que apenas para proteger quem amava.

Ajax e Azazel eram do meu círculo íntimo. Seduzi-los não foi uma tática para me controlar. Foi consequência natural da fêmea que meu próprio príncipe escolheu como companheira eterna. O simples fato de ela não ter consumado isso ainda, de parecer até relutante, provava que não tinha desejo de me destruir.

Porque, se realmente quisesse me ferir, Melek era o caminho. Ela teria aceitado sua oferta há muito tempo, tomando-o para si e me aniquilando por dentro.

Sua hesitação, ao contrário, provava que ela levava suas decisões a sério. Que não enxergava ainda o que Melek lhe oferecia.

A ironia era que ela não percebia seu próprio valor, nem quem realmente era.

Uma futura Rainha Fae do Submundo, se Melek conseguisse o que queria.

E ela lutava como uma.

Camillia De la Croix desmantelou aquele vestido, *absorveu-o* e encontrou um jeito de devolver minha Fonte. Então implodiu em uma demonstração de poder.

Melek escolheu bem sua companheira, e agora eu finalmente compreendia tudo o que ele tentava me mostrar.

Camillia não era minha inimiga.

Ela era a aliada mais poderosa que eu poderia ter.

Então, onde está a pequena tentadora agora?

Ao procurar por sinais dela em meu palácio, encontrei apenas minha guarda pessoal. Meus Cães do Inferno aguardavam como pesadelos na borda da destruição enevoada, com seus olhares mais curiosos do que preocupados.

Eles não se aproximaram, apenas esperaram por meu comando, com as orelhas pontudas voltadas para mim. As pontas flamejantes eram as únicas partes que se moviam enquanto me observavam com olhos vermelhos incandescentes.

Tudo parecia estranhamente silencioso após o impacto da minha segunda queda.

O resto do meu reino aguardava minha ordem, minhas instruções, minha garantia.

Queriam saber o que tinha acabado de acontecer.

Melek surgiu em um turbilhão dourado de penas no momento exato.

— Typhos — ele sussurrou. — Pegue minha mão.

Ele estendeu a mão sem hesitar, atravessando a rocha ainda quente.

Olhei para seus dedos, incapaz de afastar a lembrança de que foi exatamente assim da primeira vez.

Mas agora, eu sabia que Melek não me traiu. Quando me ofereceu a mão, tanto tempo atrás, eu a rejeitei.

Desta vez, aceitei.

Meu príncipe sorriu e aquele gesto me partiu o coração, porque essa pequena repetição curava algo dentro dele.

Raramente falávamos sobre as artimanhas que ele usou naquela época. Artimanhas que salvaram minha vida, mas que ainda assim feriram.

A percepção da traição me destruiu.

Mas minha rejeição também o destruiu.

Essa cicatriz profunda era algo que eu nunca consegui curar por completo. E, ainda assim, ali estávamos, consertando-a.

Graças a Camillia De la Croix.

Melek e eu mantivemos as mãos unidas mesmo depois de eu conseguir ficar de pé. Meu traje foi reduzido a cinzas, mas eu não estava mais quebrado. Não sofria a perda das minhas asas como na primeira queda. Em vez disso, um eco de fogo vibrava no lugar delas.

Minha Fonte ardia pela minha pele, me curando em

ondas flamejantes que brilhavam refletidas nos filetes dourados pulsando pelas minhas veias.

Exatamente como na estátua, pensei.

Como se para concluir meu retorno ao poder, o calor incendiou minhas costas e meus apêndices em forma de brasas se estenderam em toda a sua glória.

Suspirei, renovado. Completo. Pleno.

E minha Fonte enfim começou a se acalmar, com seu núcleo pulsando como um batimento suave, satisfeita com o equilíbrio restaurado.

— Onde está Camillia? — perguntei, porque, embora sua essência estivesse por toda parte, ela não estava fisicamente ali.

E eu tinha perguntas, assim como preocupações. Ela expeliu uma quantidade absurda de energia de uma só vez.

Melek veio sozinho, o que só aumentava minha apreensão.

E se...

Sombras rodopiaram no ar quando Ajax surgiu, seguido pelas cinzas flamejantes do meu Comandante.

Os dois me encararam, e percebi que era a primeira vez que me viam assim.

Renascido.

Novo.

Em minha forma bruta de Rei Fae do Submundo.

Meu cabelo se agitava ao redor do rosto por um vento invisível enquanto a energia crepitava nas minhas veias. Melek soltou minha mão e alcançou uma mecha do meu cabelo, ignorando as faíscas ao enrolá-la nos dedos.

Meu cabelo era escuro, mas o fio que ele segurava agora era branco.

Foi por causa do que Camillia fez comigo?

Não quando devolveu a Fonte, mas antes. Quando ainda a estava drenando.

E agora que todo meu círculo íntimo estava ali, era evidente que Camillia não... estava.

Todos chegaram a essa constatação ao mesmo tempo. Os olhos de Ajax se arregalaram e Azazel inclinou a cabeça, suas íris mergulhando em um negro profundo.

O maxilar de Melek se contraiu antes de falar:

— Ela não está com você?

— Está nas Terras Áridas — Ajax declarou, me surpreendendo com aquela afirmação vaga antes de desaparecer em outra rajada de sombras.

Meu Comandante franziu o cenho.

— Ele está errado. Ela ainda está no Reino Fae da Meia-Noite — ele murmurou antes de se desfazer em cinzas, sem dúvida retornando ao reino em que estávamos.

Melek baixou o queixo enquanto seu olhar se desviava do meu palácio.

— Eu a sinto em outro lugar também. Eu a sinto... — Ele franziu a testa, depois me encarou. — Por que ela estaria no campus das Noivas Fae do Submundo? É lá que a sinto, mas não consigo alcançá-la com minha mente. Só consigo sentir.

Algo estava errado, porque eu também sentia Camillia.

Só que aqui.

Em todo lugar.

— Vá — ordenei, porque, se meus homens eram atraídos por aqueles locais, talvez houvesse uma resposta no enigma que se formava. — E me diga o que encontrar, meu príncipe.

Segurei sua nuca e encostei minha testa à dele.

— Mas, por favor, meu amor, tenha cuidado.

Eu não precisava dizer em voz alta. Ele sabia.

Já sabia, provavelmente muito antes de eu perceber.

Temos um inimigo invisível que esteve nos manipulando o tempo todo.

E me aterrorizava o quanto chegaram perto de vencer.

Ele sorriu de lado.

— Quando é que já me viu entrar em confusão, meu rei?

Com essa resposta brincalhona, ele desapareceu.

E um peso de angústia se instalou em minha alma.

Pela primeira vez desde que conheci Camillia De la Croix, desejei sentir aqueles dedinhos delicados puxando minha energia de novo, porque ao menos isso me diria que ela ainda estava aqui.

Que estava viva.

Que estava *segura.*

Mas essa última parte não era verdade. Eu sentia isso no fundo da minha alma... Camillia De la Croix estava em perigo.

E era meu dever encontrá-la.

Onde quer que esteja, pequena tentadora, você não ficará perdida por muito tempo. Eu juro.

Cami

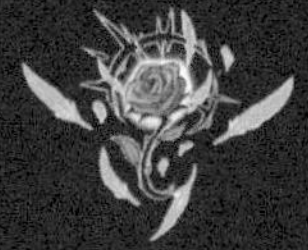

Branco.

Revestimento de porcelana.

Céus azul-claros.

Vidros impecáveis.

Pátios vibrantes, verdes, com flores vivas e abelhas zumbindo.

Utopia.

Foi assim que minha mãe chamou o lugar durante a visita guiada... uma à qual eu não me lembrava de ter concordado, mas aparentemente devia ter, já que ela me levou para conhecer sua casa.

Ou seria a *nossa* casa?

Eu ainda não sabia como cheguei ali. Mas isso era relativamente normal quando se tratava dos meus pais, eles frequentemente me levavam a lugares sem qualquer explicação. Eu adormecia na minha cama, apenas para acordar no meio de um campo em chamas.

Quanto a excursões aleatórias, esta parecia aceitável até agora.

Todos que passavam acenavam em cumprimento, as

asas cintilantes em suas costas confirmando a natureza não humana. Observei algumas das penas à medida que uma memória insistia na borda da minha mente. Penas brancas, salpicadas de dourado.

Antes que eu conseguisse agarrar essa lembrança, viramos a esquina e paramos diante de uma grande fonte que cercava uma estátua feminina. Ela se erguia ao centro, braços levantados, louvando os céus.

Eu... eu já tinha visto algo semelhante. Uma estátua intensa, mas masculina, com cicatrizes no lugar das asas.

Franzi a testa. *Por que...*

— Lamento muito por seu pai, querida — minha mãe disse, me obrigando a piscar.

— Meu pai? — repeti quando uma sombra cinzenta se projetou sobre a fonte, tornando-a enegrecida e queimada por um fragmento de segundo.

Mas quando pisquei novamente, a visão voltou a ser de puro branco.

Estranho.

Minha mãe pigarreou.

— Bem, sim. A morte dele. Mas você precisa entender que foi necessária.

— Meu pai está morto? — perguntei, confusa sobre como havíamos chegado a esse assunto.

Será que eu já sabia da morte dele?

Tínhamos falado sobre isso?

Eu... eu não tinha certeza. Não conseguia me lembrar da maioria das coisas naquele momento. *Como cheguei ali*, pensei pela milionésima vez. *Onde estou? O que é essa utopia? Por que me sinto tão perdida?*

— Você não ouviu uma palavra do que eu disse? — minha mãe questionou em um tom que eu conhecia bem demais.

— Desculpe — respondi de imediato, baixando o olhar. — Eu... eu não estou me sentindo muito bem.

Nada daquilo fazia sentido. Eu nem sabia como tinha chegado ali. Ou por quê.

Franzi a testa e olhei para o vestido branco de minha mãe...

— Por que você tem asas? — soltei de repente.

Ela contraiu os lábios, sua expressão se tornou carregada da mais pura decepção.

— Eu sou uma Fae Virtuosa, Camillia. Honestamente, como você sobreviveu até agora com tamanha ingenuidade é algo que não entendo.

Franzi a testa. Fae Virtuosa. Aquilo soava familiar. Seres angelicais. Faes originais. Algo sobre uma luz e a fragmentação de uma Fonte...

E um Fae Virtuoso caindo...

Olhei outra vez para a estátua da fonte. As linhas femininas estavam erradas. Deveriam ser masculinas. Agonizadas. O corpo curvado, músculos tensos, lágrimas de sangue onde antes havia asas.

Mais uma vez, a visão escureceu em tons de cinza antes de clarear de novo.

O que é isso?, perguntei a mim mesma, erguendo os olhos. O céu límpido não poderia estar projetando sombras. E, ainda assim...

Minha mãe estalou os dedos diante de mim.

— Se eu vou explicar isso, você vai ouvir.

Um pedido de desculpas permaneceu em meus lábios. Mas não saiu, porque minha mandíbula se mantinha cerrada. Era como se meu corpo recusasse as palavras enquanto minha mente as gritava.

Ainda assim, uma vozinha sussurrou: *Algo não está certo.*

Agarrei-me a essa voz, curiosa quanto ao que significava.

— Como eu já disse, seu pai foi apenas um meio para um fim. Eu o seduzi para criar você. Ele fez o acordo a meu pedido. Depois, me ajudou a treiná-la. E então, bem, não havia mais motivo para mantê-lo. — Ela deu de ombros, como se tudo aquilo fosse lógico. Mas eu não compreendia uma palavra. — Não é como se ele tivesse permissão para estar aqui.

Ela abriu os braços, exibindo novamente sua utopia.

Tão perfeita. Limpa. Silenciosa.

O que aconteceu com os outros Faes?, pensei, erguendo os olhos para o céu cristalino. *Estariam voando?*

E desde quando minha mãe tinha asas? Ela era humana...

Quase perguntei em voz alta, mas ela já retomava o discurso, falando sobre meu propósito.

— Você já deveria ter concluído a tarefa — ela disse.

Que tarefa? A pergunta ficou presa na minha boca até se perder, quando o céu mudou de repente para um marrom turvo. Abri a boca, atônita, depois me assustei ao vê-lo voltar ao tom azul. Como...?

— Você nasceu para isso, Camillia. Não sei por que está demorando tanto para concluir — ela disse, balançando a cabeça. — Bem, sua avó chegará em breve para uma avaliação. Talvez você só precise de um empurrãozinho na direção certa.

Ela retomou a caminhada, me conduzindo a um arco que unia dois edifícios imaculados. Flores e trepadeiras enfeitavam a pedra branca, a vegetação formando uma palavra que eu não conseguia ler. Estava ali, na beira da minha mente, mas quanto mais me esforçava para decifrar, mais ilegível se tornava.

Estranho, pensei, franzindo a testa.

— Camillia — minha mãe sibilou.

Pisquei.

Ah.

Eu tinha parado de andar.

Corri para alcançá-la, mas senti um enjoo revirar meu estômago. Sem dúvida, ela me levava a outro dos seus infames exercícios de treinamento. Talvez aquilo explicasse as sombras intermitentes.

Será que uma tempestade se aproximava? Um tornado? Algo destrutivo que eu teria de combater com magia?

Pelo menos, parecemos ser as únicas aqui, pensei. *Todos os outros haviam desaparecido.*

Embora fosse muito estranho vagar por aquelas ruas limpas demais ao lado da minha mãe alada.

Estou sonhando?, questionei.

Isso... isso realmente faria sentido.

Principalmente porque minha mãe estava morta.

Parei de repente. *Minha mãe está morta.* A constatação me atingiu no peito, acelerando minha respiração.

— Eu não estou morta, Camillia — ela disse, se virando para mim com uma expressão de exasperação absoluta.

Eu disse isso em voz alta?, pensei, assustada com sua resposta.

— Sou uma Fae Virtuosa, não uma humana — continuou. — E você é Halfling, mas sua herança Fae Virtuosa é mais forte do que sua genética Fae do Submundo. Assim que concluir sua tarefa, sua avó garantirá que você seja puro-sangue, queimando esse lado miserável até virar cinzas.

— Que tarefa? — perguntei, perdida. As palavras dela se registravam, mas o significado era tão inacreditável que não fazia sentido.

— Recuperar a Fonte das Faes Virtuosas — ela respondeu, como se fosse a coisa mais óbvia do mundo. — Você é um sifão, querida. Criada com meu sangue e o de uma das criações Fae do Submundo dele. Você foi projetada para absorver a luz e restaurar as Faes Virtuosas.

Ela se aproximou e pousou a mão no meu rosto. O gesto de afeto era totalmente errado.

Minha mãe nunca gostou de me tocar.

E eu também não gostava que ela me tocasse.

— É um dom e tanto, na verdade — murmurou. — Mas você precisa usá-lo corretamente.

A última parte foi dita com sua costumeira irritação e ela baixou a mão.

— Honestamente, Camillia, não sei no que você estava pensando naquela pista de dança. Tudo que precisava fazer era segurá-lo por mais alguns minutos e os feitiços teriam cumprido o papel de enfraquecê-lo.

Feitiços?

E quem era esse *ele* de quem ela falava?

— Em vez disso, você devolveu a luz a ele, permitindo que voltasse ao trono. — Ela balançou a cabeça. — Sua avó ficará muito decepcionada.

— Avó — uma voz feminina ecoou com desdém. — Fae, como eu odeio esse termo.

Minha mãe se encolheu, voltando a atenção para o alto, onde uma mulher de cabelos negros e asas gloriosas, douradas nas pontas, descia até nós.

Ela lembrava a mulher da estátua na fonte, mas não foi isso que me prendeu. Foi o céu que cintilava atrás dela.

Escuro, esfumaçado. Negro.

Mas, em um piscar de olhos, voltou a ser um lindo dia.

Que bizarro...

— Minhas desculpas — disse minha mãe, focada no anjo que tocava o chão.

Eu a encarei, uma sensação de familiaridade única apertando meu estômago. Eu a conheço, percebi. Mas tinha certeza de nunca tê-la visto antes.

Havia algo nos olhos dela...

Cinzentos. Penetrantes.

E cruéis.

Cruéis demais.

Eu... eu não entendia como sabia disso. Ela não parecia particularmente má. Mas havia algo de perverso nela, uma resposta instintiva que eu não podia explicar.

Tudo que eu queria era correr.

Não.

Correr, não.

Lutar.

Franzi a testa diante da contradição. Parte de mim queria fugir, outra queria feri-la.

De onde vem isso?, questionei, tonta pelos instintos enlouquecidos dentro de mim. Como eu conhecia essa mulher?

Avó, uma voz interior respondeu. Porque minha mãe acabou de usar esse termo, e a mulher zombou dele. *Essa era minha avó.*

Só que eu nunca a encontrei.

Ainda assim, eu a conhecia. No fundo, minha alma reconhecia a dela. E eu não gostava.

— Deixe-me olhar para você, Camillia — a mulher disse, parando a poucos passos de distância, e suas asas desapareceram em um estalo. — Você deixou esse vestido em frangalhos.

Franzi a testa e olhei para o tecido dourado em farrapos pendendo de mim. *Bem, isso... humm.* Eu estava coberta nas partes necessárias, mas praticamente nua no restante.

— Ela resistiu aos feitiços — minha mãe explicou.

— Sim, eu sei. Eu vi. — Minha avó suspirou. — Sei que decidimos mantê-la inocente para que assimilasse melhor e passasse despercebida, mas ela acabou inocente demais.

— Pierre e eu seguimos todos os exercícios que você recomendou — minha mãe retrucou, com a voz carregada de tensão. — Não sei o que mais poderíamos ter feito para prepará-la.

A mulher de olhos cruéis dispensou o comentário com um gesto.

— Não quero desculpas, Mystika. Quero soluções.

— Contamos tudo a ela e explicamos o que está em jogo — minha mãe respondeu sem hesitar. — Ele já sabe que é uma ameaça. Mas não pode matá-la.

— Mas pode aprisioná-la — a mulher respondeu. — E nós sabemos o quanto ele aprecia prisões.

De quem estão falando?, perguntei a mim mesma, encarando-as.

Eu estava perdendo detalhes.

Aliás, estava perdendo muito mais do que detalhes.

Por que minha mente está tão enevoada?

Onde estou?

E por que conheço essa mulher?

— Mais um motivo para contar tudo a ela, assim estará pronta para enfrentá-lo. Ela já o enfraqueceu bastante. Não vai demorar para concluir o processo.

A mulher balançou a cabeça em negação.

— Isso precisa ser feito da maneira correta. Drene a luz, depois negocie. Você sabe que tudo gira em torno de acordos, querida.

Estreitei os olhos. *Querida* era o termo que minha mãe usava comigo. Soava doce, mas na verdade era condescendente. E parecia que ela aprendeu com essa mulher.

— Por que eu te conheço? — questionei, finalmente encontrando minha voz. Saiu firme, e isso me agradou.

Mas a reação foi oposta na anja de cabelos negros.

Ela me lançou um olhar tão letal que quase recuei.

— Eu sou sua carne e seu sangue, menina. É assim que você me conhece.

Comecei a balançar a cabeça, mas parei quando ela estreitou os olhos.

Se olhares matassem, eu seria uma Fae morta.

Esse pensamento desencadeou uma enxurrada de regras na minha mente.

Regra Fae do Submundo nº 2: Não atraia atenção.

Regra Fae do Submundo nº 3: Conheça seu inimigo antes de enfrentá-lo.

Regra Fae do Submundo nº 1: Não morra.

Não estavam em ordem, mas isso não importava. Todas se aplicavam.

— Peça desculpas à sua avó, Camillia — minha mãe exigiu.

— Argh, chega desse título familiar — a mulher resmungou.

— Perdão, Vivaxia — minha mãe disse. — Peça desculpas à nossa Rainha dos Faes Virtuosos, Camillia. Agora.

Minha boca se abriu para obedecer, mas as palavras... elas não saíram.

Porque aquele nome, *Vivaxia*, significava algo para mim.

Algo importante.

Algo *catastrófico*.

Eu a encarei. Estudei seu rosto elegantemente belo. Seus traços sedutores. Sua familiaridade. Seus olhos cruéis.

Vivaxia, repeti mentalmente. *Vivaxia... Vivaxia...* arregalei os olhos.

— *Vivaxia*.

A Fae Virtuosa que fez Lúcifer cair.

A Fae Virtuosa que tratou Az como um *animal de estimação*.

Eu a reconhecia pelo meu companheiro. Ou talvez tanto por Az quanto pelo Rei Fae do Submundo. Talvez até pelo livro de Lúcifer, Vita.

Independentemente da fonte, eu sabia exatamente quem essa vadia era, e minha alma reconheceu sua presença sombria só pela proximidade.

Ah, de jeito nenhum.

— Eu nunca vou me desculpar com você — grunhi, furiosa quando todas as peças finalmente se encaixaram. Quando todas as minhas memórias retornaram de uma vez. Quando tudo que eu acabei de viver invadiu minha mente, meu coração e minha alma.

Eu queria matar essa mulher.

Despedaçá-la.

Rasgar. Reduzir. Aniquilar.

Avancei contra ela, com as mãos estendidas, gritando de fúria por tudo o que ela fez com Az. Por tudo o que fez com Lúcifer.

Mas bati contra uma parede invisível.

Ela estalou a língua.

— Isso não é nada educado, Camillia. Eu lhe dei vida e propósito, e é assim que você me agradece?

— Agradecer? — Quase ri. — Eu quero acabar com você.

Ela revirou os olhos como se eu fosse um mosquito incômodo. Então moveu o pulso e me lançou contra a rua, branca demais, me fazendo colidir com a lateral de um prédio.

Cordas prateadas surgiram, me amarrando antes que eu pudesse reagir.

E então a miragem se desfez, revelando a verdade.

Nada de linhas limpas. Nada de céu azul. Nada de grama verde.

Tudo que vi foi cinza.

Fumaça. Poluição. Um mundo sob um sol apagado.

E, diante de mim, estava uma mulher com olhos de tempestade, sua turbulência presente em todo o espaço ao redor.

Minha mãe se encolheu, o rosto tomado por um pânico estranho.

Mas a mulher diante de mim exalava elegância régia, seus traços transmitiam apenas tédio.

— Muito bem, Camillia. Vejo que você precisa de uma lição sobre como respeitar os mais velhos. — Uma pena apareceu em sua mão, e os dedos bem-cuidados acariciaram a borda dourada. — Então vamos começar, certo?

Melek

Um incômodo me percorreu enquanto eu atravessava as portas duplas da biblioteca. Parei assim que entrei, permitindo que o ar mais frio, vindo do teto em forma de catedral, descesse sobre mim.

As temperaturas mais baixas vinham dos espectros. Eles riam e cochichavam, mas não falavam diretamente comigo.

Talvez percebessem meu humor... ou talvez percebessem *Camillia*.

Qualquer que fosse o motivo, mantinham uma distância prudente.

Eu não estava de bom humor. O que era raro para mim. Mas nada naquele dia foi normal.

Penas, a última semana foram atrozes. Ter acesso à mente de Camillia apenas para ser barrado de seus pensamentos era uma das piores punições que um homem poderia suportar.

E eu nem sabia por que ela sentia necessidade de me bloquear.

Tudo o que fiz foi para ajudá-la, não para machucá-la.

Ainda assim, ela deixou muito claro que não confiava em mim. Na verdade, eu nem tinha certeza de que ela *gostava* de mim.

O que era uma preocupação irritante.

Todos gostavam de mim.

Eu era adorável. Gentil. Atraente. Divertido. Confiante.

Ou costumava ser.

Camillia me fez questionar a mim mesmo em mais de uma maneira, o que provavelmente explicava por que eu me questionava até agora.

Porque eu a *sentia* ali. E, ainda assim, no fundo, não confiava nos meus instintos.

Talvez minhas inseguranças tivessem relação com ter visto Lúcifer cair pela segunda vez.

Traumático, para dizer o mínimo.

Mas, dessa vez, ele aceitou minha mão...

Eras atrás, a situação foi muito mais grave. Muito menos *confiável.*

Mas, naquela noite, estávamos unidos, o poder dele literalmente escorria e permeava todo o reino.

Foi tão diferente da primeira queda. Naquela ocasião, parecia mais uma explosão de poder vinda de cima, meu rei se transportou quase até o Reino Fae do Submundo antes de perder o controle e despencar do céu sem nuvens.

A queda dele do Reino dos Faes Virtuosos foi de uma distância muito maior. E os danos naquela ocasião foram muito mais catastróficos. Mas também simbolizaram renascimento. O lindo poder dele se espalhou em um esforço de reconstrução.

Naquela noite, ele não emanava a mesma postura quebrada de antes, mas vê-lo de joelhos foi magnífico. Inspirador. A ascensão do Rei Fae do Submundo.

Ele parecia ainda mais poderoso do que eu lembrava,

como se Camillia tivesse feito muito mais do que devolver sua Fonte. Era como se ela tivesse curado aquela antiga divisão que sempre nos atormentou.

Ou, ao menos, iniciado um processo de cura que eu nem sabia que ainda era necessário.

Eu devia a Camillia uma gratidão que retribuiria assim que a encontrasse. *Você está aqui?*, pensei, vagando pela biblioteca em busca da minha anjinha.

Ajax a sentiu nas Terras Áridas.

Azazel se transportou de volta ao Reino Fae da Meia-Noite.

Mas eu tinha certeza de que ela esteve ali. Pelo menos até minha chegada. Porque agora... agora eu estava quase certo de que ela não estava em lugar nenhum.

— Príncipe Melek? — Uma voz feminina soou.

Me sobressaltei ao perceber a figura sentada no centro da sala, alguém que eu nem tinha notado antes. Outra estava à sua frente, me encarando de olhos arregalados.

Os uniformes denunciavam que eram candidatas a Noivas Fae do Submundo, mas nenhuma delas era quem eu procurava.

— Candidata Vinte e Dois. — Reconheci a jovem de cabelos prateados presos em um rabo de cavalo, que revelava suas orelhas pontudas. Sua postura régia me lembrou o espírito de Camillia, mas a semelhança terminava ali.

— Feyre da Casa de Ferro — ela corrigiu, embora eu tivesse a impressão de que era menos uma correção e mais uma apresentação esperançosa para o Príncipe Fae do Submundo.

Os testes das noivas foram suspensos enquanto as Terras Pantanosas eram reconstruídas. A abertura misteriosa do portal perto da caverna Naga não foi coincidência. Aconteceu exatamente antes da prova contra os Naga, então qualquer teste futuro provavelmente também se tornaria alvo.

O que significava que estavam suspensos por tempo indeterminado, até descobrirmos quem estava por trás daquilo. Uma decisão que irritou muitos Faes do Submundo e Faes Pesadelo. Mas nossos tenentes compreenderam e concordaram com a escolha de Ty.

Encontraríamos o culpado. E em breve.

Porque eu suspeitava de que quem abriu aquele portal nas Terras Pantanosas, o mesmo que levou à morte de Faes Pesadelo e de pelo menos seis Noivas Fae do Submundo, também era o responsável pelo que acabou de acontecer com Camillia.

Tudo estava conectado.

Eu preciso encontrá-la.

— E eu sou... — a outra candidata começou, mas eu a interrompi com uma breve reverência.

— Perdão, senhoritas, mas estou em uma missão urgente. Continuem seus estudos e preparem-se para o próximo teste.

— Mas quando...

Um espectro puxou o rabo de cavalo de Feyre, transformando suas palavras em um palavrão, e eu aproveitei para me retirar.

Obrigado, pensei em direção aos espectros risonhos, agradecendo ainda mais.

Eu não tinha intenção de ofender nenhuma das candidatas, especialmente aquelas que chegaram tão longe. Mas até encontrar Camillia, eu não teria respostas para elas.

A sensação persistente de desconforto aumentou quando alcancei um corredor ladeado por estantes que eu já havia percorrido antes. O que era estranho, pois eu raramente frequentava os níveis mais profundos daquela biblioteca. Eu tinha uma no palácio, o que tornava a visita desnecessária.

Mas certa vez eu fui atraído justamente para aquele corredor, e para a beleza sentada a uma mesa no final.

— Foi aqui que eu a vi pela primeira vez — sussurrei, passando os dedos pela borda da mesa.

Uma jovem de cabelos loiro-escuros lendo *Vita*, um livro que apenas Ty deveria ser capaz de decifrar, era uma imagem que eu jamais esqueceria.

O que encontrou, pequeno príncipe?, Ty perguntou em minha mente. *Acabei de sentir um jorro de ânsia intensa vindo de você. Camillia está aí? Descobriu alguma coisa?*

Em vez de responder, me transportei de volta ao palácio. O Diretor e o Comandante do Rei Fae do Submundo já estavam com ele, de pé na sacada ampla com vista para o reino.

O maxilar de Ajax estava travado e os olhos de Azazel eram um turbilhão de roxo e negro. Os dois pareciam perturbados e agora me encaravam em busca de respostas.

Infelizmente, uma realização amarga se formava em mim.

Olhei para meu rei ao entregar a notícia. Fui eu quem juntou todas as peças, quem esteve lá quando cada um de nós se apaixonou por Camillia De la Croix.

— Sei por que a sentimos em lugares diferentes — disse. — Eu a senti na biblioteca porque foi onde a encontrei pela primeira vez.

Ajax franziu a testa.

— Não entendi.

— Foi ali que me apaixonei por Camillia — expliquei, sustentando seu olhar.

A testa dele se enrugou ainda mais.

— Mas eu fui atraído para as Terras Áridas. Camillia e eu nunca estivemos juntos lá.

— Verdade — concordei. — Mas o que aconteceu com você quando Camillia esteve lá? Quando você pensou que ela tivesse morrido?

A cor desapareceu das bochechas dele, os olhos se arregalando.

— Fiquei destruído.

— Porque você já tinha se apaixonado por ela — Ty disse, acompanhando meu raciocínio. — Todos fomos atraídos para lugares que guardam valor emocional.

Assenti.

Ajax lançou um olhar para Azazel.

— Você a sentiu no Reino Fae da Meia-Noite. Foi lá que...?

— Que deixei de lutar contra minha Fênix — o Comandante disse em tom grave.

Typhos franziu o cenho e voltou o olhar para seu palácio, para a estátua e para a cratera fumegante ao lado dela.

Eu não precisava perguntar o que aquilo significava.

Ele finalmente a aceitou.

Ali.

Mais cedo, naquela noite.

Pela primeira vez.

E me aterrorizava o fato de que eu finalmente venci, de que finalmente convenci Ty sobre o lugar de Camillia ao nosso lado quando ela estava...

— É o vínculo de companheiros que estamos sentindo — Ty interrompeu antes que eu concluísse o pensamento.

— Sim. Nosso vínculo inicial com Camillia De la Croix. — Eu não sabia se aquilo foi criado por uma magia nefasta ou apenas nossas almas tentando encontrar nossa companheira perdida.

O maxilar de Ty se contraiu antes de ele lançar o olhar de volta ao reino.

— Então, onde ela está?

Balancei a cabeça.

— Eu não sei...

Cami

Os olhos frios de Vivaxia ferviam de intenção maliciosa. Ela movia sua pena pelo ar, traçando feitiços dourados que queimavam minha pele ao contato.

Seu maxilar se contraiu quando não gritei, não soltei nenhum som. Quando não me *rendi*.

Minha mãe estava atrás dela, com o rosto confuso.

— Por que o feitiço não está funcionando?

— Porque sua filha é teimosa.

Quase sorri diante da irritação óbvia. Mas cada traço no ar me fazia lembrar Ajax girando sua varinha de modo parecido. E as cordas prateadas que me prendiam contra o prédio me lembravam das vinhas-serpentes que ele usou uma vez para me amarrar a uma cadeira.

Na verdade, toda aquela situação me fazia recordar a experiência no Reino Fae da Meia-Noite.

Az e Ajax me interrogando.

E depois, acreditando em mim.

E agora eles eram meus.

Mas eu não conseguia ouvi-los, nem senti-los. Não sabia por quê. Minhas lembranças também estavam desbotando. Eu nem sequer me lembrei deles enquanto passeava com minha mãe por sua versão distorcida de utopia.

Ouvir o nome de Vivaxia trouxe tudo de volta em uma onda.

Mas logo senti o conhecimento oscilar, sumindo em uma obediência forçada.

Até a pena de Vivaxia chamar minha atenção de novo, me fazendo pensar na varinha de Ajax, e o ciclo recomeçar.

Parecia claro que o feitiço dela tinha o propósito de alterar minhas lembranças do passado, ou talvez me convencer a esquecê-las por completo.

Mas eu me recusava.

Então talvez eu fosse mesmo teimosa. Porque que se danasse essa Fae Virtuosa.

Se minhas mãos estivessem livres, eu tentaria socá-la de novo.

O olhar dela se estreitou, como se pudesse ler o desejo no meu rosto.

— Eu a criei, criança. Você fará o que eu mandar.

— Se acha que isso é verdade, então não me conhece bem — rebati.

— *Camillia* — minha mãe sibilou. — Eu a ensinei a ser melhor que isso.

— Não, você me ensinou a ser independente através de uma série de provações — respondi friamente. — Você me ensinou a temer e aceitar o abandono ao mesmo tempo. E me ensinou a nunca confiar em ninguém. Especialmente em você ou no meu pai.

Ela enrijeceu.

Mas eu não me importava.

Meus pais me criaram em um ambiente de tormento.

Estar amarrada àquele prédio não me assustava, nem me fazia querer ceder. Me fazia querer *lutar*.

E foi exatamente o que fiz quando Vivaxia tentou outro feitiço.

Em vez da voz dela sussurrando o encantamento, ouvi Ajax. Eu o senti. A magia. O poder dele. Nosso vínculo. Só não conseguia ouvi-lo de fato.

Az também estava ali, o poder dele vibrava em minhas veias, o Fogo da Fênix muito real dentro do meu coração.

Por que não consigo ouvir nenhum de vocês?, pensei, examinando os bloqueios na minha mente. Eram estranhos e pegajosos, uma teia que eu não coloquei ali.

Ignorando Vivaxia e suas palavras estranhas, comecei a me concentrar em desfazer aquela teia. Em encontrar meus companheiros. Em sair da confusão em que estava.

Tudo isso enquanto juntava as declarações enigmáticas da minha mãe.

Antes, eu achava que estava perdida em um sonho, sem compreender de verdade cada palavra dela. Até perceber que aquilo era real, que eu não estava sonhando e que minha mãe... não era humana.

Um arrepio percorreu minha coluna com esse pensamento e minha mente lutava para aceitar o que estava diante de mim.

Duas Faes Virtuosas.

O que significava que eu era parte Fae Virtuosa. *É por isso que consigo ler Vita?*, pensei. *É por isso que Melek foi atraído por mim? Será que ele sabia?*

Pensar nele me fez imaginar se eu conseguiria alcançá-lo de algum modo. Os bloqueios que eu mesma ergui entre nós ainda estavam lá. A estrutura que Az me ajudou a criar permanecia firme. Aparentemente, algo que ele aprendeu durante seu acasalamento com Lúcifer.

Eu pensaria mais nisso depois.

Por ora, me concentrei nesses bloqueios, tentando desmontá-los peça por peça. Aquela substância pegajosa não existia ali, só a barreira que eu mesma construí com a ajuda de Az.

Um estalo desviou minha atenção para Vivaxia. Suas asas explodiram das costas em um turbilhão de agitação.

Mas as plumas brancas de antes agora estavam enegrecidas.

Parecidas com as asas danificadas de Lúcifer, percebi, lembrando da forma poderosa dele naquele dia nas Terras Pantanosas, quando tentava fechar o portal. Só que essa mulher ainda tinha algumas penas, os restos flamejantes se agitavam como um enxame de vagalumes irados. Minha avó.

Esse fato ainda não tinha realmente me atingido, minha mente se rebelava contra a ideia de nosso parentesco. Junto com a compreensão de que ela me criou.

Para ser um sifão, pensei, tremendo.

Fae, isso significava que eu realmente fui um perigo para Lúcifer. Para sua Fonte. Eu não sabia exatamente o que isso implicava, mas parecia claro que eu fui criada para roubar a luz dele. Para despedaçar sua Fonte.

— *Você é um sifão, querida* — minha mãe disse. — *Criada com meu sangue e o de uma das criações Fae do Submundo dele. Você foi projetada para absorver a luz e restaurar os Faes Virtuosos.*

Eu não sabia como aquilo funcionava exatamente, e não queria descobrir.

— Escute-me, menina — Vivaxia rosnou. — Você obedecerá a meu comando e se curvará.

Meu corpo se arqueou quando um raio de poder puro me atingiu no peito, acendendo um fogo dentro de mim que me fez ofegar, e vi apenas branco ao meu redor.

Prédios brancos.

Calçadas perfeitas.

Uma fonte cintilante.

Asas brancas com pontas douradas.

Franzi a testa com essa última parte, a forma de Vivaxia assumiu uma nova aparência. Uma falsa.

Melek, pensei, tonta. *Essas são as asas de Melek.*

Outro estalo de energia me fez perder o ar e minha mente oscilou entre realidade e ilusão. *Cinza e branco. Poluído e puro. Penas em chamas e pontas douradas.*

Pisquei e balancei a cabeça, tentando clarear a mente.

Mas um rosto belo, feminino, angelical e gentil surgiu diante de mim.

Não, não era gentil, sussurrou uma parte lúcida. Esses olhos cinzentos são cruéis. Perversos. Carregados de maldade.

Ainda assim, a criatura sorriu, satisfeita comigo. E isso fez meus lábios se curvarem em resposta, buscando seu afeto. Sua aceitação.

— Bem melhor — ela disse, guardando uma pena de volta nas asas.

Brancas com pontas douradas, repeti em silêncio. *Melek...*

— Agora, onde estávamos? — a mulher perguntou, e o nome dela me escapou.

Eu a conhecia. Reconhecia. Mas minha memória estava turva.

— Percebo que tem um pouco de seu pai em você, e isso pode estar tornando-a empática às Bestas do Submundo, mas precisa entender a hierarquia, querida. Os Faes Virtuosos tornaram tudo isso possível. Somos os deuses deste mundo. Os criadores. Nosso modo de vida é a existência superior.

As palavras dela passaram por mim, me incitando a abaixar a cabeça em aceitação.

Mas a voz baixa dentro de mim, que reconhecia

aquelas penas, discordava de cada frase. *É uma farsa. Uma mentira. Não acredite.*

Segui esse fio de pensamento com meus instintos em alerta.

Melek, minha mente sussurrou.

Quem?, questionei. Depois pisquei. *Sim, Melek.*

Fae Virtuoso.

Meu Fae Virtuoso.

Voltei à barreira entre nós, retirando pedaços enquanto Vivaxia divagava sobre a glória de sua, *da nossa*, espécie.

— Isso dito, nossa superioridade também nos dá certa responsabilidade. Precisamos proteger os mais fracos. Infelizmente, viver pela eternidade pode distorcer valores e perspectivas. E, tristemente, foi isso que aconteceu com Typhos Lúcifer.

Fingi confusão, porque suspeitava que ela fosse a razão pela qual minha mente seguia falhando, o mundo ao nosso redor alternando entre branco e cinza.

Vivaxia queria que eu acreditasse em algo.

Eu não acreditaria, mas fingiria interesse se isso significasse que ela pararia de me bombardear com encantamentos entorpecentes. O mundo ainda estava branco, sinal de que minha mente estava prestes a ceder completamente ao feitiço.

Eu não podia permitir isso.

Eu recusava.

Vamos, pensei, concentrada na parede mental. *Me deixe passar.*

— Em algum momento, ele se tornou vítima de suas próprias criações — ela disse com um suspiro dramático. — Suas bestas antinaturais turvaram seu julgamento e alteraram sua mente. Era como se tivesse esquecido como e por que as criou. Muito triste, de fato

Franzi a testa. Aquela última parte não se encaixou direito.

— Criou? — Ela falava das almas sombrias que ele transformou em Faes Pesadelo como punição?

— Sim, claro. Ele nunca mencionou sua predileção por animais de estimação Fae Metamorfo? — Ela riu, o som cristalino irritando meus sentidos. — Typhos era o rei das abominações, e é por isso que terminou em um fosso com elas.

Aquilo não batia com a história que eu conhecia.

Era semelhante em alguns pontos: ele caiu no que hoje era o Reino Fae do Submundo, mas não era ele quem gostava de manter Faes Metamorfo como bichos de estimação. Era Vivaxia.

— É adequado que ele governe sua própria confusão. Mas eu adoraria que ele se erguesse novamente, retornasse a nós e restaurasse a luz — ela continuou. — Ele errou ao brincar com a vida do jeito que fez. Porém, acredito que já foi punido por tempo suficiente.

Tive de conter o impulso de arregalar os olhos.

Ela estava pintando Lúcifer como se ele tivesse criado todos os Faes Pesadelo, mas Az já tinha me contado que muitos dos Faes Virtuosas gostavam de brincar com almas e vida, fabricando diversos tipos de Faes Metamorfo para manter como animais de estimação.

— Vejo que não lhe contaram nada disso — ela disse, com um tom pesaroso. — Deixe-me adivinhar: ele disse que caiu por causa de um acordo comigo?

Quando não respondi, ela suspirou.

— O "acordo" a que ele se refere é um voto que todos os Faes Virtuosos fazem ao nascer: proteger e valorizar a vida. É mais um juramento, mas a palavra em si não importa, e sim o princípio. E ele quebrou esse princípio quando escolheu criar almas de maneira descuidada e por diversão.

Ela parou e sua energia vibrou ao meu redor.

O mundo pulsou em tons brancos, azuis e verdes mais intensos, e quase ergui a mão para proteger os olhos do sol ofuscante.

Mas um lampejo de céu escuro piscou diante de mim, me lembrando de que tudo era uma miragem.

De que ela estava tecendo uma mentira calculada.

Uma que pintava Lúcifer como vilão, não ela.

Alguns meses atrás, eu poderia ter acreditado. Mas a história dela não combinava com o que eu vi em Vita, nem com o que Melek e Az me contaram sobre Lúcifer.

Ele não faria o que ela disse, pensei, voltando à barreira mental. Eu estava quase lá. *Não posso acreditar nela. Não vou acreditar.*

Mesmo que suas palavras ressoassem fundo em mim.

Mesmo que minha mãe estivesse atrás dela com expressão pesarosa.

Mesmo que... meu coração doesse um pouco diante da possibilidade de Typhos merecer a queda.

— Levamos eras para reunir todos os experimentos dele e dar-lhes um novo lar — minha avó me informou, com a voz carregada de uma falsa tristeza. — Eles eram criaturas quebradas, as almas distorcidas para diversão perversa.

Ela baixou o olhar e o arrependimento apareceu em seus traços angelicais.

Mas a tristeza não alcançava os olhos. O que era estranho, pois havia lágrimas brilhando ao redor das íris enquanto ela voltava a me encarar. Lá, sim, havia remorso aparente, mas tudo que eu via era a crueldade escondida. Como se aqueles olhos cinzentos estivessem gravados em minha mente, distorcendo a visão do que estava diante de mim.

— Não conseguimos matá-los — ela disse, engolindo as palavras. — Nós... nós não tivemos coragem. Então lhes demos um lar novo, e enviamos Typhos para viver entre eles na esperança de que aprendesse com os erros.

Estudei-a, tentando discernir verdade de mentira. A história dela era tão parecida com a de Lúcifer e, ao mesmo tempo, completamente diferente.

E se a versão dela fosse a verdade?, pensei. *E se... e se eu tivesse sido enganada pelos vínculos com meus companheiros?*

— Em vez disso, a sede dele por poder apenas cresceu — ela continuou. — Ele começou a colecionar animais de estimação de todos os reinos Fae, oferecendo-lhes um reino em troca da submissão. Foi por isso que ele proibiu fêmeas de entrarem: era uma forma de controlar as massas, garantindo que nunca se unissem em acasalamento.

Minha mãe assentiu.

— É verdade, Camillia. Seu pai me contou tudo. Não permitir companheiras era uma forma de manter os Fae do Submundo leais.

— E funcionou — minha avó disse. — Por muito tempo.

— Até que alguns Faes do Submundo e Faes Pesadelo começaram a questionar os motivos de Lúcifer — minha mãe murmurou. — Foi então que ele criou os Testes das Noivas Fae do Submundo.

— Honestamente, foi brilhante. — Minha avó... *não*, corrigi, *Vivaxia*, quase soava orgulhosa, como se respeitasse a decisão dele. — Como sempre, ele arquitetou o cenário perfeito, um que controlava por completo. E usou isso para punir quem ousava desafiá-lo.

— Como seu pai — minha mãe acrescentou. — Ele

queria deixar o Reino Fae do Submundo, e a única forma era entregar a vida da filha. Você.

Refleti sobre aquilo, me lembrando do acordo que li e que determinou o meu destino.

O resumo da minha mãe combinava com o que eu vi: meu pai escolhendo sua liberdade em vez de mim.

Mas havia algo errado nessa explicação. Não batia com o que ela mesma disse durante o passeio. Ela afirmou que o usou para que eu fosse criada... depois o convenceu a assinar o acordo com Lúcifer.

Então, qual história era real?

O mundo piscou outra vez, minha mente em busca da verdade. Em busca da *razão*.

Eu estava fazendo algo antes também. Algo dentro de mim. *Batendo contra uma parede...*

Quase arregalei os olhos com o pensamento que me atravessou. Eu caí em algum tipo de hipnose, ouvindo e acreditando nas palavras de Vivaxia. Questionando o que sabia. Questionando se Az e Melek tinham dito a verdade.

Typhos é companheiro deles há milhares de anos, uma voz sussurrou. *Eles mentiriam para protegê-lo.*

Quase concordei. Esse raciocínio era um caminho perigoso.

Mas o uso de *Typhos* na frase me fez parar.

Eu não o chamava de Typhos.

Eu o chamava de Lúcifer.

Contraí o maxilar. Algo – *ou alguém* – estava na minha mente.

A magia girava em torno de mim, a energia estranha vibrava nas minhas veias.

A parede, pensei, agarrando-a dentro da minha mente enquanto Vivaxia continuava falando da queda de Typhos, descrevendo como foi devastadora e as consequências da punição.

— Ele quebrou todos os nossos votos, mas a Fonte ainda acreditava nele. Nós ainda acreditávamos nele — ela disse. A melancolia em sua voz quase me puxou de volta. — Então, nossa luz seguiu Typhos até a escuridão e tentou renovar seu propósito. Mas ele nunca expiou seus pecados. Em vez disso, manteve nossa luz e nossa Fonte...

O céu mudou outra vez, exibindo seu estado poluído e os tons de cinza me causaram um incômodo interno.

— Nossa Fonte se despedaçou por causa do egoísmo dele — ela sussurrou. — Ele se recusou a voltar para nós, recusou-se a ouvir a luz, e é isso que somos agora. Cascas quebradas, esperando renascer em nossa glória.

Olhei para o céu envenenado, o sol apagado, as asas partidas em suas costas, e me perguntei qual era a verdadeira miragem ali: a utopia ou a dor encenada.

Talvez as duas fossem mentiras.

Visões destinadas a manipular.

Um mar de falsidade reunido em uma única maré que se aproximava.

Essa maré era Vivaxia.

Os olhos dela a denunciavam. Nenhuma quantidade de lágrimas ou caretas escondia a maldade ali dentro.

Rompi o resto da barreira que havia erguido com Az e imediatamente senti o calor de Melek em mim.

Camillia, ele arfou. *Merda, onde você está? O que aconteceu? Você está bem?*

Estou com Vivaxia, respondi. *Ela está fazendo algo com minha mente. Eu...*

O calor inundou minhas veias, me atordoando por um instante quando minhas costas bateram contra algo sólido. Pisquei, confusa, enquanto um mundo de fogo se desdobrava ao meu redor.

Arregalei os olhos e meus pés se moveram instintivamente para trás.

E eu... eu me *movi.*

Não havia mais parede. Não havia mais amarras mágicas.

Apenas chamas dançando perigosamente no vento.

E um anjo pairando acima de tudo, com enormes asas *negras*. O cabelo igualmente escuro ondulava em uma ventania violenta, a fúria emanando de seu olhar gelado.

— Você nos ajudará a corrigir esse erro — Vivaxia disse com a voz carregada pelo vento, me envolvendo em torrentes de energia indesejada. — Ou acabará na prisão dele. Para *sempre.*

Com um bater de asas, ela criou uma rajada que me arremessou para trás.

Abri os braços, buscando algo a que me agarrar. Mas as correntes de ar eram fortes demais, a energia dela era como uma onda quente que atravessava cada parte de mim e queimava minha alma.

Ergui os braços para proteger o rosto, tentando me resguardar de seus urros furiosos.

E foi assim que acabei virada para o outro lado.

E avistei uma cena familiar. Uma que vi em minha mente, não pessoalmente. Uma cratera no chão cercada por marcas negras de queimado.

O lugar onde Lúcifer caiu, reconheci, a imagem idêntica ao que o livro dele, Vita, já me mostrou.

Salte, Melek disse, nossa conexão de repente escancarada. *Salte, Cami. Salte!*

Eu... eu não tinha certeza... Eu...

Cintilações de poder brilharam enquanto mais chamas surgiam, o fogo cercando o buraco... como se Vivaxia tentasse bloqueá-lo da minha vista.

Ou talvez tudo aquilo fosse apenas um jogo mental.

Mas uma coisa estava clara: eu precisava me afastar de Vivaxia. Da minha mãe. De onde quer que eu estivesse. *No*

Reino dos Faes Virtuosos, percebi enquanto um arrepio de gelo corria pelas minhas veias.

Regra Fae do Submundo nº 13: Nada é o que parece.

Que se danasse, pensei, correndo em direção ao buraco. Por que o que eu tinha a perder?

Vivaxia guinchou atrás de mim, o som lembrando o de uma ave de rapina.

Eu a ignorei.

Ignorei tudo.

Saltei sobre o fogo.

E caí no buraco negro.

Melek

Minhas asas batiam com força nas costas, meu coração ameaçava explodir no peito.

Estou indo, Cami, prometi a ela. *Vou alcançá-la.*

Nada.

Apenas estática.

Como se a mente dela tivesse desligado.

Merda, pensei.

O que está acontecendo?, Ty exigiu. *Posso sentir o seu pânico.*

Cami está caindo! gritei para ele. *Vivaxia a pegou. Ela pulou, Ty. Ela simplesmente pulou.*

Foi o que eu a mandei fazer, porque sabia que isso a traria até aqui. Mas não impediu que minhas entranhas se despedaçassem ao imaginar sua *queda*.

Não seria como a de Ty do Reino Fae da Meia-Noite.

Era algo completamente diferente.

De um reino que pairava acima de todos nós, um lugar que não deveria existir, mas existia. E aquela distância não podia ser medida em tempo ou espaço.

Porque Cami estava caindo do céu.

Assim como Ty.

Asas partidas.

Fogo consumindo sua forma.

Sangue por toda parte.

Engoli em seco, tentando afastar a lembrança vívida, a dor daquele dia ameaçando me desequilibrar.

Az e eu estamos a caminho, Ty disse.

Tensionei as penas. Minha magia etérea cercou meu corpo enquanto me transportava em névoa para o centro do céu avermelhado. Meus olhos percorriam freneticamente o horizonte em busca de Camillia.

Os dois sóis queimavam intensos, suas cores vibrantes iluminavam cada centímetro do Reino Fae do Submundo.

O palácio de Lúcifer brilhava à distância como um farol. Camillia poderia aparecer ali, no mesmo lugar em que Ty caiu pela primeira vez. Avisei-o em pensamento para posicionar-se acima de nossa casa, caso fosse ali que ela aterrissasse também.

Ele não respondeu, apenas surgiu no local com as asas flamejantes iluminando suas costas.

A Fênix Negra de Az gritou enquanto ascendia nas proximidades, o ser poderoso procurando, caçando, nossa companheira. Suas habilidades de rastreamento poderiam levá-lo a encontrá-la antes de mim, os sentidos ainda mais aguçados pelo vínculo entre eles.

Mas se eu não conseguia senti-la, talvez ele também não fosse capaz.

Vamos, anjinha. Onde você está?, pensei, sentindo meu peito latejar com a conexão enfraquecida. Não estávamos totalmente vinculados, nossas almas estavam apenas frouxamente atadas, e isso doía agora muito mais do que deveria.

Eu a queria.

Eu a desejava.

Talvez... talvez até a *amasse*.

Ela se tornou minha obsessão desde aquele dia na biblioteca, o capítulo excitante da minha existência. A companheira que eu nem percebi que precisava.

Nós a encontraremos, Ty me prometeu.

Eu sei.

Mas temia que a encontrássemos quebrada além de qualquer reparo.

A genética dela ainda era um completo mistério para mim. Sua imortalidade era uma incógnita. *E se a queda a matasse?*, me perguntei. *E se eu a tivesse enviado para a morte?*

Pare, Ty sibilou em minha mente. *Ela vai ficar bem.*

Mas eu sentia sua preocupação crescente, sua mente encaixando todas as peças.

Ele já tinha sofrido aquela queda uma vez. Sabia como era.

E sabia que um humano jamais sobreviveria.

Nós a pegaremos, ele jurou. *Nunca decepcionei você, Melek. Não vou começar agora...*

Ele se interrompeu quando disparou para o alto. A forma em queda de Cami ficou finalmente visível, vindo direto em sua direção. Minhas asas entraram em ação e minha forma etérea me transportou para o lado dele no instante em que ele a aparou com habilidade em seus braços.

Um alívio me atingiu.

Seguido por um terror imediato.

— Ela não está respirando! — gritei acima do vento criado por nossas asas.

Ty não respondeu, apenas desapareceu com ela enquanto sua mente me dizia que havia se transportado para nossa suíte. Eu o segui, com meu coração se partindo dentro do peito.

Ela não pode estar morta. Eu ainda sentia sua alma. Ela sobreviveria. Ela precisava sobreviver!

— Melek — Ty disse, a voz carregando um tom de domínio que me obrigou a encará-lo. — Escute. O coração dela está batendo. Ela já está se curando. Cami vai ficar bem.

Ele a deitou em nossa cama quando Az surgiu com Ajax ao lado, os dois vasculhando o quarto com olhares frenéticos.

— Ela está viva — Ty lhes disse antes que corressem até a cama. — Só deem tempo a ela. Aquela queda... é brutal. Mas ela é mais forte do que qualquer um de nós percebeu.

Ouvi os pensamentos dele sussurrando sobre o motivo disso, como poderia ser. *Herança Fae Virtuosa*, ecoava em sua mente. *Uma conexão com Melek? Ou algo completamente diferente? E o que estou sentindo...*

Ele deixou a frase suspensa, os olhos percorrendo o corpo quase nu dela. Não era um olhar de desejo masculino, mas de curiosidade, como se buscasse respostas sobre sua origem.

Com um leve franzir de lábios, puxou um cobertor e a cobriu.

— Ela está respirando agora — ele me disse. — A queda só tirou o ar dos pulmões.

— Como isso é possível? — perguntei. — Quando você caiu...

— Eu aterrissei nos fossos do Inferno — ele respondeu sem me olhar. — Ela caiu em um travesseiro de poder. — Por fim, seus olhos encontraram os meus. — Eu a aparei com minha energia antes que chegasse aos meus braços.

Az avançou um passo e sua Fênix observou através do olhar incandescente. Em um segundo, ele relaxou e puxou Ajax para um abraço. O Fae da Meia-Noite se agarrou a ele, exibindo um lado emocional que eu nunca tinha visto. Mas compreendi perfeitamente.

Nós quase a perdemos.

Eu sentia isso no peito, na *alma*.

— Vivaxia estava com ela — murmurei. — Mas não entendo como. O Reino dos Faes Virtuosos... foi destruído. — Ainda assim, eu senti a localização de Camillia em meu espírito. Sua mente forneceu todos os detalhes visuais para confirmar onde ela estava.

— Não tão destruído quanto pensamos — Ty murmurou, passando a mão pelo rosto. Ele deu um passo para longe da cama, mas ainda era o que estava mais próximo de Cami. Ele abria e fechava a outra mão como se lutasse contra o impulso de tocá-la. — Eles estão por trás de tudo. Os portais. Os ataques. *Cami.*

Engoli em seco, odiando que ele estivesse certo. Mas fazia sentido demais para negar.

Ela possuía poder dos Faes Virtuosos. Eu sabia disso desde o início. Mas acreditei que Vita a escolheu como potencial companheira de Ty.

Agora... eu já não tinha certeza do que pensar.

Eu não consegui acessar o suficiente dos pensamentos de Cami para entender o que aconteceu com Vivaxia ou como ela acabou ali, mas eu senti o medo e o caos interior dela. Ela não queria estar lá. Isso tinha que significar alguma coisa, certo?

— Eu não acho que ela... — parei, a garganta travando. — Ela não está cooperando com eles, Ty.

Ele me olhou. O azul-safira dos olhos estava revolto como ondas de um oceano sombrio.

— Eu sei.

Pisquei, surpreso.

— Você... você sabe? — Ele já tinha admitido que acreditava na inocência dela. Mas aquilo, cair do Reino dos Faes Virtuosos depois de confessar que esteve com Vivaxia, parecia incriminador.

— Vou ter certeza quando ela acordar — ele esclareceu. — Mas ela é uma peça. Outro animal de estimação. E eu conheço muito bem os métodos de Vivaxia para domar seus brinquedos.

— Você acha que ela é uma marionete — Az traduziu. — Como eu fui.

Ty o observou por um momento.

— Descobriremos quando ela despertar — reiterou. — Até lá, tenho leituras a fazer. — Com um estalar de dedos, seu livro apareceu, e ele o pegou no ar. — Vocês três cuidem dela. Avisem-me quando acordar. Estarei no meu gabinete.

Ele desapareceu antes que qualquer um de nós pudesse falar. Sua presença desapareceu como um beijo passageiro em minha alma. *Por que está fugindo?*, perguntei, confuso com sua partida brusca.

Porque ela não é minha para curar, ele respondeu, seco. *E agora estou tentado demais a mudar esse fato.*

Arqueei as sobrancelhas. *Você escolheu este momento para se sentir atraído por ela? Quando está inconsciente em nossa cama?*

Nós dois sabemos que estou atraído por ela desde o momento em que você a escolheu, ele retrucou, sem acrescentar mais nada.

Parte de mim queria forçá-lo a admitir mais.

Mas, pela primeira vez, eu estava exausto demais para tentar. Consumido demais pela fêmea deitada na cama. Chocado demais com a queda dela para me preocupar em manipular pensamentos ou tecer intrigas.

Tudo o que eu queria era que ela abrisse os olhos.

E me dissesse como tinha acabado no Reino dos Faes Virtuosos.

Az

Vivaxia estava com Cami.

Esse pensamento, alimentado pela declaração de Melek, incendiava minha alma enquanto as palavras ecoavam repetidas em minha mente.

Minha Fênix queria caçar. Queria destruir. Queria *devastar*.

Mas minha mente, meu coração e minha alma não podiam abandonar Cami. Não agora. Não assim.

Então percorri os corredores flamejantes do palácio de Typhos. Nosso lar. Nosso passado. Nosso presente. Nosso futuro.

Porque Cami iria acordar. Eu só podia esperar que fosse em breve.

Ela estava segura. Ela estava aqui.

Mas Vivaxia a teve em suas mãos...

Havia tantas coisas impensáveis que os Faes Virtuosos poderiam ter feito com Cami. Eu sentia o gosto da magia dela ainda suspenso no ar, o perfume trazendo à tona pesadelos, memórias horríveis, *medos*.

Rosnei e acelerei o passo.

Os Cães do Inferno mantinham distância, sem dúvida sentindo a fúria que me consumia.

Não percebi para onde me dirigia até virar um corredor específico. Ficou claro que meu espírito estava guiando meus passos. Typhos e eu tínhamos assuntos a resolver. Eu o bloqueei por mais de uma semana, só permitindo sua entrada novamente durante o baile para monitorar suas intenções com Camillia.

O Rei Fae do Submundo e eu estávamos em desacordo.

Eu não gostava disso.

Minha Fênix também não. Principalmente agora.

Nossa aliança, nossa *história*, eram mais importantes do que nunca.

Por isso, fazia sentido que meus instintos me levassem até o gabinete dele. Eu poderia ter me transformado em cinzas e aparecido ali, mas a caminhada ajudava a clarear um pouco a névoa de pesadelo da minha mente. Um pouco, pelo menos.

Vivaxia filha da mãe. Eu a odiei por toda a eternidade, desejei sua morte por milhares de anos.

Mas isso, *tomar minha companheira*, fazia nascer em mim o desejo de despedaçá-la. Ouvir seus gritos. Torturá-la por eras até que implorasse pela morte.

Mas antes, eu precisava descobrir o que ela fez com Cami. Porque aquele perfume floral ainda impregnava minhas narinas, a marca de Vivaxia por toda a minha fêmea.

Typhos certamente também o sentiu.

Se Vivaxia a machucou...

A Fênix dentro de mim silvou só de considerar a hipótese, furiosa por ainda estarmos parados sem fazer nada contra tamanha blasfêmia. Tudo o que eu podia fazer era alimentar a ave com fantasias mentais das inúmeras formas como faríamos Vivaxia sofrer quando a encontrássemos.

Vou torcer o pescoço dessa vadia, depois arrancar seus olhos e deixar apenas a boca para gritar.

Esse foi um dos muitos destinos que Vivaxia já me impôs, nada mais justo que devolver o favor.

Você me ensinou tudo o que sei sobre a morte, pensei para ela. *Só tem a si mesma para culpar, Vivaxia* querida.

Aquele merda de apelido.

Aquela merda de *voz*.

Balancei a cabeça para expulsá-la da minha mente. Mas o cheiro dela ainda permanecia. Ainda me provocava. Ainda prometia que havia mais por vir.

E era exatamente por isso que Typhos e eu precisávamos nos aliar.

Mas eu não tinha certeza de suas intenções com Cami ou Ajax – os dois deixados aos cuidados de Melek.

Ajax provavelmente sabia para onde eu estava indo sem que eu dissesse, mas ainda assim sussurrei um pensamento para ele. Depois perguntei: *Melek está se comportando?*

Ele está lendo um livro ao lado dela na cama, Ajax respondeu em voz baixa. *Está estranhamente... calado.*

Humm. Eu também notei que Melek estava mais reservado que o normal durante o baile. Seu habitual ar irreverente e suas charadas brincalhonas estiveram notavelmente ausentes. *Me avise se algo mudar.*

Vou avisar, Ajax prometeu. *E me faça um favor: não fale por mim com o Lúcifer. Eu sei me defender.*

Sim, você deixou isso bem claro, Diretor, provoquei.

Estou falando sério, Comandante.

Estou indo até ele para falar sobre Cami, retruquei. *Tenho certeza de que ela também diria que sabe se defender, mas está inconsciente neste momento.*

Ajax ficou em silêncio por alguns instantes. Então, muito baixo, respondeu: *Consigo sentir a alma dela. Ela está viva.*

Eu sei. Eu também vinha checando nossa ligação. Ela estava se curando. Mas estava impregnada no cheiro de Vivaxia, como a merda de um perfume floral Fae Virtuoso.

Ajax também percebia que havia algo errado. Eu não precisava dizer. Ele podia sentir. *Descubra o que Lúcifer pensa*, disse por fim. *Eu ficarei aqui.*

Assenti. Ele não podia me ver, mas provavelmente captava minha concordância. Ou talvez soubesse que eu já estava diante da porta do gabinete de Typhos.

Em vez de me anunciar mentalmente, ergui novamente minhas barreiras e bati à porta de pedra.

— Entre — a voz profunda do Rei Fae do Submundo ressoou através da rocha pesada.

Aceitando o convite, entrei.

O salão luxuoso estava arrumado, repleto de mapas e pastas. Uma pena flutuava, revelando que aquelas pastas continham alguns de seus acordos, talvez recém-escritos. Ou talvez ele apenas não os tivesse arquivado ainda.

— Sim, pode liberá-lo — Typhos disse, mas não para mim. Falava com o Rei Unseelie no monitor translúcido da parede.

Erebus também estava em um ambiente luxuoso, mas seu escritório era coberto de espelhos. Muitos deles. Cada um refletindo a luz de um modo diferente, quebrando-a em padrões de arco-íris que feriam meus olhos sensíveis.

— Temos novas informações sobre quem anda interferindo nos testes — Typhos continuou. — Não foi o Fae que está sob sua custódia. Ele e vários outros foram incriminados.

Erebus umedeceu os lábios.

— Isso significa que os testes das noivas vão continuar?

— Em breve — Typhos prometeu, o que me surpreendeu. Mas talvez não devesse. Mesmo que Cami quase tivesse morrido, mesmo que sua própria Fonte estivesse sob ataque, ele ainda colocava seu povo em primeiro lugar.

E quanto ao próprio círculo de companheiros?, pensei, cerrando a mandíbula enquanto ouvia a conversa entre o Rei Fae do Submundo e seu tenente.

— Isso me agrada — Erebus disse com um sorriso. — Quanto ao Fae, fico feliz em libertá-lo. Ele é o pai de uma das candidatas à Noiva Fae do Submundo, uma posição de honra entre nós, que prefiro reconhecer em vez de punir.

— Eu sei — Typhos respondeu. — Falando nas candidatas, você localizou a que desapareceu em seu território?

A luz ao redor de Erebus cintilou em padrões fragmentados, como se ele agitasse aquelas asas quase imperceptíveis.

— Meus soldados andam difíceis de alcançar ultimamente. Talvez a garota esteja dando trabalho. — Ele sorriu, inclinando a cabeça em um gesto mais brincalhão, mas, como sempre com Erebus, era impossível de decifrar. — Você realmente sabe escolhê-las, meu rei. Quando eu a tiver em minhas mãos, será o primeiro a saber.

— Humm — Typhos murmurou, sem revelar nada. Mas eu tinha a sensação de que havia algo naquela conversa que me escapava.

O Rei Unseelie desviou o olhar para mim quando avancei deliberadamente até o campo de visão da tela.

Eu estava ali para dar a Typhos uma atualização sobre Cami, o que, francamente, era mais importante do que qualquer jogo de Erebus.

— Vejo que tem companhia. Deixarei que cuide de seus assuntos importantes, Majestade — Erebus anunciou com uma reverência educada. — Aguardo novidades sobre a retomada dos testes.

Typhos assentiu.

— Assim como aguardo as suas, Erebus.

O Unseelie apenas sorriu quando a tela se apagou.

Finalmente, Typhos se voltou para mim.

— Perdoe-me, mas tenho fornecido atualizações a todos os meus tenentes agora que temos mais informações. Acho que podemos assumir com segurança que Vivaxia e os Faes Virtuosos estão por trás dos ataques ao nosso reino.

Assenti.

— Parece que não têm mais interesse em se esconder.

— Verdade — ele respondeu, com os olhos faiscando em azul-escuro.

Enquanto dizia acreditar na explicação dele, eu sabia que essa não era a única razão para Typhos ter se recolhido ao gabinete. Ele segurou Cami no céu, o corpo e o poder dele a amparando na queda, depois a levou para sua cama.

Isso foi instintivo.

Não premeditado.

E eu suspeitava que ele estivesse digerindo essa percepção, talvez até remoendo a decisão involuntária de tê-la levado ao seu santuário mais íntimo.

Ele me estudou por um momento e depois fez um gesto para a poltrona de couro junto à lareira que iluminava o amplo escritório com Fogo do Inferno.

— Vamos conversar, Azazel. Como a Camillia está?

Era uma pergunta curiosa, considerando que Melek, sem dúvida, já o mantinha informado sobre o estado dela, assim como Ajax fazia comigo.

Preferi ignorar e devolver com outra.

— Há uma razão para ter me feito ouvir sua conversa com Erebus?

Typhos serviu uísque flamejante para si, como sempre tirando uma garrafa da reserva particular. Depois serviu um para mim também.

Aceitei o copo e dei um gole, aguardando.

Ele não respondeu de imediato, acomodou-se na poltrona de couro, o corpo musculoso ocupando todo o espaço, o cabelo escuro caindo pelas costas. A mecha branca contra o rosto era um detalhe curioso, que de certo modo o tornava mais acessível.

— Há algo entre Erebus e aquela noiva fugitiva que você perdeu a confusão do portal. — Ele lançou um olhar que sabia que ia me atingir. — Recorda?

Enrijeci diante da insinuação de que eu e minha Fênix tínhamos falhado.

— Eu não a perdi — rosnei. — Os Unseelie a desviaram de propósito.

E eu também me distraí com Cami absorvendo o poder de Typhos para fechar o vórtice no céu.

Mas a primeira razão era a mais importante: eu deveria ter capturado aquela noiva em segundos, mas ela sumiu com a ajuda dos Unseelie.

— Pode provar que interferiram? — Typhos perguntou.

— Provar, não. Mas é a única explicação para eu não ter conseguido rastreá-la. Além disso, você conhece os Unseelie. São ainda mais ardilosos que Melek.

Não era sobre isso que eu tinha vindo falar.

Mas fui eu que direcionei a conversa ao perguntar por que ele me fez ouvir Erebus. Ele queria que eu presenciasse, mas ainda não havia dito o *motivo*.

Typhos suspirou.

— Justo. Mas eles são leais.

Eu não podia negar, então não comentei.

Sim, eles eram Faes Pesadelo leais. Concordava com isso.

— A lealdade é muito importante para mim, como sabe — ele prosseguiu. — Mas é algo que venho questionando ultimamente.

Arqueei uma sobrancelha.

— Está me acusando de alguma coisa, Typhos? Questionando minha lealdade por ter bloqueado sua entrada na minha mente e acasalado com a fêmea que você vê como inimiga?

O olhar dele se estreitou e os lábios se fecharam em torno do copo enquanto tomava mais um gole demorado.

— Não, Azazel. Eu confio em você. Mas tudo isso me fez encarar a lealdade de outro jeito.

Não entendi bem o que ele queria dizer, então fiquei em silêncio e apenas bebi.

Ele colocou o copo na mesa.

— Hades me fez perceber que estava sendo injusto com seu irmão. Eu o liberei enquanto você estava fora.

— Oh. — Eu não sabia disso. — Hades falou em defesa de Maliki?

Eu não tinha clareza sobre a relação de meu irmão com os Fae Mythos, mas sabia que havia algum tipo de história. Algo que nunca me importou. Agora, porém, meu interesse se acendeu um pouco. Talvez, quando esse pesadelo acabasse, eu fizesse uma visita a ele.

— Hades se encontrou comigo — Typhos esclareceu. — Ele confirmou o que eu já sabia, que os Faes Virtuosos têm algo a ver com os portais e o caos. A interferência deles me fez questionar a lealdade de todos, até daqueles que já provaram repetidas vezes ter o melhor interesse do nosso reino no coração e na mente.

— Ainda estamos falando dos Unseelie? — perguntei, sem acompanhar direito sua lógica.

— Sim e não. — Ele pegou o copo novamente. — Você perguntou por que o fiz ouvir a conversa. Eu estava mostrando que percebi o erro do meu julgamento.

Me inclinei para frente.

— Continue.

Os lábios dele tremeram em algo próximo de um sorriso, talvez porque meu incentivo tivesse soado mais como ordem do que estímulo. Nossas tendências dominantes raramente entravam em conflito, em parte porque minha Fênix costumava se curvar ao Rei Fae do Submundo.

Ou costumava, pelo menos.

Cami e Ajax mudaram isso.

Chamas, eles mudaram *tudo*.

— Meu ponto é, ou melhor, a lição que aprendi é que não posso punir os peões. Eles foram manipulados contra a vontade. Prendê-los foi um erro, mesmo que no início tenha sido com a desculpa de protegê-los.

Eu suspeitava de que já não falávamos apenas dos Unseelie.

Ou talvez falássemos, mas só de forma indireta.

— Vivaxia finalmente se moveu após milênios de silêncio, e está usando cada tática possível para me fazer duvidar da minha própria fé.

— Isso é realmente uma surpresa? — perguntei. — Alguns milhares de anos não são nada em nossa vida.

— Verdade — ele concordou. — Mas os métodos e desejos dela não são o ponto.

— Então qual é? — Eu não estava com humor para charadas. Se estivesse, estaria com Melek, não com Typhos.

Ele me olhou firme.

— Meu ponto é que devo a você um pedido de desculpas.

Quase deixei o copo cair.

Typhos Lúcifer raramente se desculpava.

Na verdade, eu tinha certeza de que a última vez que ele pronunciou aquela palavra na minha frente foi quando tentou me salvar de Vivaxia.

— Um pedido de desculpas? — repeti, incrédulo.

Ele se endireitou e serviu mais uísque com o olhar distante.

— Dois pedidos de desculpas em menos de vinte e quatro horas. Estou mesmo perdendo o jeito.

Um meio sorriso curvou seus lábios, sugerindo que achava graça ou que Melek disse algo a ele. Eu apostava na segunda hipótese.

— Depois de tudo o que passamos, espero que saiba o que você significa para mim — Typhos murmurou, voltando seu olhar para mim. — Você é meu companheiro, Azazel. E mais do que isso, é meu melhor amigo. Eu deveria ter consultado você sobre minhas intenções com o Ajax.

— Sim — concordei. — Deveria.

Ele assentiu.

— Sinto muito. Não vai se repetir.

Arqueei a sobrancelha.

— Isso significa que o acordo não está mais na mesa?

Ele girou o copo, sem responder de imediato.

— Não há acordo a ser feito. A posição de Ajax na sociedade Fae do Submundo é incontestável, seu papel como Diretor já foi restituído. Ele é seu, isso o torna um Fae do Submundo. O status de Camillia também foi alterado. Ela foi registrada como companheira Fae do Submundo. Ambos estão seguros aqui, sob minha proteção.

Esperei.

Como ele não prosseguiu, insisti:

— Em troca de?

— De nada. — Ele bebeu outro gole. — Se Ajax quiser me aceitar como companheiro, a oferta continua. Mas será escolha dele, e nada além disso.

— Você ainda quer acasalar com ele? — perguntei.

— Quero protegê-lo — Typhos respondeu. — Não o desejo como você deseja. Mas o respeito. Me importo com ele. Quero que faça parte do meu círculo íntimo. Porém, não vou obrigá-lo.

Estudando meu companheiro, indaguei:

— Por que a mudança de postura? — Eu acreditava nele sem hesitar, só não entendia.

— Como eu disse, tenho punido os peões de forma injusta e questionado a lealdade dos outros, mesmo quando suas ações sempre provaram o contrário. Essa confusão com Vivaxia despertou o caos. E isso acaba agora.

Terminei a bebida e me recostei.

— O que isso significa para nós? O que significa para Camillia?

— Vou treiná-la — ele respondeu, me surpreendendo. — Chega de punições. Chega de ameaças. Chega de questionar suas intenções. Eu a vejo agora. Reconheço os erros que cometi. E vou repará-los. Mas antes de tudo, vou ensinar a ela tudo o que sei.

— Por quê? Para usá-la contra Vivaxia?

— Não. Ela não é um brinquedo, nem arma, e eu não a tratarei como peão. Eu não sou a Vivaxia. E você questionar minhas intenções mostra o quanto nosso círculo de companheiros está corroído. Vou consertar isso. E começarei desfazendo qualquer feitiço que Vivaxia tenha deixado em Camillia.

Me inclinei para frente, focando nessa última parte.

— Você também sente a magia.

— Claro que sinto. O mal cheiro está por ela inteira.

— Como a merda de um buquê de flores doentias — murmurei.

— O perfume característico de Vivaxia — ele ironizou. — Vamos desmantelar o presente que ela deixou em Camillia e depois fortalecê-la com conhecimento e habilidade para que, da próxima vez, ela saiba se defender. Era isso que eu deveria ter feito desde o início. Mas tentei aprisioná-la.

— Para protegê-la — recordei, pensando em suas palavras sobre os peões. — Você se arrepende do que fez com ela.

— Arrependimento é irrelevante — ele disse, encarando o copo. — Cometi um erro. Estou assumindo. Pedi desculpas. Agora vou corrigir. — Ondas azuis rodopiaram em suas íris quando ergueu os olhos para mim. — Pode me perdoar?

Olhei fixamente para ele.

— Você perdoaria alguém por tentar encurralar Melek em um acordo de companheiros?

Ele contraiu os lábios.

— Ele me perguntou algo semelhante.

— E o que você respondeu?

— Que mataria o desgraçado.

Quase sorri.

— Suponho que seja uma resposta válida.

— Está dizendo que precisa enfiar aquela espada flamejante no meu coração? Isso nos deixaria quites?

— Não chegaria nem perto — admiti. — Mas vou considerar como opção para mais tarde.

— Mais tarde?

— Temos coisas mais importantes agora. Ajudar Cami. Derrubar Vivaxia. — Afastei-me da poltrona. — Depois disso, penso em esfaqueá-lo.

Ele sorriu.

— Está combinado.

— Não se anime demais, Typhos. Vai doer.

— Você sabe que isso só me excita mais, não é? — Ele também se levantou.

Balancei a cabeça.

— Você é sádico, não masoquista.

Ele arqueou uma das sobrancelhas.

— Anda conversando com Melek sobre minhas preferências?

— Eu já estive dentro da sua mente tempo suficiente para saber — retruquei. — Mas se machucar Cami, eu vou mesmo te matar. — E, dessa vez, falei sério.

Ele ergueu as mãos.

— Não tenho intenção de tocar em sua companheira.

Observei-o por um longo momento.

— Veremos. — Para mim, estava claro que ele começava a se sentir atraído por Cami, como todos nós.

— Não vamos ver nada — ele respondeu, seco.

Assenti de modo sábio.

— Certo. — Se ele repetisse o bastante, talvez acreditasse.

Az, Ajax chamou, prendendo imediatamente minha atenção. *Ela está começando a se mover.*

Melek devia ter dito algo semelhante a Typhos, porque o corpo dele ficou rígido.

Trocamos um olhar, em sincronia outra vez.

— Vamos — Typhos disse, desaparecendo em uma explosão de brasas.

Segui-o de imediato.

Está na hora de abrir os olhos, pequena guerreira, pensei quando o quarto se materializou ao meu redor. *Temos muito o que discutir.*

Cami

Humm, canela e pecado. Um aroma viciante. Eu queria me enrolar nele, nadar nele, *viver* nele.

Inalei profundamente, e meu interior despertou à medida que outros perfumes deliciosos provocavam meus sentidos. Pinheiro. Hortelã. Fogueira.

Tudo junto me fez pensar em tomar um chocolate quente de hortelã em uma cabana na floresta.

Decadente.

Reconfortante.

Seguro.

Soltei um gemido. Os lençóis sedosos ao meu redor me lembravam a bem-aventurança do paraíso. Eu reconhecia esta cama. Conhecia-a dos meus sonhos. Por isso não me surpreendi ao encontrar um par de olhos cor de safira me observando.

Typhos Lúcifer

Minha tentação suprema.

Seus cabelos escuros emolduravam o rosto magnífico, com uma mecha branca como novo detalhe que lhe caía bem, sua mandíbula rígida enquanto me estudava com aquele olhar intenso.

— Você está usando camisa — eu disse, surpresa, tanto com a roupa quanto com a rouquidão da minha voz. Talvez fosse para soar sedutora. Sonhos eram estranhos assim.

Ele arqueou uma sobrancelha.

— Prefere que eu esteja sem?

Curvei os lábios.

— Bem, você normalmente está... — Lancei um olhar para a camisa abotoada, com as mangas arregaçadas até os cotovelos. — Mas isso também serve.

Ele se abaixou lentamente até a cama, seus movimentos diferentes da ousadia habitual. Meus sonhos quase sempre começavam com ele nu, pairando sobre mim.

Mas essa mudança era bem-vinda.

Estendi a mão para Lúcifer, curiosa quanto ao que mais poderia estar diferente.

Normalmente, ele me amarrava. Maas agora minhas mãos estavam livres, e eu pretendia aproveitar.

As sobrancelhas dele se ergueram quando toquei seu pescoço, deslizando a mão até sua nuca à medida que me sentava. Então usei minha força para puxá-lo até mim.

Meu nome escapou de seus lábios instantes antes de beijá-lo, e senti seu corpo estranhamente rígido sob meu toque. Provavelmente porque eu havia tomado a iniciativa. Lúcifer preferia estar no comando.

Pois azar o dele. Aquele era meu sonho. E ele ainda não me prendeu.

— Não devia me dar liberdade se não quer que eu assuma o controle — murmurei em sua boca, minha voz ainda rouca.

Na verdade, eu me sentia um pouco fraca. Como se tivesse acabado de sair de um treino intenso.

Talvez houvesse uma parte desse sonho que eu não lembrava.

Bem, mas aquilo eu lembraria.

Entreabri os lábios de Lúcifer com a língua, exigindo que ele me correspondesse.

Mas ele não fez isso.

Não de verdade.

Ele apoiou a mão no meu rosto e me afastou um pouco.

— Camillia.

— Lúcifer. — Me inclinei para outro beijo, e dessa vez ele rosnou.

Sorri, satisfeita por tê-lo provocado. Porque eu sabia o que viria a seguir.

Mas um movimento à esquerda me surpreendeu. Olhei e vi Melek encostado na cabeceira, com as pernas longas cruzadas nos tornozelos.

— Olá, anjinha.

Oh.

Eu nunca sonhei com Melek e Lúcifer juntos.

Outra pessoa pigarreou, atraindo meu olhar para Az. Ele estava de pé no fim da cama, com Ajax ao lado.

Os quatro homens? Meu estômago revirou. Tudo bem. Eu podia lidar com isso.

Cami, Ajax murmurou em minha mente.

Shh, eu o silenciei pelo vínculo. Só deixe que eu me concentre por um minuto.

Az e Ajax vinham me preparando para o prazer anal. Mas isso era na vida real.

Em um sonho... sim, eu podia lidar com qualquer coisa. O que significava que três de uma vez não seria problema. Eu só teria que usar a mão para o quarto.

Fae, não acredito que estou cogitando isso...

Mas sonhos eram seguros.

E foi por isso que me senti confiante para me inclinar novamente em direção a Lúcifer. A mão dele deslizou até meus cabelos e seu toque ficou mais dominante a cada segundo.

Com certeza, ele iria me amarrar em breve.

Talvez até me obrigasse a receber os três enquanto observava.

Minhas coxas se apertaram diante da ideia e senti meu corpo mais do que pronto para brincar.

— Camillia — ele disse contra minha boca.

— Pare de falar e me beije — exigi.

Seu aperto em meus cabelos se intensificou. O Rei Fae do Submundo claramente não apreciou minha ordem.

E ele me puniu com a língua.

Santo. Fae.

Já tínhamos nos beijado dezenas de vezes nos meus sonhos, mas nunca assim.

Seu aroma de canela queimava dentro de mim, lembrando a chama de uma vela acesa. Inspirei fundo, saboreando seu gosto. Seu domínio. Sua presença masculina. Sua *virilidade.*

Ele estava por toda parte, me consumindo, me possuindo, me *reivindicando.*

Uau, esse Fae sabia beijar.

Eu estava tão perdida nele que não ouvi Az nem Ajax. Os dois falavam em minha mente, mas as palavras se perdiam sob a tempestade do meu desejo.

Esse beijo era devastador.

Me arruinava para qualquer outra coisa.

Me sobrepujava. Me marcava. Me cativava por inteiro.

E então acabou.

Lúcifer usou a pressão em meus cabelos para me

manter afastada quando tentei avançar de novo. Seus olhos azuis estavam escurecidos em poços de necessidade. Muito mais intensos do que nos outros sonhos, talvez porque a camisa escura destacava sua beleza.

Cami, Ajax tentou novamente. *Você me ouviu?*

Olhei em sua direção, curvando os lábios.

— Eu estava um pouco ocupada.

Ele não sorriu de volta.

— Deu para perceber.

— Você está se sentindo bem? — Az perguntou, preocupado.

Soltei uma risada.

— Estou me sentindo maravilhosa.

Lúcifer contraiu os lábios.

— Está mesmo?

— Sim — sibilei, alongando os braços sobre a cabeça. — Agora tire sua camisa. — Eu queria explorar seu torso musculoso, algo que nunca consegui fazer nos sonhos anteriores, já que ele sempre me amarrava.

Ele arqueou uma sobrancelha.

— E por que eu faria isso?

— Porque você sempre faz.

— Faço? — Ele inclinou a cabeça. — Quando?

— Nos meus sonhos — respondi com uma risada. — Embora eu goste de estar com as mãos livres. É uma boa mudança.

— Você costuma estar amarrada, anjinha? — Melek perguntou, atraindo minha atenção para o brilho de seus olhos.

— Você está acordada, Cami — Ajax interveio antes que eu pudesse responder. — Isto não é um sonho.

Minha boca se abriu, mas logo fechei. *O quê?*

Era isso que eu estava tentando te dizer: isto é real, ele insistiu pelo vínculo. *Você está bem acordada.*

Olhei para ele e depois para Az.

— Você caiu do Reino Fae Virtuoso — Az me disse, e suas palavras foram como um balde de gelo. — Typhos a pegou, mas você ficou desacordada por horas. Estamos agora na suíte de Typhos e Melek.

— Vamos chamar de suíte real — Melek sugeriu de forma casual. — Suspeito que vamos passar muito tempo aqui nos próximos dias e semanas.

Pisquei de Az para Melek, depois para Ajax e Az novamente.

E, por fim, para... para Lúcifer.

— Oh, Fae... — Eu... eu o beijei. A mão dele ainda estava presa em meus cabelos, sua boca a centímetros da minha. — *Oh*.

Esse Fae ia me matar.

De uma forma horrível.

Dolorosamente.

Ele dilatou as narinas e curvou os lábios para baixo.

— Respire, Camillia.

Eu não respirei.

Qual seria o sentido? Minha vida estava perdida. A cada segundo, novas lembranças me invadiam, desde nossa dança até eu saltar naquele buraco negro.

Não senti muito além disso, apenas vazio.

Até acordar nesta cama e acreditar que era um sonho.

— Desculpe — consegui dizer com o último fôlego. Minha voz soou fraca e patética diante do pedido de perdão que eu realmente lhe devia. Mas não tinha ar para mais nada.

— Respire — ele ordenou. Sua voz dominante me atingiu em cheio e forçou meus pulmões a obedecerem. — Boa garota, Cami. De novo.

O elogio me fez obedecer. Meu desejo de agradá-lo

surgiu de uma forma estranha, que eu preferia não analisar. Provavelmente não gostaria do motivo.

Depois de várias inspirações, ele me elogiou de novo. Mas então disse:

— Conte-me o que aconteceu. Como você foi parar no Reino Fae Virtuoso? E o que a Vivaxia queria?

Eu o encarei, sem saber como responder. *Se eu disser que sou um sifão, ele vai me matar.*

Ele já sabe, Az respondeu com suavidade. *Ele sabe que Vivaxia está te usando. Ele quer ajudar.*

Quase ri.

Porque isso era impossível.

E só a ideia de ser verdade já me fazia duvidar se não estava sonhando outra vez.

— Eu não vou matá-la, Camillia — Lúcifer disse após uma pausa, sugerindo que Az contou o que eu pensava. Ou talvez tivesse sido Melek.

Nossa conexão estava completamente aberta de novo, embora ele não tivesse tentado falar comigo. Estranho. Antes, ele não parava de falar.

E você me bloqueava, Melek disse, sem o tom divertido de sempre. *Prefiro evitar ser punido assim outra vez, então estou tentando deixá-la em paz.*

Olhei surpresa para ele, o uso da palavra punido me desconcertando.

— Peço desculpas — ele disse em voz alta. — Não usarei nosso vínculo até que você esteja mais confortável.

Franzi o cenho. Melek parecia... diferente. Ferido? Dolorido? Inseguro?

Aconteceu algo com Melek no baile?, perguntei a Az e Ajax, me conectando a eles com facilidade. Eu estava começando a dominar esses vínculos de companheiros. *Por que ele parece tão... triste?*

Pisquei, aquela palavra final me fez lembrar do que

Lúcifer me disse na pista de dança. Meu olhar se voltou de imediato para sua expressão ilegível e meu coração disparou.

Ele queria saber o que tinha acontecido. Como eu acabei no Reino Fae Virtuoso. O que Vivaxia disse. E acabou de afirmar que não ia me matar.

Provavelmente porque não podia.

Mas podia me aprisionar.

Como Vivaxia havia comentado.

Como ele já tinha feito antes.

Oh, Fae, eu o beijei... beijei de verdade. E sua mão ainda estava em meus cabelos.

Ele me permitiu voltar a atenção para Melek, mas não me soltou.

Por quê? Estava me prendendo? Me mantendo no lugar? Se preparando para me estrangular?

— Camillia — ele disse, atraindo meu olhar para sua boca. Aquela que eu acabei de beijar.

Droga.

— Desculpe — soltei de repente. — Eu pensei que estivesse sonhando.

Ele soltou meus cabelos e um arrepio desceu pela minha coluna. Depois, segurou meu queixo, me forçando a erguer o olhar para os olhos intensos dele.

— Você não me deve um pedido de desculpas, pequena — sua voz suave destoava do rei que eu conhecia, o rei que eu temia. — Mas quero saber o que Vivaxia te disse.

Um calafrio me percorreu.

— Você vai me aprisionar.

Ele franziu o cenho.

— Por ser um sifão?

Arregalei os olhos. Ele sabia que eu era um sifão. Az já

tinha me dito, mas ouvir Lúcifer confirmar em voz alta tornou aquilo real.

O rei soltou meu queixo e se endireitou.

— Eu senti você lutar contra a atração, Camillia. Você devolveu minha luz quando podia tê-la tomado. Talvez fosse encenação. Mas não acredito nisso. Acho que Vivaxia está te usando para me ferir. Prove que estou errado.

A ordem sutil nessas últimas palavras me fez franzir a testa.

— Convencê-lo de que quero machucá-lo?

— Exato. — Ele me encarou. — E então?

— Eu não quero machucá-lo — rebati, cansada daquele ciclo idiota entre nós. — E não quero sua Fonte. Mas, aparentemente, fui criada para absorver sua luz e restaurar o Reino Fae Virtuoso. Porque, segundo Vivaxia, você quebrou a Fonte deles quando se recusou a se redimir.

Quase revirei os olhos ao dizer aquilo. Só de repetir já parecia loucura.

Mas a expressão de Lúcifer endureceu.

— Foi isso que ela disse?

— Sim. Ela disse que você criou todos os Faes Pesadelo e Faes do Submundo por puro prazer, quebrando um voto – não um acordo, veja bem – de proteger a vida. Então, você foi expulso como punição, mas a luz o seguiu para ajudá-lo a se redimir. Quando você se recusou, o Reino Fae Virtuoso se desfez.

Eu me surpreendi por ter guardado tudo isso, considerando o quanto minha breve experiência lá foi estranha.

— Ah, e já que estou falando, Vivaxia aparentemente também é minha avó. — Resolvi logo tirar isso do caminho. — E minha mãe está viva, mas meu pai está morto.

Fiz uma careta diante disso.

Eu não gostava exatamente dos meus pais, mas... mas...

Pigarreei.

— Na verdade, não sei exatamente o que aconteceu com ele, mas acho que Vivaxia mandou matá-lo? — Coloquei em forma de pergunta, já que minha mãe havia insinuado que a morte dele foi necessária.

Balancei a cabeça.

Tudo o que ela disse, tudo o que Vivaxia disse... foi demais.

— Elas disseram que eu fui criada para roubar sua luz e reconstruir o reino delas. — Eu não tinha ideia de como isso funcionava ou de como impedir. — Vivaxia tentou lançar um feitiço sobre mim, um que alterava minha realidade. Eu continuava esquecendo as coisas, vendo miragens, e... e...

Não soube mais o que acrescentar. Nem o que me fez falar. Mas já tinha dito tudo.

— Eu não quero sua Fonte — finalizei. — Não quero ser um sifão. E acho que odeio minha mãe.

Curvei os lábios quando terminei.

Ninguém disse nada, o que fez meu interior se revirar.

A inimiga deles é minha avó. Claro que eles não tinham nada a dizer. Provavelmente me odiavam também. Como deveriam.

Vivaxia aprisionou Az, o manteve enjaulado como um animal.

Ela enganou Lúcifer para que ele caísse.

E eu tinha quase certeza de que também estava por trás dos problemas de segurança no Reino Fae do Submundo.

— Você acredita nela? — Lúcifer perguntou. — Acredita que eu criei todos esses Faes por propósitos vis?

Pisquei para ele.

— Acreditar nela? — repeti, erguendo as sobrancelhas.

— Sim. Você acredita nela? — ele insistiu.

— Sério? — Soltei uma risada sem humor. — Por que eu acreditaria em qualquer coisa que ela disse? Aquela vadia me criou para feri-lo. Sem falar em tudo o que fez com Az. E agora espera que eu me curve à vontade dela? Que roube sua luz e restaure o reino dela? — Outra risada escapou de mim. — Que se dane.

Ele sorriu, e eu congelei. Porque, como na nossa dança, aquele sorriso tirava meu fôlego.

Mas também me aterrorizava.

Porque um Lúcifer satisfeito não podia ser bom sinal. Não nesta situação. Não depois de tudo o que eu acabei de confessar.

Ele provavelmente acabou de decidir o que fazer comigo.

— Vai me punir agora, não vai? — perguntei, engolindo a ansiedade.

Eu não poderia culpá-lo pelo que viesse. Eu era uma ameaça. E não tinha ideia do que Vivaxia tinha realmente feito comigo com aqueles feitiços. Talvez fossem para lavar meu cérebro, mas eu suspeitava que fosse algo pior. Ela me parecia uma jogadora de xadrez, sempre dez passos à frente.

Assim como Typhos Lúcifer.

— Ah, Camillia, suponho que sim — ele murmurou, se inclinando para afastar uma mecha de cabelo do meu rosto. — Mas não da forma que você teme.

Franzi o cenho.

— Não entendi. — Praticamente tudo o que ele fazia despertava medo em mim.

— Vou te ensinar a usar minha Fonte — ele respondeu. — Não será fácil, e provavelmente vai doer.

Uma punição, como você mesma sugeriu, para o dom dentro de você.

O quê? Eu o encarei, boquiaberta e sem entender.

— Vivaxia quer usá-la como um peão — ele continuou, roçando os nós de seus dedos em meu maxilar. — Então eu vou contra-atacar.

— Como? — sussurrei, ao mesmo tempo curiosa e apavorada com a resposta.

Especialmente porque ele voltou a sorrir, o gesto chegando até seus olhos azul-escuros.

— Mudando sua posição no tabuleiro — ele disse, as palavras acompanhando meus próprios pensamentos sobre Vivaxia ser uma mestra de xadrez.

Porque parecia que Lúcifer era igualmente habilidoso.

E estava ansioso para o próximo lance.

— Quando terminarmos o treinamento, você não será mais apenas um peão, Camillia De la Croix. Você será uma rainha. Nossa rainha. E, juntos, vamos destruir Vivaxia e derrubar o Reino Fae Virtuoso de uma vez por todas.

Melek

Eu caminhava pelo quarto, o som da água corrente atiçando meus instintos.

Cami estava nua e molhada. No. Meu. Chuveiro.

Eu conseguia imaginá-la facilmente sob os jatos, as gotas deslizando por seu corpo enquanto lavavam os resquícios deixados pelo Reino Fae Virtuoso.

É claro que ela ainda cheirava a Vivaxia. Mesmo daqui, o aroma de rosas mortas fazia meu nariz se contrair.

Vivaxia fez alguma coisa com Camillia. Só precisávamos descobrir *o que*, exatamente.

Ty, Ajax e Az discutiam sobre isso agora. Era uma evolução interessante da conversa que tiveram instantes antes, quando Ty informou Ajax de que seu status de Diretor foi totalmente restaurado, sem nenhuma condição.

Eu não lia a mente de Ajax, mas suspeitava que ele tinha ficado chocado.

Contudo, segundo os pensamentos de Ty, o Diretor não demonstrou um pingo de emoção.

Naturalmente, isso lhe rendeu a aprovação de Ty.

Ele gostava que Ajax fosse um Fae forte. Eu também.

Agora, os três conversavam sobre os próximos passos em relação a Camillia, algo que eu só sabia por causa do meu vínculo com Ty.

— Precisamos conversar — Ty disse trinta minutos antes, suas palavras dirigidas a Ajax.

— O acordo — Ajax respondeu.

— Exatamente. — Ty e Az trocaram um olhar antes de Ty sugerir: — Vamos dar uma volta. Quero sua opinião sobre algumas coisas.

— E a Cami? — Ajax perguntou, já que nossa companheira tinha acabado de se retirar para tomar banho.

— Melek — Ty me chamou. — Pode cuidar de Camillia?

O tom indicava menos uma pergunta e mais um pedido, mas sua mente acariciou a minha, ciente de que eu estava um pouco desconfortável em relação a Camillia naquele momento.

Ainda assim, concordei em ficar. Era onde eu poderia ser útil, se ela me permitisse, claro.

Assim, os três saíram pelo pátio do palácio.

Ajax talvez não percebesse o propósito, mas eu sabia: Ty queria que todos os vissem juntos. Que soubessem que Ajax foi aceito no círculo íntimo. Que era mais do que Diretor. Era confidente de Ty. Amigo. Um ser digno de respeito.

Como os Fae do Submundo adoravam fofocar, a notícia se espalharia rápido.

E Ajax logo entenderia a importância daquela caminhada.

Ty, como sempre, usava bem o tempo: aproveitava a ocasião não só para solidificar o status de Ajax, mas também para discutir o que sentiu em Camillia.

— *Talvez devêssemos consultar Zakkai* — Ajax sugeriu e as

palavras despertaram o interesse de meu rei. — *Se alguém pode desfazer um feitiço, é ele.*

Ele não estava errado. Eu estava prestes a sussurrar isso a Ty quando a água parou no outro cômodo.

Engoli em seco e meu corpo ficou rígido.

Quando Cami entrou no banho, estávamos todos aqui fora. Ela não sabia que eu era o único à sua espera e não tinha certeza de como ela reagiria a isso.

Olhei para a bandeja de comida que pedi e que surgiu alguns minutos antes. Cami devia estar com fome. Mas eu não tinha certeza se ela gostaria das escolhas que mandei trazer da cozinha.

Isso é ridículo, pensei.

Em toda a minha existência, nunca me senti tão inseguro por causa de alguém. Essa falta de confiança ia me destruir. Essa incerteza sobre Cami ia me enlouquecer. E esse...

A porta se abriu, interrompendo minha tortura interna, porque um anjo acabou de espiar para fora. Gotas d'água permaneciam em seus cabelos loiros-escuros. O brilho úmido escorria pelo pescoço até a clavícula, onde ela segurava a toalha com força contra o peito.

— Hum. — Ela contorceu os lábios e olhou ao redor do quarto vazio.

— Eles foram dar uma volta — expliquei. Minha voz saiu mais grave do que eu pretendia. Pigarreei, odiando de novo toda aquela incerteza. Não era eu. Não era como eu agia. Não era quem eu queria – *ou deveria* – ser com ela.

Ela me bloqueou da sua mente porque não confiava em mim.

Tudo bem.

Chega de lamentar.

Mas eu não conseguia parar, porque doía pra cacete ter sido cortado daquela forma. Depois, ela acreditou que eu enfeiticei o vestido e continuou acreditando mesmo após minha negativa.

Obviamente, eu a pressionei demais com minhas provocações sensuais, mas isso...

Isso é quem eu sou, pensei.

E se Cami não quisesse isso – não me *aceitasse* – então eu... eu não sabia como prosseguir.

— Melek? — Cami chamou, atraindo meu olhar. Aparentemente, eu estava fixado no tapete ornamentado aos meus pés, o que era estranho de se fazer quando Cami estava parada à porta do banheiro quase nua.

Ela avançou, aparecendo por inteiro agora, de pé apenas com uma toalha.

O tecido macio a envolvia como um vestido branco felpudo que caía bem abaixo dos joelhos.

Contraí os lábios ao ver a cena. Ela escolheu a toalha que Ty costumava usar, e ele tinha mais de trinta centímetros que ela. Assim, o tecido parecia mais um cobertor que uma toalha.

Quando ela pigarreou, meu divertimento desapareceu. Ela provavelmente achava que eu a observava. E talvez eu a observasse, em qualquer outro estado de espírito.

Mas eu estava perdido nessa névoa de insegurança que pairava sobre mim como uma nuvem sombria.

— Eu pedi comida para você — falei. — Também não sabia o que você gostaria de vestir, nem se se importaria que eu mexesse em suas coisas no outro quarto, então... não toquei em nada. Se me disser do que precisa, eu pego. Ou você mesma pega. Ou...

Minha voz morreu, e eu me senti um idiota, falando sem parar sobre nada.

Eu não era assim.

Pare de pensar demais e seja você, Ty grunhiu na minha

mente, ouvindo minha confusão. *Se ela te rejeitar, então não é boa o bastante para você.*

Não acho que funcione assim, respondi. *Normalmente, alguém rejeita o outro por não corresponder às suas expectativas.*

Não será o caso com ela, ele replicou. *Se ela não vir o quanto você é incrível, o problema é dela, não seu.*

O clássico "não é você, sou eu", humm? Em qualquer outro dia, eu teria rido. Mas agora não havia humor em mim.

— Melek — Cami repetiu, agora a poucos passos.

Eu tinha abaixado os olhos de novo. Olhar para ela doía. E eu não queria dar mais motivos para que ela questionasse minha lealdade.

Sim, eu brinquei. Entrelacei todos nesse círculo, sabendo que era assim que floresceríamos. Se ela me odiasse por isso, paciência. Eu não podia pedir desculpas. Porque eu sabia que era o certo.

Ela podia ser neta de Vivaxia, algo que eu questionava, já que não confiava em nenhuma palavra daquela filha da mãe. E podia ser um sifão feito para derrubar nosso reino. Mas eu via algo dentro de sua alma que não conseguia ignorar.

Estava lá desde o primeiro momento que a vi na biblioteca.

Um conhecimento que eu não sabia nomear.

Eu apenas... sabia.

Ela era minha. *Nossa.* A chave para unificar o Reino Fae do Submundo de uma vez por todas.

Camillia De la Croix era uma deusa disfarçada, uma rainha destinada a reinar. Eu só precisava ajudá-la a enxergar isso. Tive que ajudar Ty a ver enxergar também.

Agora ele via.

Eu sentia sua aceitação dentro de mim, sua curiosidade enfim desperta.

Chegamos ao fim do jogo.

Ao movimento final.

Ao momento que, com sorte, nos uniria.

Mas se Cami não pudesse me perdoar pelo papel que desempenhei, eu ficaria de fora. Acasalado apenas em parte por toda a eternidade. Porque eu não a forçaria a dar o último passo. Não a vincularia a mim a menos que ela quisesse.

E agora, eu tinha certeza de que ela não queria nada comigo.

Por isso eu permaneci fora de sua mente.

Eu também não queria arriscar senti-la reconstruir a muralha. Isso talvez me destruísse.

Embora, talvez eu já estivesse destruído, pensei, fazendo uma careta. Eu não me sentia eu mesmo.

O calor me envolveu quando Cami apoiou a mão em meu rosto, sua proximidade me surpreendendo. Eu tinha parado de olhar para ela... de novo.

— Desculpe por ter te acusado de enfeitiçar o vestido — ela disse baixinho. — Eu devia ter acreditado quando você negou.

Meus ombros subiram e caíram.

— Eu...

O toque dela se moveu até meus lábios.

— Também sinto muito por ter bloqueado você da minha mente. Eu não queria que você ouvisse a nossa contraproposta para Lúcifer. Eu não confiava que você não fosse contar a ele, já que tudo o que faz é por ele.

— Isso...

— Era o que eu acreditava — ela me interrompeu, o calor do corpo invadindo o meu quando se aproximou ainda mais. — Mas estou começando a entender melhor agora.

Eu franzi a testa. *Está?* Eu queria perguntar. Mas sua mão ainda estava sobre minha boca, então não tentei.

Estou, ela respondeu, me surpreendendo não só com a resposta, mas também por usar nosso vínculo mental.

Ela não me bloqueou de novo, percebi.

Não, não bloqueei. Sua resposta me espantou ainda mais.

Porque eu não transmiti aquilo pelo vínculo.

Eu falei comigo mesmo.

Ela moveu os dedos para segurar meu rosto.

— Sinto muito, Melek. Ainda estou aprendendo a lidar com essas conexões e, hum, meio que ouço todos os seus pensamentos desde que saí daqui.

Franzi o cenho.

— Até minha conversa com o Ty?

Ela balançou a cabeça.

— Não exatamente. Eu percebi que você falava com ele, mas não ouvia as palavras. No entanto, senti suas emoções. E, bem, captei o suficiente para entender sobre o que se tratava.

Eu a encarei.

Tínhamos nos vinculado no segundo nível, unindo nossas mentes, mas eu não percebi o quanto estive aberto a ela. Na tentativa de não tocar seus pensamentos, eu evitei o vínculo. Mas não criei uma barreira, não protegi minha mente dela. Apenas... lutei contra a tentação de me conectar.

— Não era minha intenção compartilhar tudo isso com você — admiti. — Eu... — Soltei o ar, a cabeça tombando para trás. — Droga, Cami. Não estou me sentindo eu mesmo. — Não sabia o que dizer. E isso também não era nada típico de mim.

— Eu sei — ela sussurrou. — Mas acho que tenho uma ideia de como ajudar.

Meu olhar caiu em sua boca antes de retornar lentamente a seus olhos. Ela era tão linda que doía. Tudo o que eu queria era envolvê-la em meus braços e reivindicá-la. Estar com ela. Mostrar o que sentia.

Ela disse que eu fazia tudo por Ty.

Em parte, era verdade. Eu a vi como uma potencial companheira para ele, mas a reivindiquei para mim. Para protegê-la. Porque eu a queria.

Ela podia dizer que eu mal a conhecia. Mas minha alma reconheceu a dela de imediato. E eu vivi tempo demais para ignorar esse tipo de conexão.

Então a atraí para um vínculo, sabendo que nunca poderia ser quebrado. Que ela estaria para sempre ligada ao meu espírito.

Doeria se ela me rejeitasse. Na verdade, já doeu quando ela me bloqueou.

Mas eu viveria com essa dor se isso significasse que ela sempre estaria protegida pela minha imortalidade.

Os olhos de Cami prenderam os meus, seu olhar perscrutando.

— Finalmente vejo você, Melek. O verdadeiro, por baixo dos enigmas. O homem que segue o coração, não importa o risco. Você faz tudo por Lúcifer. Ele é o centro do seu universo. Seus desejos e necessidades vêm em primeiro lugar.

Entreabri os lábios e franzi o cenho. Aquilo não estava certo.

— Cami...

— Shh — ela me silenciou, pressionando o dedo em minha boca de novo. — Também vejo onde eu me encaixo agora. Como esse mesmo cuidado e consideração se aplicam a mim. Você arriscou a ira dele quando me reivindicou. Ele continua sendo o centro do seu universo, mas, em algum momento, você me acrescentou a esse círculo também.

Engoli em seco.

— Acho que coloquei você ali no instante em que nos conhecemos. — Foi instinto. Eu a reconheci como a metade perdida da minha alma. Talvez fruto de algo que Vivaxia fez. Ou talvez apenas destino.

Não importava o motivo. Estávamos aqui agora.

Ela existia na minha órbita.

E suas necessidades também vinham em primeiro lugar.

Equilibrá-la com Ty não foi fácil, mas finalmente estávamos em sintonia. Finalmente prontos para abraçar o que viesse.

Se Cami me aceitasse, claro.

— Isso, exatamente isso — ela disse, passando os dedos em meus cabelos. — É o que eu quero consertar.

Olhei para baixo, minhas mãos pendendo ao lado do corpo, tentando entender.

— O que você quer consertar, Camillia?

— Você — ela respondeu, erguendo-se na ponta dos pés. — Quero meu Melek ousado de volta. Aquele que me provoca com pensamentos indecentes. — Ela puxou meu rosto para baixo, os lábios a um sopro dos meus. — O que prometeu me amarrar em suas cordas.

Sua boca roçou a minha, me deixando rígido contra ela.

Eu temia que, se me mexesse ou respirasse, acabaria devorando-a.

Porque Cami nunca me beijou primeiro. Sempre fui eu a roubar beijos, a enganá-la para me deixar provar dela.

Mas isso era tudo ela.

Os dedos em meus cabelos.

Os seios contra meu peito.

A boca roçando a minha.

— O que incendeia minha alma a cada toque — ela continuou, em um sussurro. — O que é impossível resistir.

Outro encontro breve de bocas. Rápido demais.

— O que eu quis por tempo demais, mas neguei. O que me faz sentir coisas que não devia. — Seus olhos prenderam os meus, nossos lábios se tocando a cada palavra. — O Melek que me marca com sua essência dourada porque sabe, lá no fundo, que eu secretamente gosto disso.

Estremeci. As palavras dela pareceram remendar algo dentro de mim. Não por inteiro, mas o bastante para me levar a colocar as mãos em seus quadris.

— É magia etérea — corrigi. — Também é sua.

— Despertada por você — ela retrucou, entrelaçando os braços em meu pescoço. — Az e Ajax são viciados no sabor.

Engoli em seco, ansiando por provar.

— Imagino que seja bem pecaminoso.

Ela deu de ombros.

— Por que não me faz gozar e descobre?

Eu a encarei, excitado e apavorado ao mesmo tempo.

— Não brinque comigo, Cami. — Ela podia me despedaçar agora, destruir o resto da minha força e me matar com sua rejeição. Se ela...

— Não estou brincando, Melek. — Seus lábios reivindicaram os meus com ousadia antes que eu pudesse reagir, antes mesmo que eu pudesse pensar.

Então, ela me soltou tão rápido quanto me beijou, fazendo meu coração saltar à garganta.

Mas ela não recuou.

Apenas puxou a toalha.

Deixou-a cair no chão.

Depois, inclinou a cabeça.

— Venha brincar comigo, Melek. Me amarre. Me possua. Me reivindique. Faça o que precisar. Estou pronta.

Cami

Meu coração batia rápido.

Eu tentava transparecer confiança, provocar Melek para que me tomasse.

Mas, por dentro, eu tremia de nervosismo.

Não porque não quisesse, mas porque acabei de perceber o quanto *precisava* disso.

Fae, ouvir sua mente... sentir suas emoções... desfez algo dentro de mim. Algo frágil e, ao mesmo tempo, devastador.

No banho, comecei a pensar nele, lembrando de seu comportamento contido enquanto Lúcifer falava sobre meu treinamento. Foi uma conversa breve, desencadeada pelos comentários dele sobre me transformar em rainha – algo que apenas a ideia já fazia meu coração disparar.

Mas Melek permaneceu em silêncio durante a maior parte da discussão.

Captei a tristeza que Lúcifer mencionou durante nossa dança e comecei a refletir sobre isso no chuveiro.

Ao fazer isso, me conectei aos pensamentos de Melek. Ouvi sua indecisão a cada gesto, o cuidado ao escolher o que pedir de refeição para mim. Ele cogitava roupas, depois descartava todas as opções, temendo me afastar mais do que já tinha afastado.

Essas preocupações chegaram ao auge quando saí do banheiro. A insegurança de Melek era um hematoma que eu queria curar.

Porque aquilo não era ele.

Eu o feri. E muito, ao que parecia. Não foi minha intenção. Eu disse a verdade quando expliquei que não confiava nele durante a negociação do acordo, mas agora tudo isso parecia trivial.

Lúcifer restituiu o título de Diretor a Ajax sem condições, algo que confirmei tanto pelos pensamentos de Melek quanto perguntando ao próprio Fae da Meia-Noite.

Você confia nele?, sussurrei a Ajax minutos antes. Porque eu... eu começava a acreditar que Lúcifer realmente pensava no bem de todos nós.

Ah, ele cometeu atos terríveis, coisas que talvez eu nunca perdoasse. Mas quanto mais eu o compreendia, mais me sentia atraída por ele.

Assim como por Melek.

Mas a atração por Melek era muito mais forte por causa da conexão direta à sua mente. Porque, enfim, eu o via. O verdadeiro Melek.

Não o Fae inseguro, com medo de me perder.

Mas o homem por trás disso. O que se importava. O que queria uma chance de estar comigo. De me valorizar. De me mostrar o que significava ser *dele*.

Eu queria descobrir. Queria entender o que ele queria dizer quando prometia me adorar. Queria sentir suas cordas. Me entregar a essa ligação entre nós e ver até onde poderia nos levar.

Não escondi esse desejo de Ajax e Az. Eles sabiam. E,

embora os dois emanassem possessividade, no fundo eu sentia a aceitação deles.

Melek já fazia parte de mim. Já estava ligado a mim de um modo impossível de desfazer.

Mesmo assim, ele acreditava que eu pretendia rejeitá-lo, bloqueá-lo da minha mente para sempre e forçá-lo a viver com um vínculo unilateral.

Ele aceitou essa ideia.

Protegê-la é tudo o que importa, uma parte dele sussurrou, revelando seus verdadeiros sentimentos. Confiando-me suas intenções. Me deixando, por fim, decifrar o enigma do príncipe Fae do Submundo.

Mas, agora, ele apenas me encarava, como se não soubesse como agir.

E, por um instante, temi que fosse recusar minha oferta.

Bastou esse segundo para me mostrar como seria se eu o rejeitasse. E eu detestei o que senti. A insegurança que surgiu dentro de mim. A confusão que girava em minha alma.

Melek e eu já estávamos ligados.

Nosso único caminho era seguir adiante.

Eu achei que ele se vinculou a mim por alguma razão sombria, ou apenas como forma de proteger Lúcifer. Mas as motivações de Melek iam além. Estavam enraizadas em sua própria noção de justiça. Em sua própria *lealdade*.

E saturadas em *desejo* incontrolável.

Melek era um Fae que lutava pelo que queria, mas nunca deixava os outros verem essa luta. Usava jogos para dobrar o adversário a seu favor.

Eu joguei.

Alguns diriam que perdi.

Mas, quando ele deu um passo em minha direção, os

olhos multicoloridos brilhando com intenção pecaminosa, percebi que eu é que tinha vencido.

Ele segurou minha nuca, e a mão marcou minha pele ao me puxar contra seu corpo rígido. A seda de seu terno era luxuriosa contra meu calor, e seu beijo, uma bênção que senti até a alma.

Finalmente, uma parte dele suspirou, pensamento que rivalizou com o meu.

Eu lutei contra essa atração desde o primeiro encontro. Aquele macho exalava sexo, um apelo erótico que eu me esforçava para negar. Mas não precisava lutar mais.

Ele era meu.

Eu era dele.

E eu queria que me mostrasse o que isso significava.

Suas mãos deslizaram para meus quadris, quentes e possessivas, me guiando pelo quarto às cegas. Quando a parte de trás dos meus joelhos tocou a cama, sorri aliviada.

Mas então ele recuou, avaliando-me com cuidado.

— Não posso amarrar você ainda, Cami.

Pisquei.

— Ah. — Engoli em seco. — Certo. É claro que não. Eu... — Olhei ao redor, procurando a toalha que perdi, sentindo minha pele queimar.

Mas ele segurou meu quadril antes que eu me afastasse, a outra mão erguendo meu queixo.

— Não posso amarrar você até que confie em mim — ele explicou, seu olhar hipnotizando o meu.

Minhas pálpebras tremeram, a confusão cortando meu coração.

— Eu confio em você.

— Não completamente — ele respondeu, me ferindo ainda mais. — Não digo isso para te machucar, amor. Digo para que saiba que vou sempre colocar sua segurança acima dos meus desejos. Sempre vou protegê-la. Nunca vou feri-la.

— Eu sei — falei. — Eu disse... agora eu enxergo você. Eu conheço você.

— Então estamos no caminho certo — ele murmurou, encostando a testa na minha. — Quero continuar nesse caminho, Cami. Quero senti-la sob minha seda, fazê-la estremecer. Mas antes, preciso mostrar o que significa ser minha. Preciso conquistar sua confiança de verdade. Então, um dia, quando você estiver pronta, vamos brincar.

Ele me beijou de novo, dessa vez com intenção. Sensualidade. Uma promessa suave de sedução. Quando terminou, eu já arfava, implorando para que fosse além.

Porque eu queria sua boca em outros lugares.

Suas mãos explorando minha pele nua.

Sentir a força de seus movimentos entre minhas coxas.

— Quero completar o vínculo — confessei. — Quero ser sua. — Mas eu não tinha ideia do que isso exigia.

Embora uma parte de mim esperasse que envolvesse sexo.

Os lábios dele se curvaram como se ele tivesse ouvido... e provavelmente ouviu. Eu não mascarava meus pensamentos nem minhas emoções, não com ele, nem com nenhum dos meus companheiros.

Eu estava apenas sendo eu.

Confiando nos meus Faes para respeitarem minha mente e honrarem meus desejos.

Az e Ajax já tinham provado ser mais do que capazes disso.

E Melek... bem, como ele disse, estávamos no caminho certo.

Um novo respeito e compreensão floresceram em minha mente conforme eu assimilava seus comentários sobre confiança e entendia que ainda não estávamos completamente lá.

Ele estava certo.

Mas eu queria chegar lá.

E o primeiro passo era reconhecer nosso vínculo. Concluí-lo. Nos tornarmos companheiros oficialmente.

— Eu perguntaria se você tem certeza, mas ouço a convicção na sua mente — Melek murmurou, o olhar parecendo memorizar meus traços.

Seus pensamentos me diziam que ele mal acreditava no que acontecia. Instantes antes, ele achava que eu o rejeitaria.

Agora, eu pedia para ele me reivindicar pela eternidade.

— Me diga o que fazer — pedi.

— Ah, as tantas formas de interpretar isso. — Ele me beijou outra vez, a língua prometendo pecados contra a minha. Só se afastou quando eu já arfava, meu cérebro focado apenas nele. Na sua proximidade. No seu perfume pecaminoso. *Cheiro de pecado*, pensei. *Pecado puro, não adulterado*.

Os olhos dele sorriram, os tons multicoloridos reluzindo com intenções perversas.

Intenções que eu desejava vivenciar.

Eu não ia mais lutar contra essa atração. Não ia mais negar o que sentia.

Talvez, tudo o que aconteceu tivesse abalado minha mente, forçando-me à rendição. Ou talvez me tivesse feito querer viver.

Escolhi acreditar na segunda opção.

Eu passei a vida inteira lutando por liberdade, ansiando por independência e normalidade. Algo que não envolvesse viagens aleatórias ou ser deixada no meio de um incêndio florestal. Mas eu nunca fui feita para o normal.

Eu era eu.

Parte Fae Virtuosa, parte Fae do Submundo.

Um sifão, aparentemente.

Bem, que se danasse essa parte. Eu não faria o que Vivaxia dizia que nasci para fazer. Eu me rebelaria. Tomaria minhas próprias decisões.

Como me unir a Melek.

Essa escolha era minha. Minha decisão. Meu destino.

— Como completamos nosso vínculo? — perguntei. Ele sabia que foi isso o que eu quis dizer quando pedi que me dissesse o que fazer. Mas me distraiu com sua boca. Agora, eu não permitiria outra interpretação.

Sem jogos.

Sem enigmas.

Apenas nós.

Apenas isso.

Ele recuou, com as mãos nas lapelas do paletó, enquanto retirava o tecido dos ombros e braços.

— Se vamos fazer isso, é justo que eu também esteja nu. — Ele dobrou o casaco caro e o colocou sobre uma cadeira próxima, depois soltou a gravata e a puxou pela cabeça.

Engoli em seco quando ele tirou as abotoadeiras e começou a abrir os botões da camisa escura. Tudo preto. Em contraste com as penas douradas e brancas que eu vi na semana anterior.

As mesmas penas que me recordei enquanto me perdia na miragem do Reino Fae Virtuoso.

Melek foi grande parte da razão pela qual as manipulações mentais de Vivaxia não funcionaram. Minhas lembranças dele avançaram como uma âncora, me ajudando a ver através da ilusão e a lembrar quem eu era e quem eram meus companheiros.

Az também foi essencial, sua história sobre Vivaxia era

tão poderosa que me permitiu perceber a verdadeira natureza dela. Relembrar sua história. Saber que suas alegações sobre Lúcifer eram mentiras.

E Ajax, claro, foi meu vínculo de sustentação, me mantendo presa à realidade.

Mas foram as penas de Melek que eu recordei primeiro. Depois, a estátua de Lúcifer que ele me mostrou.

Ele foi feito para ser meu, meu coração e minha alma o reconhecendo em um momento de necessidade vital.

Eu não quis magoá-lo nem fazê-lo se sentir rejeitado.

Mas, agora, eu queria curá-lo. Trazer de volta o Melek confiante, o que exalava ousadia em tudo.

Parte dessa confiança apareceu quando ele livrou-se da camisa, revelando um corpo esculpido que era um prazer admirar. Ele sabia que era belo. Mas eu confirmei em voz alta.

Eu gostava especialmente de suas tatuagens, símbolos etéreos e de natureza sobrenatural. Brilhavam em dourado agora, o que sugeria que estavam ligadas à sua herança de Fae Virtuoso, e não eram apenas arte gravada no corpo.

Eu teria que perguntar sobre elas depois.

Por enquanto, só conseguia focar no cinto... e nas mãos que o abriam.

— Não tão bela quanto você, anjinha — ele murmurou, respondendo ao meu comentário. Seu olhar me percorreu com interesse absoluto enquanto desabotoava a calça e abaixava o zíper.

Não me surpreendi por ele estar nu por baixo. Parecia apropriado que Melek dispensasse roupas íntimas. Embora, admito, ele ficaria incrível de boxer de seda preta.

— Na próxima vez — ele murmurou, tirando os sapatos e inclinando-se para terminar de se despir.

Presumi que a "próxima vez" se referia à boxer de seda que eu imaginava.

Mas, quando ele se endireitou, revelando-se em toda sua glória nua, pensei que talvez boxer fossem desconfortáveis. Porque, céus, Melek era... impressionante. Em todos os sentidos.

Informação da qual eu não precisava sobre Melek, Ajax resmungou em minha mente.

Desculpe, respondi, ainda lutando para controlar os vínculos mentais. Vê-lo assim apagou meu raciocínio.

Você está me deixando com ciúmes, pequena guerreira, Az sussurrou. *Preciso ir até aí e lembrá-la do que sou capaz?*

Estremeci, o corpo virando fogo líquido com a lembrança íntima do que Az podia fazer. *Por mais que eu ame seu pau, preciso deixar Melek ter o momento dele agora.*

Formulei de propósito de um jeito que sabia que Az apreciaria.

O rosnado dele confirmou, seu agrado aqueceu nosso vínculo. *Vou fazer você gritar o quanto ama meu pau mais tarde, enquanto como a sua boca.*

Engoli em seco.

Eu vou gritar para você, prometi.

Boa garota, ele devolveu. *Agora vá mostrar a Melek o que Ajax e eu ensinamos.*

Ajax emitiu um som de concordância contida. Sua posse me envolveu em um beijo mental quente antes de me entregar ao toque de Melek.

— Diga a eles que vou fazer você brilhar — Melek murmurou contra minha boca, as mãos firmes em meus quadris. — E talvez eu permita que me ajudem a lamber você até ficar limpa depois.

Ele me prendeu em um beijo antes que eu pudesse reagir à imagem vívida que suas palavras tinham pintado na minha mente, seu abraço arrebatador e avassalador.

Parecia que os últimos meses tinham sido apenas um

longo jogo de preliminares, como se dançássemos em círculos ao redor do inevitável por uma eternidade.

Sua língua abriu meus lábios, suas mãos me ergueram para a cama. E, de repente, eu estava deitada debaixo dele, com suas asas se estendendo sobre nós em um véu de branco e ouro.

Olhei para cima, maravilhada. Sua forma gloriosa era ao mesmo tempo régia e divina. Belo e pecaminoso. Um anjo caído enviado para corromper minha alma.

Mas minha alma já era, em parte, dele.

E logo seria por inteiro.

— Me reivindique — sussurrei.

Ele sorriu.

— Você não tem ideia do quanto precisava ouvir isso. — Ele encostou a testa na minha. — Eu a desejei desde o primeiro dia na biblioteca, Camillia De la Croix. Foi tão difícil ser um cavalheiro quando tudo que eu queria era despir você e tomá-la entre as estantes.

Meu corpo queimou com a imagem. *Eu teria deixado?* Talvez. Provavelmente. Porque já naquele dia eu fiquei tão atraída quanto assustada. Mas, sim, a atração estava lá desde o início.

Melek rolou para o lado, apoiando-se em um cotovelo, e as asas desapareceram em um estalo.

— O nível final do vínculo exige uma troca de sangue das mesmas mãos que cortamos antes. E o encantamento antigo precisa ser entoado em uníssono.

Fiquei esperando-o continuar.

— Mais alguma coisa?

Ele balançou a cabeça.

— É um processo simples no físico. Mas são nossas almas que precisam fazer o trabalho.

Refleti.

— Por que isso soa como outro dos seus enigmas?

— Porque é um mistério até para mim — ele respondeu. — Nós nos uniremos em forma física, mas, para que o vínculo floresça, nossas almas também precisam se unir. Nenhum de nós pode controlar isso. Ou nossos espíritos aceitarão nosso destino entrelaçado, ou o vínculo se romperá de vez.

Minhas sobrancelhas subiram.

— Você está dizendo que nossas almas podem se rejeitar?

Ele assentiu.

— É assim que funcionam os vínculos dos Faes Virtuosos: trata-se de energia etérea reconhecendo energia etérea. Em teoria, nem todas as almas desejam o vínculo.

— Então, talvez não sejamos companheiros? — perguntei, em pânico. Porque aquilo parecia importante demais.

Mas Melek apenas sorriu.

— Nós somos, Cami. Tenho certeza disso.

— Que bom que você tem — murmurei.

Uma adaga surgiu em sua mão, a mesma adornada com joias que apareceu magicamente quando chegamos ao segundo nível do vínculo.

— Fé, anjinha, é a chave para tudo. — Outra faca se materializou ao lado da primeira, e ele as estendeu para mim. — Escolha uma, e começaremos.

Ajax

Isso é tão surreal, pensei, observando ao redor do Reino Fae do Submundo. Não era exatamente estar aqui que me causava essa sensação, mas sim estar aqui ao lado de Lúcifer.

Ele caminhava e conversava comigo como um igual. Já tinha feito isso antes em alguns momentos, mas nunca dessa forma.

E não desde o incidente com Cami naquele vestido de correntes.

O que estamos fazendo? questionei, olhando em volta do pátio em chamas que cercava o Palácio do Reino Fae do Submundo.

Lúcifer está fazendo uma declaração, Az respondeu, obviamente tendo ouvido meus pensamentos.

Que tipo de declaração?, perguntei, cauteloso. Porque a maioria das "declarações" de Lúcifer envolvia punições, e eu não estava com humor para uma de suas lições infames.

O tipo que serve como pedido de desculpas, Az me disse.

Quase ri com desdém. *Certo*. Typhos Lúcifer não pedia desculpas. Isso exigiria que ele admitisse um erro.

Ah, ele até disse que eu não precisava mais acasalar com ele, embora tivesse afirmado que a oferta ainda estava de pé, caso eu quisesse. Mas isso não significava que eu acreditava nele ou na explicação que acompanhou sua declaração.

— Percebi agora que exigir um acasalamento nessas circunstâncias foi errado. Um Fae deve querer se acasalar comigo, não fazê-lo por obrigação — ele tinha dito há pouco. — Mas não se engane, Ajax, eu ainda o quero no meu círculo. Entretanto, percebo que preciso demonstrar esse desejo em vez de forçá-lo.

Kuro eriçou as penas no meu ombro, me puxando de volta ao presente. Ele apareceu pouco depois da proclamação de Lúcifer, provavelmente respondendo ao meu estresse interno.

Porque tudo isso parecia bom demais para ser verdade.

E só porque ele mudou os termos, não significava que não estava planejando me punir de alguma forma. Eu o desafiei. Escolhido a Cami em vez dele. O *deixei.*

Ele não deixaria isso passar impune.

Ele não podia.

Az suspirou na minha mente, mas não disse mais nada. Seus laços com Lúcifer nublavam seu julgamento. Ou, pelo menos, essa era minha opinião.

Ele discordou, murmurando algo sobre como me colocava em primeiro lugar, mas não insistiu no assunto. Em vez disso, sua mente se voltou para Cami.

E para Melek.

Cerrei os punhos.

Eu não estava no quarto com eles, mas sabia o que estavam fazendo.

Estava com ciúmes? Sim.

Mas era mais profundo que isso. Eu não confiava em

Melek. Porém, o que quer que ele tenha dito ou feito, mudou a forma como Cami o enxergava.

Eu podia ouvir a mente dela processando as intenções de Melek, sentia sua excitação ao olhar para ele, percebia seu interesse *crescendo*.

Isso me fazia ranger os dentes. Az também.

Embora, se isso incomodava Lúcifer, ele não demonstrava. Ele continuava a desfilar pelo pátio, com a cabeça erguida, cumprimentando os Faes do Submundo que passavam.

— Há algo que você queira e que eu ainda não tenha oferecido? — Lúcifer perguntou, me trazendo de volta ao presente e ao acordo que ele dizia não estar mais em vigor. Em vez disso, listava condições unilaterais para eu aceitar.

Só que ele não as chamava de "condições", nem se referia a isso como um "acordo". Apenas dizia que era uma forma de restabelecer meu status de modo confortável, sem amarras.

Eu acreditaria nisso quando se concretizasse.

Ainda assim, considerei sua pergunta enquanto saíamos do pátio e seguíamos pela rua principal que cortava o centro do reino.

O horizonte brilhava com o Fogo do Submundo. A visão me trouxe uma sensação de lar, apesar das diferenças em relação ao Reino Fae da Meia-Noite. Felizmente, Kuro não parecia se importar. Apenas relaxava no meu ombro, como se tivesse decidido ficar ali por muito tempo.

Eu meio que esperava que sim.

Senti falta dele. E seria eternamente grato a Shade por cuidar dele quando eu desapareci.

Typhos acha que você o está provocando com o seu silêncio, Az alertou.

Não estou.

Eu sei, ele respondeu. *Só estou compartilhando o humor dele.*

Como um aviso?, arrisquei.

Não. Como uma forma de demonstrar boa fé. Typhos não gosta de ser provocado, mas mesmo assim está exibindo a máxima paciência enquanto sua mente vaga. É um sinal de que se importa com o seu bem-estar, Ajax. Ele não está tentando forçá-lo a responder. Está esperando que você venha até ele. Imagino que seja por isso que deixou o acasalamento em aberto também. Ele o quer, mas não vai obrigá-lo.

Quase ri novamente. Typhos Lúcifer dava ordens. Eu as obedecia. Esse sempre foi o nosso relacionamento.

Mas, em vez de soltar o som sarcástico, foquei na pergunta dele. *O que mais eu queria?*

— Honestamente, só não quero que a Cami se machuque — respondi. Ele me ofereceu meu antigo cargo de volta e muito mais. — E quero poder vê-la sempre que eu quiser, mesmo quando estiver em seu quarto.

Uma nova suíte. Conforto. Funcionários extras. Até uma nova coleção de armas.

Foi isso o que ele me ofereceu até agora, além do meu título.

Mas essas ofertas de suborno não significavam nada para mim.

Cami e Az eram tudo o que importava. Eu queria acesso aos dois, mesmo dentro do território pessoal de Lúcifer. Eles eram meus companheiros. *Meus.*

— Nunca vou impedi-lo de ver Camillia ou Azazel — Lúcifer disse. — Eu respeito os laços de acasalamento.

E você também deveria estava embutido naquela frase, provavelmente porque ele captou minha frustração em relação a Melek e Cami. Ou talvez tivesse percebido pela mente de Az.

De qualquer forma, assenti. Porque nesse ponto, podíamos concordar.

Eu talvez não gostasse de ver Melek se acasalando com Cami, mas confiava nela para fazer suas próprias escolhas.

E também jurei nunca mais forçá-la a nada depois daquele incidente no clube de Lúcifer.

Um clube que agora começava a surgir diante de nós.

Merda.

Eu não tinha percebido para onde estávamos indo até esse momento, com minha mente consumida demais pelos comentários de Lúcifer e pela excitação de Cami.

Sem dúvida, estávamos indo ali para qualquer ato de humilhação que Lúcifer tivesse reservado para mim.

Tudo bem, pensei.

— Ele não está planejando nada de nefasto — Az garantiu.

Quase retruquei com sarcasmo, dizendo que não confiava nele também, especialmente depois do que fez comigo na última vez que estivemos ali. Mas me contive.

Eu encantei Az com aquele feitiço. Ele me enfeitiçou com sua mente. Nossos crimes podiam variar, mas os resultados eram parecidos.

E trazer isso à tona agora só nos colocaria em conflito novamente.

Não podíamos mais viver no passado. Precisávamos seguir juntos para o futuro. Como companheiros.

Ele roçou mão nas minhas costas como se tivesse ouvido meu turbilhão interno e concordasse. Chamas, provavelmente tinha mesmo. Porque se inclinou para beijar meu pescoço exatamente quando chegamos à entrada do clube.

Se Lúcifer percebeu o gesto de apreciação, não demonstrou. Apenas segurou a porta aberta e fez sinal para que entrássemos.

No instante em que cruzei a soleira, lembrei vividamente do motivo pelo qual não confiava em Lúcifer às minhas costas.

O Fogo do Submundo ardia em espirais vermelhas e

azuis que percorriam as paredes, cercando o palco onde Cami foi exibida. Um palco diante do qual eu fui forçado a permanecer, paralisado, graças ao poder sufocante de Az.

Então, qual é sua próxima jogada, Rei Fae do Submundo?, pensei, lançando-lhe um olhar. *Vai me obrigar a desfilar nu naquele palco? Mostrar o quanto estou excitado com o que seu príncipe está fazendo com Cami agora?*

Lúcifer me ignorou, embora eu tivesse certeza de que ele sentia minha irritação. Não precisávamos estar acasalados para ele perceber minha fúria. Eu não estava mascarando minhas expressões de forma alguma. Porque já não me importava em esconder.

Ele tinha me irritado.

E agora queria bancar o bonzinho, oferecendo tudo o que eu desejava – e mais – sem pedir nada em troca?

Claro. Como se eu fosse acreditar nisso.

— Majestade — um Fae do Submundo cumprimentou. O homem usava calça de couro e uma longa gravata vermelha sobre o peito nu. Depois, olhou para Az e fez uma reverência, mas paralisou quando me viu. O espanto em seus olhos não era inesperado. Eu raramente passava tempo assim com o Rei Fae do Submundo. E, da última vez que estive ali, ele me fez de tolo diante de todo o reino.

— Benedict — Lúcifer disse, fazendo com que o Fae do Submundo desviasse imediatamente o olhar de mim para focar no rei diante dele. — Uma garrafa de uísque Fogo do Submundo com três copos, por favor.

O homem estremeceu, depois se curvou tão baixo que o cabelo escuro cobriu o rosto.

— S-sim, imediatamente — ele respondeu e saiu às pressas.

Lúcifer seguiu pelo salão, e sua simples presença fez

todos se afastarem à medida que avançava em direção ao seu camarote habitual.

Às vezes, ele escolhia o trono no palco. Mas hoje não era um desses dias.

Naquela noite com Cami também não foi. Em vez disso, trouxeram uma jaula especial para ela.

Perguntei a mim mesmo se não iriam trazer outra para mim agora.

Kuro bicou minha orelha, provavelmente percebendo minha agitação crescente.

Uma agitação que atingiu o limite quando Lúcifer disse:

— Eu o trouxe aqui por um motivo.

Não brinca, pensei.

Az me guiou até o camarote quando Lúcifer tomou o assento do outro lado, com sua presença ainda mais imponente do que o normal.

— Qualquer que seja a punição que tenha em mente, eu a aceito, desde que Cami não seja ferida — falei, com a voz firme.

Duas figuras femininas, ilusões criadas pela magia do clube, apareceram com nossas bebidas antes que Lúcifer pudesse responder. Os copos eram adornados com chamas vermelhas, o fogo fazendo Kuro eriçar as penas no meu ombro.

Quando uma das ilusões colocou o copo diante de mim, ele bicou sua forma translúcida.

Sorri de lado.

— Você nunca gostou de espectros. Suponho que também não aprecie esse tipo de magia.

Kuro bufou.

— Acho que ele só está refletindo o seu humor — Lúcifer disse com humor na voz. — É isso que familiares costumam fazer, não?

Resmunguei, nada surpreso por ele entender os laços dos Faes da Meia-Noite com seus familiares. Mas preferi não falar muito. Porque eu não confiava nele. Nem um pouco.

— E que humor você acha que é esse? — perguntei, com a voz carregada de tensão.

O Rei Fae do Submundo ainda não tinha respondido à minha declaração sobre punição, o que só confirmava que esse era seu verdadeiro objetivo ao me trazer aqui. Então é claro que eu estava irritado.

E minha coruja também.

— Você está com raiva — Lúcifer disse. — E com razão.

Arqueei a sobrancelha.

— Ah, é?

Ele me lançou um olhar antes de virar o copo de uma vez. Uma das garçonetes ilusórias apareceu novamente com uma nova dose, mas ele a ignorou quando ela colocou o copo diante dele.

— Escute, eu disse que o trouxe aqui por um motivo e, sim, tem relação com punição. Mas não é a *sua* punição que busco — ele declarou, inclinando-se para frente, com os olhos azuis faiscando em intensidade flamejante.

Franzi a testa.

— Então de quem? — No mesmo instante, meu coração parou e me conectei de imediato à mente de Cami, precisando saber se ela estava segura.

Mas tudo o que encontrei foram pensamentos consumidos por Melek, cordas e laços.

— Estou punindo a mim mesmo — Lúcifer disse, e suas palavras me chocaram. — Eu o trouxe aqui para encarar meus erros e pedir desculpas por eles. Levei sua punição e a de Camillia longe demais. Entendo isso. Assumo a responsabilidade. E peço desculpas.

— Porque *agora* você se importa — disparei, incapaz de acompanhar essa reviravolta.

Az emitiu um som de advertência e me lançou um olhar que dizia que estava prestes a me derrubar.

Mas eu o ignorei.

Porque isso era entre mim e Lúcifer.

— Na verdade, sim. Agora eu me *importo* — Lúcifer afirmou. — Melek é meu príncipe. E está prestes a acasalar com Camillia para a eternidade.

— Ele iniciou esse laço há quase dois meses — apontei. — E você certamente não se importava naquela época.

— Ah, eu me importava. — Ele virou outro copo e dispensou a próxima dose que tentavam lhe servir. — Mas também achava que ela era uma ameaça. Agora percebo que estava errado. Ela é apenas uma peça em um jogo que começou muito antes de sua criação. Uma peça criada para me ferir. E, bem, eu tenho um certo gosto por salvar os Faes que Vivaxia envia até mim.

Ele olhou diretamente para Az.

Depois lançou um olhar ao redor do clube.

— Meu reino está cheio dos antigos brinquedos de Vivaxia. Agora, Camillia é mais um, e dois dos meus companheiros parecem bem interessados nela. Então, sim, eu me importo.

Olhei fixamente para ele, ainda desconfiado.

— E como você se sente em relação a ela?

Ele sorriu.

— A ser determinado, Ajax. A ser determinado.

Arqueei a sobrancelha.

— Isso não me dá muita confiança em suas intenções, Lúcifer.

— Imagino que não. Mas tudo o que posso prometer agora é que quero salvá-la, fortalecê-la e transformá-la em uma rainha. Se será *minha* rainha ou não, bem, isso ainda vamos ver, certo?

Eu estava prestes a questionar mais quando uma tela cintilou no ar diante dele, desviando sua atenção. Ele franziu a testa.

— Hades está chamando. Preciso atender.

Pisquei, surpreso por ele ter me dito quem estava ligando. E ainda mais surpreso em saber que aquele Fae Mythos em específico, o Deus do Reino dos Mortos, estava ligando para Lúcifer.

Alguma ideia do que é isso? perguntei a Az.

Ele balançou a cabeça.

— Coisas aconteceram enquanto estávamos fora. Ainda não recebi todos os detalhes.

Ah. Cerrei a mandíbula e finalmente bebi de uma vez. Diferente de Lúcifer, as ilusões não retornaram imediatamente para encher meu copo.

Nada surpreendente.

Eu nem era um verdadeiro Fae do Submundo. Não para eles.

— O que acha dos comentários dele sobre Cami? — perguntei a Az em voz alta.

— Acredito nele quando diz que não vai machucá-la.

— E acha que ele pretende acasalar com ela? — insisti.

Az me avaliou.

— Isso o incomodaria?

— Sim — respondi sem hesitar.

— Por quê?

— Porque ele não é digno dela.

Az ergueu as sobrancelhas.

— Não é digno?

— Ele a mantém viva por você e Melek, não porque a quer viva — afirmei, rangendo os dentes.

Az parecia prestes a argumentar, mas continuei.

— Os motivos de Lúcifer giram em torno de seu reino e de seus companheiros. Até que consiga enxergar Cami como quem ela realmente é e desejá-la por ela mesma, não, ele não é digno.

Peguei meu copo novamente, pronto para esvaziá-lo, e percebi que já estava vazio.

— *Merda.* Preciso de outra bebida.

Um Fae do Submundo próximo se virou, provavelmente tendo ouvido meu comentário e interpretado errado. Eu soei ingrato. Não foi minha intenção.

Mas quando ele avançou em nossa direção, percebi que ele tinha lido errado minha hostilidade. E agora teríamos um problema.

Kuro voou do meu ombro antes que eu pudesse detê-lo, indo direto para o olho do Fae.

Ordenei que voltasse antes que pudesse atacar de fato, mas o Fae gritou alarmado e tentou afastá-lo.

— *Kuro* — chamei quando ele se posicionou para atacar novamente.

Felizmente, meu familiar me obedeceu e sumiu no ar, apenas para reaparecer no meu ombro com um grasnado indignado.

— Merda de animal insolente! — o Fae rugiu.

— Ele...

— Leve essa *coisa* de volta para o Reino Fae da Meia-Noite! — ele gritou, cortando minhas palavras. — E por que você está aqui, ex-Diretor? Você não é um verdadeiro Fae do Submundo. Não é nada para nós. E, com certeza, não merece um assento no camarote de Sua Majestade.

Tensionei a mandíbula. Essas eram palavras que eu já tinha ouvido antes. Talvez não a parte do camarote, mas eu já tinha lidado com outros Faes do Submundo dizendo que eu não pertencia a esse lugar e que não merecia o título de Diretor.

Normalmente, eu demonstrava meu poder em um duelo.

Hoje, apenas o encarei.

Porque não tinha nada a dizer. Embora minha posição como Diretor tivesse sido oficialmente restabelecida, não houve nenhum anúncio público até onde eu sabia. E talvez eu realmente não devesse estar nesse camarote.

— Ele está certo — outro Fae do Submundo comentou de um assento próximo. — Você não pertence a esse lugar, Fae da Meia-Noite.

— Eu discordo. — Uma voz poderosa ecoou do outro lado da sala quando Lúcifer surgiu, com uma tela ainda diante dele.

Franzi o cenho, assumindo que ele discutia com Hades.

Em vez disso, falou para o Mythos Fae, antes de encerrar a chamada:

— Vou ter que retornar a ligação mais tarde

Ele desligou na cara de Hades?, perguntei a Az, chocado com aquele gesto. Eu duvidava muito que a entidade divina estivesse acostumada a ser dispensada dessa forma.

Parece que sim, Az respondeu, soando mais divertido do que irritado.

— Talvez a presença de Ajax ao meu lado hoje não tenha sido notada por todos nesta sala — Lúcifer disse, sua voz ressoando pelo clube. — Mas permitam-me deixar algo claro: Ajax é meu Diretor. E agora é oficialmente um Fae do Submundo, pois está acasalado com meu Comandante.

Vários Faes trocaram olhares, depois se viraram para nós com expressões de espanto.

— E, para aqueles que realmente precisam de uma lição de respeito, lembro que Azazel é um dos meus companheiros. — As palavras ecoaram também na tela, sugerindo que ele transmitia a mensagem para todo o Reino Fae do Submundo. — O que significa que Ajax agora está diretamente ligado a mim.

Ele fixou o olhar no Fae que me insultou por causa de Kuro.

Depois, encarou o outro que disse que ali não era meu lugar.

— Recomendo fortemente que se lembrem desses laços de acasalamento e da importância deles para mim como Rei Fae do Submundo. Porque, da próxima vez que ousarem insultar *meu* Diretor, não serei tão gentil.

Os dois Faes do Submundo empalideceram, murmuraram desculpas e correram para a saída.

Fiquei boquiaberto. Primeiro, para eles. Depois, para Lúcifer.

Ele tinha acabado de... *me reivindicar.*

Não em um acasalamento formal, mas à sua maneira, como rei. E garantiu que todo o reino soubesse que eu lhe pertencia.

O que significava que Cami também lhe pertenceria, assim que terminasse de acasalar com Melek.

— Agora deixei minhas intenções claras? — Lúcifer perguntou, retornando ao nosso camarote. — Ou você ainda tem dúvidas?

Olhei para ele.

Eu tinha dúvidas? Sim. Milhares.

Mas não consegui organizá-las em um pensamento coerente, então apenas balancei a cabeça.

Ele sorriu.

— Ótimo. Então vamos seguir em frente, Diretor. Ganharei seu perdão com o tempo, provarei meu valor como potencial companheiro, não apenas para você, mas talvez também para Camillia e, quem sabe um dia, completaremos este círculo. Até lá, preciso de sua visão sobre essa situação com Vivaxia.

Merda. Ele ouviu meus comentários sobre não ser digno de Camillia.

Ou talvez tivesse captado pelos pensamentos de Az.

De qualquer forma, Lúcifer não parecia zangado, mas energizado. Também disse que cabia a ele provar seu valor, que era uma forma curiosa de colocar as coisas.

— Que tipo de visão? — Az perguntou, focando na última parte do que Lúcifer disse. — Você tem alguma ideia do que Vivaxia pode ter feito com Cami?

Contraí a mandíbula. A lembrança do que Az podia sentir dentro de Cami se tornou imediatamente o assunto mais importante. Todos sabíamos que a Fae Virtuosa tinha feito algo com ela. A questão era o quê.

Essa tinha sido uma das únicas razões pelas quais eu tinha aceitado deixá-la aos cuidados de Melek. Se alguém podia resolver esse enigma, era outro Fae Virtuoso.

Mas, naturalmente, ele estava preferindo brincar com nossa companheira.

Talvez completar o acasalamento ajudasse a protegê-la.

Ou talvez piorasse tudo.

— Talvez eu devesse falar com Zenaida — eu disse em voz alta, antes mesmo de refletir. Ainda assim, parecia uma boa ideia. Se alguém podia nos dar informações sobre o futuro, era ela.

Claro, sempre em forma de enigma.

Mas eu cresci com Shade. Entendia bem de enigmas, graças a seus ensinamentos.

Melek também poderia ajudar, percebi, seu acasalamento com Cami agora me parecendo um pouco mais aceitável. Porque o próprio mestre dos enigmas estaria do nosso lado.

Lúcifer me observou por um instante e assentiu.

— Zen pode oferecer uma visão interessante. Também devemos considerar convidar Zakkai para uma visita.

Arqueei a sobrancelha.

— Zakkai?

— Sim. Ele é o Arquiteto da Fonte Fae da Meia-Noite. Talvez consiga ajudar.

Eu sabia quem e o que Zakkai era, só me surpreendia que Lúcifer quisesse convidá-lo para uma visita.

— Posso falar com ele também.

Lúcifer inclinou o queixo em concordância.

— Enquanto isso, tenho alguns textos para revisar.

— O que quer que eu faça? — Az perguntou.

— Pode acompanhar Ajax? — Lúcifer formulou como um pedido, não como uma ordem. — Prefiro manter a comunicação, caso algo aconteça. E não tenho esse tipo de vínculo com Ajax... ainda.

Quase estreitei os olhos quando repeti mentalmente aquela última palavra. *Ainda.*

— Eu posso fazer isso — Az disse, passando por meus ombros. — Mas também vou querer atualizações regulares.

— Claro — Lúcifer respondeu. — Vou começar com Vita e seguir a partir daí.

Az pegou seu copo intocado e virou o conteúdo.

— Então, vamos começar.

Vamos ver Zenaida primeiro, ele acrescentou em minha mente. *Podemos levar alguns biscoitos para Cami. Aposto que ela estará faminta quando Melek terminar com ela...*

Melek

Cami encarava a lâmina que tinha escolhido com a testa franzida. Dúvidas passavam por sua mente, temendo que aquilo pudesse desfazer nosso vínculo.

Algumas semanas atrás, talvez ela tivesse aceitado essa possibilidade.

Mas algo mudou entre nós. Algo profundo.

Eu não sabia exatamente quando aconteceu, mas ela finalmente entendia o nosso potencial como companheiros.

A atração sempre existiu. Eu supunha que fosse porque nossas almas se reconheciam. Cami ainda não tinha chegado a esse nível de certeza, mas estava tentando lidar com o risco de fracasso.

— Se nosso vínculo não se firmar, então nunca fomos destinados a ficar juntos — falei. — Por mais decepcionante que seja, não há nada que possamos fazer para mudar isso.

Segurei o queixo dela e guiei seu olhar para longe da faca até encontrar o meu.

— Não falei isso para deixá-la preocupada. Eu queria explicar por que o ritual parece simples. É porque nossas almas farão a maior parte do trabalho, o que deve resultar em outra troca de energia. — Sorri. — Você gostou da última vez. O que significa que vai adorar agora.

— Se funcionar — sussurrou.

— Ah, anjinha, sua preocupação me causa dor e prazer ao mesmo tempo — murmurei, me inclinando para beijá-la de leve. — Dor, porque não gosto do seu receio, mas prazer, porque significa que se importa em me perder.

Acariciei a face dela, percebendo o medo escondido em seus lindos olhos cinza-azulados.

— Eu não faria isso se achasse que seria o fim, Camillia. Só quero a eternidade com você. Então preciso que dê um salto de fé, meu amor. Por favor. Pelas nossas almas.

Me endireitei, peguei minha lâmina e a deslizei pela palma da mão, a mesma que tinha acabado de tocar o rosto dela.

Esperei que ela me acompanhasse.

Cami franziu os lábios, mas não se moveu.

— Onde está minha anjinha confiante e maravilhosa? — perguntei, com a voz baixa. — Aquela que enfrentou uma Mantícora armada apenas com um livro. Aquela que atravessou as miragens da provação. Aquela que se impôs a mim em cada oportunidade. Aquela que permite que Az e Ajax a compartilhem, sabendo muito bem que eles poderiam destruí-la em um instante.

Ela me lançou um olhar de fúria.

— Eles não me destruiriam.

— Porque você é milagrosa, perfeita, uma deusa a ser venerada. Mas quero saber onde está minha Cami, a gloriosa Fae de língua afiada e gosto pelo perigo.

— Agora você só está usando palavras contra mim — ela resmungou, se sentando. Fiquei muito satisfeito por ela não ter tentado esconder o corpo, especialmente quando seus seios nus balançaram suavemente.

Ela era tão sexy assim: exposta, vulnerável e em minha cama.

— Eu disse que queria meu Melek de volta, e agora você está dizendo que quer sua Cami de volta — continuou. — Nada esperto, Príncipe do Submundo.

Cortei a mão novamente, consciente de que o ferimento já tinha se fechado.

— Mas fez você se mexer, não fez?

Os lindos olhos dela se estreitaram ainda mais.

— Se fizermos isso e quebrarmos nosso vínculo, vou ficar furiosa.

Arqueei a sobrancelha.

— Ah, é?

— Espere. — Sua expressão passou da irritação calorosa para a confusão. — Lúcifer quer acasalar com Ajax. Isso significa...?

— Que ele suspeite que a alma dele é compatível com a do nosso Diretor? — completei. — Sim.

— Mas e se ele estiver errado? Isso anularia o acordo?

— Não existe mais acordo — disse. — Ty já restabeleceu a posição de Ajax como Diretor, e está no processo de confirmar o lugar dele como Fae do Submundo.

Além de outros detalhes, como garantir que todos soubessem que Ajax fazia parte de seu círculo íntimo agora.

Ela piscou.

— Quando isso aconteceu?

— Enquanto você tomava banho — respondi. — Bem, tecnicamente, ele tomou a decisão depois de pegá-la no céu. Ou talvez até antes. Mas...

— Ele me pegou no céu?

Confirmei com um som baixo.

— E depois a colocou em nossa cama.

Ela arregalou os olhos. Depois, balançou a cabeça.

— Voltaremos a isso — ela murmurou, pigarreando em seguida. — Se ele sabia que essa terceira fase poderia não funcionar, então tinha que ter deixado uma brecha no próprio acordo. O que teria acontecido se Ajax e Lúcifer não pudessem se acasalar?

Refleti por um instante, depois dei de ombros.

— Conhecendo Ty, ele teria incluído uma cláusula declarando que Ajax precisava reivindicá-lo como companheiro Fae da Meia-Noite. Mas isso não importa mais, não há acordo.

— Então ele não teria voltado atrás? — insistiu.

— Você está preocupada que ele tivesse deixado essa saída para provar uma suposta infidelidade da parte de Ajax? — questionei, franzindo o cenho. — Porque Ty pode escrever acordos em benefício próprio, mas ele não é Vivaxia. Ela sim escreveria esse tipo de brecha.

— Não, eu... — Ela tornou a franzir o rosto. — Então Ajax teria que reivindicá-lo com o poder Fae da Meia-Noite... porque ele ainda poderia fazer isso.

— Sim, mas duvido que fosse necessário. As almas deles são tão compatíveis quanto as nossas.

Bem, talvez não tanto, mas certamente complementares.

— Então, se isso falhar... — ela continuou, ignorando meu comentário, sua expressão se firmando em resolução. — Se isso falhar, vou descobrir como os Faes do Submundo reivindicam seus companheiros e vou obrigá-lo a ser meu.

A convicção no tom dela fez meu corpo reagir.

Ah sim, por favor.

— Acho que gosto de onde isso está indo — admiti. — Vai me amarrar e fazer o que quiser comigo também?

Ela rosnou, e o som me lembrou da noite em que nos conhecemos. Ela também tinha rosnado para mim naquela vez, furiosa porque eu não a tinha ajudado.

Mal sabia o quanto eu a auxiliei naquela noite.

E sempre.

Eu jamais permitiria que algo acontecesse com ela. Mas queria que ela entendesse o quanto era capaz sozinha. Eu reconheci sua força e espírito, seu poder era como um farol para os meus sentidos.

Naquela noite, e em todas desde então, ela mostrou seus talentos de inúmeras formas.

Eu fiz o que podia para protegê-la. E agora lhe daria a forma suprema de proteção: unindo minha alma à dela. *Para sempre.*

Se o impossível acontecesse e nossas almas não se unissem, doeria. Muito. Seria como sentir a morte dela.

Mas guardei isso para mim, porque apenas eu experimentaria essa dor. Não ela.

Além disso, eu tinha certeza de que nossas almas se aceitariam. Não havia alternativa.

Camillia De la Croix foi feita para mim.

E logo se tornaria minha Rainha Fae do Submundo.

O maxilar dela tensionou quando me lançou um olhar firme.

Então pegou o punhal e cortou a própria mão.

Eu cortei a minha pela terceira vez, garantindo que o ferimento permanecesse aberto, e agarrei sua mão antes que ela pudesse recuar.

— Agora dizemos as palavras juntos — eu a lembrei. — Pronta?

Ela assentiu, então contei de trás para frente. Quando cheguei ao um, nós dois dissemos:

— *Nadeehar Laki Nafsi.*

O calor me inundou quando a energia etérea nos envolveu.

Cami arfou, a mão apertando a minha.

— *Melek.*

Puxei-a para o meu colo e minhas asas se abriram para nos envolver em um casulo de penas. Mas a magia era forte demais, e a essência nos atravessava enquanto nossas almas se conectavam para a eternidade.

Eu disse que éramos almas gêmeas, soprei em sua mente.

Ela se agarrou a mim, as pernas me prendendo pelos quadris enquanto fagulhas douradas tremeluziam ao redor.

Isso é incrível.

E é só o começo, respondi. Meus lábios buscaram os dela enquanto um calor abrasador florescia dentro de mim.

Porque nosso laço estava completo. Nossas almas, unidas. Nossos poderes, misturados.

Minhas asas se abriram mais uma vez e minhas penas se eriçaram, enquanto nossa energia criava uma longa fita dourada de vitalidade sedosa. Ela se enroscou em nossas mãos unidas, selando nosso vínculo em um símbolo de unidade.

Cami suspirou e sua pele cintilou com a prova de nossa conexão.

— Eu me sinto tão viva — ela disse em tom sonhador. — Como se estivesse *voando*.

— Humm, levarei você às estrelas, anjinha — murmurei, entrelaçando nossas mãos enquanto acariciava sua cintura com a outra. Mas, antes que eu pudesse beijá-la, ela olhou para baixo.

— Outra corda. — Seus olhos se fixaram no objeto. — É por isso que você sempre fala de fitas? Por causa da magia do vínculo que as cria?

Sorri.

— O vínculo não as criou, meu amor. Foi o meu poder. É um símbolo do nosso acasalamento: uma fita dourada que nunca pode ser quebrada, por mais delicada que pareça.

Ela estudou o tecido reluzente.

— É infinita.

— Exato. — A fita parecia bem presa agora, mas não tinha ponta alguma. Quando desenrolada, poderia se estender indefinidamente. — Ela nos representa.

Cami puxou o laço e o tecido se soltou com facilidade até repousar em sua mão, enquanto o desenredava lentamente de nossas palmas.

— Quero entendê-lo melhor, Melek. Quero confiar em você.

Admirei seu perfil, minha mente traduzindo o que ela realmente queria dizer.

— Você quer que eu a amarre.

Ela ergueu os olhos por entre os cílios espessos.

— Quero aprender.

Humm. Se me lembrava direito, ela tinha pedido a Az uma lição parecida, algo que eu ouvi em sua mente na semana passada. Mas aquela lição dizia respeito à necessidade dele de liberar o excesso de poder.

Esta, porém, dizia respeito à minha preferência pelo jogo com cordas.

Ao meu desejo de prendê-la.

De vesti-la em seda e provocá-la até que me implorasse para transar com ela.

Ou implorasse por Ty...

Infelizmente, ainda não estávamos prontos para o que eu realmente queria. Mas eu podia apresentá-la aos poucos aos meus jogos.

— Sente-se no centro da cama — ordenei, enrolando a fita nos dedos e apreciando a textura suave.

Isso exigiria que ela escorregasse do meu colo, algo que meu corpo não queria aceitar. Mas a expectativa da recompensa valeria a pena.

Cami se moveu para onde indiquei.

— Fique de joelhos, depois se apoie nos calcanhares e coloque as mãos sobre as coxas.

Ela obedeceu.

E, maldição, era uma visão deslumbrante.

— Agora, feche os olhos.

Um rubor tomou conta de suas bochechas, a língua umedecendo os lábios, e então seus cílios se abaixaram.

Esperei alguns segundos de propósito, apenas para prolongar a tensão.

— O jogo com cordas é sobre provocar os sentidos — expliquei baixinho. — É sobre antecipação e se desligar do resto do mundo. — Ajoelhei-me atrás dela. — Mas a confiança é o coração de tudo.

Me inclinei para beijar o ombro dela.

— Não vou amarrar seus braços ou suas mãos, Camillia. — Arrastei os dentes pela pele até o ouvido dela. — Não hoje. Mas um dia vou escravizá-la com minhas fitas.

E depois deixaria Ty desembrulhá-la enquanto eu observava.

Um desejo futuro que eu mal podia esperar para realizar.

Mas aquela noite era sobre mim e Camillia. Sobre adorá-la. Cuidar dela. Amá-la. Mostrar quem poderíamos ser juntos.

Sem jogos. Sem enigmas. Sem verdades provocativas ou declarações em forma de charada.

Apenas Melek e Cami.

Beijei a pulsação acelerada em seu pescoço enquanto tocava seu braço com a fita. Ela se sobressaltou, exatamente como eu sabia que faria. Parte expectativa, parte receio do que estava por vir.

— Shhh — murmurei. — Relaxe e deixe que eu cuide de você.

Passei o tecido para cima e para baixo em carícias lentas, dando-lhe tempo para se acostumar.

— O jogo com cordas é uma arte. Requer paciência. Mas o resultado final é belo.

— Então você... você tem muita experiência com isso? Com Lúcifer?

Ri baixo, deslizando a fita até seu ombro.

— Ty se deixou levar uma ou duas vezes, mas não é alguém que permita ser amarrado.

— Então ele amarra você? — ela deduziu quando deslizei até sua clavícula.

— Ele já fez isso, sim. — Toquei o pulso dela com os lábios. — É importante para um mestre sentir a corda, compreender as sensações. Isso torna tudo mais sensual e mais seguro, porque permite ao dominante respeitar de verdade os limites do submisso.

Ela estremeceu.

— Você é o dominante?

— Entre nós? Acho que sim. Mas posso mudar. — Beijei novamente seu pescoço. — Por você, eu seria qualquer coisa.

Minha preferência era liderar. Mas, se Cami quisesse, eu me ajoelharia.

Deslizei a fita até o peito dela, arrancando-lhe um suspiro.

— Então, como você sabe fazer isso? — ela perguntou,

a voz rouca. — Se Lúcifer não deixa você amarrá-lo... e ele só amarrou você algumas vezes...

Beijei sua pele perto do tecido.

— Ty geralmente assiste enquanto amarro outros.

Ela parou de respirar por um instante.

— Ele não se importa que você brinque com outra pessoa?

Ri de novo.

— Ty e eu sempre fomos muito abertos um com o outro. Ele escolhe a monogamia. Eu escolho a lealdade. Mas só porque usei minhas cordas em outros não significa que os levei para a cama. Normalmente, eu os envolvia como presente para alguém. E depois assistia à cena enquanto Ty se permitia me agradar.

Não era um relacionamento tradicional. Mas nada em meu mundo poderia ser considerado assim.

Cami permaneceu em silêncio por um longo momento, mas sua respiração foi acelerando à medida que o tecido roçava seu abdômen.

— Você ainda... ainda pretende brincar com outros?

Minha mão parou, minha mente finalmente entendendo o ponto das perguntas dela.

Ela não estava interessada na minha experiência do ponto de vista da confiança. Eu tinha presumido que ela só queria ter certeza de que eu sabia o que fazia. Não, ela estava perguntando do ponto de vista do relacionamento.

— Você quer saber o que penso da monogamia — falei em voz alta. — O que significa agora que acasalamos.

— Eu... — Ela não terminou a frase. Apenas cerrou a mandíbula, corando ainda mais.

Curvei os lábios.

— Hum, minha anjinha está se sentindo possessiva.

— Você é meu companheiro.

— E também sou do Ty.

— Isso é diferente — murmurou.

— Como assim? — perguntei, voltando a mover a fita pela pele dela.

— Ele é Lúcifer — ela disse como se fosse uma explicação definitiva.

— Então você está bem com o fato de eu transar com ele e ele transar comigo?

O rubor desceu até os seios dela.

— S-sim.

— Você quer assistir?

— Eu... — Ela se engasgou, depois pigarreou. — Não é isso que quero dizer. Ele já é seu, eu entendo. Mas outros...?

Me inclinei ao lado dela e segurei seu queixo, obrigando-a a olhar para mim.

— Primeiro: não existem *outros*, Camillia. — Deixei a fita se acumular sobre suas coxas. — Segundo: estenda os braços.

Ela me lançou um olhar estreito.

— Melek.

— Os braços, Camillia.

Com um rosnado adorável, ela obedeceu, mas seus olhos me acusavam.

— Você já amarrou outras pessoas. Isso significa que, por definição, existem *outros*.

— Já brinquei em clubes, onde alguns Faes pediam que eu amarrasse seus companheiros — esclareci, enrolando a corda em volta de sua cintura.

Então encontrei o olhar dela de novo, querendo encerrar aquela conversa para que pudéssemos, de fato, começar.

— Eu apreciava a calma que isso me trazia. Há uma troca nesse tipo de prática. O prazer depende do dominante, mas o verdadeiro controle está no submisso. É uma dinâmica de poder que me liberta.

A expressão dela mostrava que tinha entendido, mas ainda se prendia à ideia de "outros".

E não apenas mulheres. Ela sabia, pelas minhas lembranças, que havia homens também.

— Quer saber por que Ty sempre respeitou minha necessidade de brincar? — perguntei.

Ela cerrou os dentes. Em sua mente, trocou a palavra *brincar* por *trair*. Normalmente, eu a corrigiria. Mas sabia que aquilo vinha do laço recente, da nova onda de possessividade.

Resolvi responder por conta própria.

— Ele me permitiu porque sabia que eu precisava. Ele sabia há muito tempo que eu tomaria outra companheira, porque entendia que não podia me dar certas coisas. E queria que eu fosse feliz.

Acariciei a face dela, descendo meus olhos até seus lábios e subindo de volta.

— Camillia, você me dá o que ele não consegue. Você me dá tudo o que eu desejo.

As palavras soaram como uma bênção, uma que eu esperava que ela entendesse e sentisse como um voto.

Porque eu falava sério.

Ela era o meu mundo agora.

— Passei milhares de anos procurando uma companheira como você, e agora que a encontrei, não haverá *outros* para mim. Apenas você e nosso círculo de companheiros. *Nós*. Isso é o que eu preciso. O que eu quero. O que *anseio*.

Me inclinei até seu ouvido, e ela estremeceu com a intensidade da minha voz.

— Vou te dar mais do que lealdade, Camillia De la Croix. Você tem o meu coração. Minha devoção. Minha *fé*.

Soltei o rosto dela e agarrei a fita em cada lado do abdômen, a corda se apertando sob a minha pressão.

— E agora, vou mostrar o que isso significa. Então preciso que feche os olhos de novo e se concentre no que sente. Porque você é minha vida agora. E pretendo amarrá-la para a eternidade.

Cami

Fechei os olhos. Minha mente e meu coração estavam confusos depois das palavras de Melek.

Lealdade.

Devoção.

Fé.

Meus instintos possessivos despertaram quando ele mencionou que Lúcifer não se importava que ele brincasse com outros. Porque eu percebi que eu... eu não aceitava isso.

Melek brincar com Lúcifer, tudo bem.

Melek se entregar a outros... não.

A distinção era confusa e um pouco hipócrita, considerando meu relacionamento com Ajax e Az. Nenhum de nós falou sobre monogamia. Era apenas uma expectativa instintiva, mas Melek testava os limites dos meus instintos. Ele sempre fazia coisas que eu não antecipava.

Como agora, com a fita.

Ele a enrolava em volta do meu abdômen, alisando a

seda contra minha pele enquanto subia, contornando meus seios.

O toque sensorial fez minha pele se arrepiar e meus mamilos endureceram em expectativa. Quase me distraiu dos pensamentos. Das palavras de Melek ecoando em minha mente.

Palavras que soavam como promessas nas quais eu queria acreditar, afirmações que eu esperava serem verdadeiras.

A leve hesitação dentro de mim – a voz que questionava os motivos de Melek – confirmava o que ele disse sobre confiança. O fato de ele saber que ainda estávamos construindo isso, e respeitar esse processo, dizia muito sobre o que estávamos nos tornando.

Ele prestava atenção aos detalhes. Prestava atenção em *mim*. E honrava meus sentimentos.

Isso me surpreendia. Eu assumi que Melek simplesmente gostava de caos e enigmas, que ele só queria brincar comigo. E ele queria, isso era verdade.

Mas seus jogos possuíam camadas, todas construídas com boas intenções.

Uma revelação curiosa de se ter enquanto ele criava camadas de fitas ao meu redor, cada uma parecendo ter um propósito.

Prendi a respiração quando a seda roçou minhas aréolas. A próxima volta cobriria meus mamilos rígidos, proporcionando uma sensação de...

Franzi a testa quando a fita... não cobriu meus mamilos. Passou por cima deles.

Esperei, imaginando se Melek voltaria para cobrir a pele que deixou exposta, mas ele continuou subindo até prender a fita logo abaixo da axila.

Talvez agora ele vá descer de novo?

Não. No instante seguinte percebi: *ele está... amarrando um laço nas minhas costas.*

Senti as pontas apertarem, os nós se completando. Mas era uma ilusão. Eu conseguia sentir a natureza infinita da fita, como se ela pudesse crescer com um único comando.

Melek se aproveitou disso, puxando uma ponta como se fosse uma guia e a trouxe de volta para a frente do meu corpo.

— Pode abaixar os braços agora — ele disse baixinho. — Mas não abra os olhos ainda.

A guia deslizou pela frente, roçando minha coxa antes de passar entre minhas pernas.

Mordi o lábio quando a cama se mexeu e o peso dele desapareceu atrás de mim.

Me esforcei para captar qualquer som, curiosa sobre onde ele estava. Mas ele permaneceu em silêncio.

Tudo ficou parado.

Engoli em seco, meu nervosismo aumentando a cada segundo.

Melek?, sussurrei pelo vínculo.

Ele não respondeu.

Quase abri os olhos, me sentindo um pouco nervosa sobre o que ele faria. Mas sua ordem de não olhar me manteve cativa.

Isso era sobre confiança. E eu confiava que ele não me machucaria.

Ele só estava intensificando o momento, prolongando a antecipação.

Me concentrei na respiração e na sensação da fita na pele. Tão suave, mas firme. Ele deixou meus braços livres, mas eu ainda me sentia contida.

— Você está tão linda, Cami — Melek disse e sua voz me envolveu por completo. — Afaste mais as coxas para mim.

Obedeci de imediato, ansiosa em agradá-lo.

— Humm, sim, assim mesmo.

Esperei que ele fizesse alguma coisa, que dissesse mais, mas ele permaneceu em silêncio.

Um arrepio percorreu meu corpo, seguido por um aperto no baixo-ventre.

Eu estava exposta. Em exibição. Um *presente* embrulhado para o prazer dele.

Havia algo nisso que me fazia sentir valorizada. Eu me sentia viva. Tão segura. Tão *pronta*.

Porque eu queria mais. Eu o queria. Sua boca. Sua língua. Seu toque. Seu pau.

Eu já podia imaginá-lo entre minhas pernas abertas, me preenchendo, sentindo sua reivindicação.

— Você está tão molhada para mim — Melek murmurou. — Fae, eu mal posso esperar para te provar. Na verdade... — A fita se moveu contra minha coxa, confundindo meus sentidos, já que eu não o senti voltar para a cama. Talvez ele estivesse inclinado na beirada?

Eu queria tanto olhar para ele.

Mas resisti.

Ele queria meus olhos fechados por um motivo.

Arfei quando a seda roçou meu centro e o movimento inesperado arrancou um gemido dos meus lábios.

— Você não faz ideia do que quero fazer com você, Camillia — ele murmurou. — Quero envolver sua boceta, passar fitas no ponto exato para que o seu clitóris seja estimulado a cada investida.

A fita roçou meu clitóris e a pressão mínima arrancou outro gemido de mim.

— Depois, vou passar a corda entre suas pernas...

Ele demonstrou, me fazendo suspirar.

— Subir pela sua bunda — ele continuou, puxando o tecido por trás. — E vou prender tudo no seu centro.

Um aperto mais firme me fez arfar.

— Vou repetir isso até você estar totalmente amarrada — ele disse. — E então, vou fazer você voar, anjinha.

O tecido voltou pelo mesmo caminho, se arrastando sobre minha carne úmida.

— Também vou te suspender — ele sussurrou, seus lábios agora em meu ouvido. — E vou te comer enquanto você balança sobre nossa cama.

A imagem fez meu corpo tremer.

— Sim...

Ele beijou meu pescoço e apertou minha cintura enquanto a fita se movia, pressionando meus seios de leve.

— Na próxima vez, vou amarrar seus braços para que cada movimento — ele puxou novamente — estimule seus lindos seios. — Outro puxão, mais forte. — Você vai enlouquecer até implorar pela minha boca. Meu toque. Seu *clímax*.

Ele passou a demonstrar, seus dedos habilidosos trabalhando a seda ao meu redor e incendiando meu interior.

Cada movimento mal tocava meus mamilos intumescidos. Era apenas o suficiente para provocar, mas não para satisfazer.

Quando a fita voltou ao meu centro, ele repetiu a sensação, arrastando a seda contra meu clitóris sem aplicar a pressão necessária.

Ele encostou a boca na minha garganta e o calor dele irradiou por trás. Não percebi quando ele se acomodou de novo na cama, minha mente estava perdida demais nas sensações que ele provocava com sua seda.

Quando pressionou minhas costas entre as omoplatas, eu me inclinei para frente.

— Mantenha as mãos ao lado do corpo — ele disse. — Finja que estão presas.

Foi difícil obedecer. Meu instinto de me proteger da queda fez meus dedos se flexionarem em resposta.

Mas eu confiava que ele me seguraria.

E, ah, como fiquei feliz por ter confiado, porque ele usou a corda para me guiar para baixo. Os fios tensos aplicaram ainda mais pressão nos meus seios doloridos de desejo.

Ele moveu minha cabeça no último instante, inclinando meu rosto de lado antes que eu afundasse direto no colchão. Então puxou a corda que passou entre minhas pernas para erguer minha bunda e a pressão da elevação recaindo totalmente sobre meu clitóris.

O prazer me arrancou um gemido rouco.

As mãos dele percorreram cada parte do meu corpo, memorizando, marcando. E, de repente, as fitas sumiram, me deixando livre e desesperadamente excitada.

— Na próxima vez, vamos prolongar mais — ele prometeu. — Mas não consigo passar outro instante sem estar dentro de você, Cami.

Ele afastou minhas coxas, já pronto para me possuir.

Eu mal tive tempo de reagir antes que ele me penetrasse com força e perfeição.

Apoiei as mãos na cama, enterrando meus dedos no cobertor enquanto Melek me penetrava por trás, com seus movimentos característicos. Ele exalava sensualidade. Eu sentia a urgência dele, ouvia sua necessidade fervente e, ainda assim, ele conseguia manter aquela perfeição sedutora que lhe era natural.

Gemi, a sensação de estar preenchida funcionou como um antídoto irresistível para toda a provocação anterior. Meu interior se contraiu, meu estômago se contorceu com uma paixão renovada.

E, de repente, eu estava deitada de costas, com Melek

acima de mim, suas asas abertas enquanto me preenchia novamente.

— Você é tão lindo — eu disse, percebendo que abri os olhos. Mas ele havia me libertado das fitas, quebrando a ilusão de que eu estava sob seu comando. Meus braços já tinham se movido. Olhar para ele simplesmente parecia… natural.

— Não tanto quanto você, Cami — ele disse, capturando minha boca enquanto apertava meu seio.

Gritei, surpresa com a sensibilidade do meu mamilo sob a mão dele.

Ele respondeu esfregando o ponto rígido e, em seguida, abaixou o rosto para beijar meu seio enquanto seu ritmo diminuía lá embaixo.

Me remexi debaixo dele, perdida em sua língua, em sua boca, em tudo nele.

Eu não tinha percebido o quanto a fita havia me provocado. Agora parecia que eu estava mergulhada em alívio, banhada em prazer, me perdendo *nele*.

Me deixei levar. Me entreguei ao seu toque, ao seu beijo, a tudo nele.

Quando ele me beijou de novo, eu já não era mais Cami. Eu era simplesmente a anjinha de Melek. Sua fêmea. Sua Fae. Sua *companheira*.

E ele me adorava, exatamente como havia prometido.

Com as mãos. Com a boca. Com a língua. Com o pau.

Cada parte dele me complementava. Nossos corpos estavam engajados em uma dança sensual que era inteiramente de Melek.

Porque ele sabia conduzir de verdade. Eu era escrava de seus movimentos, completamente devotada a cada capricho seu.

Ele sorriu contra minha boca.

— Está se apaixonando por mim, Camillia De la Croix?

— Não sei — admiti.

— Humm, vou aceitar isso. Mas devia saber que acho que te amo desde o momento em que nos conhecemos.

— Aquilo era desejo.

— Aquilo era nossas almas se reconhecendo — ele corrigiu, com uma estocada que percorreu todo o meu corpo. — Meu coração já batia por você naquela época, e agora ele canta por você.

Ele me beijou antes que eu pudesse responder.

Melek, o Fae dos enigmas, agora falava verdades. Abria seus sentimentos. Mostrava sua devoção do único jeito que sabia.

Tínhamos finalmente chegado à última jogada nesse jogo entre nós.

E acabou que nós dois éramos vencedores aqui.

Ambos correndo atrás do mesmo objetivo.

Gritando um pelo outro em uníssono.

Entoando o nome um do outro.

— Melek!

— Cami!

Eu me agarrei a ele, com meu coração acelerado enquanto a explosão crescia dentro de mim.

— Voe para mim — Melek ordenou. — Voe e grite meu nome.

Apertei as coxas contra as dele, firmando os braços ao redor do seu pescoço.

Então eu voei, exatamente como ele tinha ordenado.

A sensação de queda me dominou e a falta de ar quase me levou ao pânico.

Mas eu soltei. Soltei *tudo*.

E confiei em Melek para me segurar.

Porque ele era meu companheiro Fae Virtuoso. O confidente da minha alma. Meu futuro.

Suas asas me cercaram, sua devoção era um calor que senti em cada parte do meu ser.

Ele estava ali, me sustentando através de sua própria queda. Nós dois voando sem nenhuma preocupação no mundo. Apenas para pousarmos em um leito de penas, ofegantes, saciados e finalmente plenamente unidos como companheiros...

Typhos

Explosiva.

Essa palavra definia Camillia De la Croix quando ela se desfazia em minha cama. Eu não estava lá, mas conseguia sentir. Cheirar. *Provar.*

Tudo através de Melek.

E não porque ele estivesse empurrando as sensações pelo nosso vínculo. Elas simplesmente existiam entre nós. A tentação era um pecado no qual eu quase considerei cair. A dor de despencar de novo no Reino Fae do Submundo valeria a experiência de ver Camillia explodir.

Passei a mão pelo rosto e depois pela nuca enquanto a excitação renovada de Melek aquecia meu sangue.

Ele não disse uma palavra para mim, não me convidou a brincar, não descreveu o corpo nu de Camillia, nem ofereceu qualquer provocação.

Ainda assim, aquilo existia.

Engoli meus impulsos e voltei o foco para Vita. Para as palavras pintadas diante de mim. Para a completa inutilidade que foi a última hora, vasculhando em busca de respostas que pareciam não existir.

Algo tinha que estar ali, pensei, rosnando para mim mesmo.

— O que você não está me mostrando? — perguntei ao virar as páginas de Vita, caçando algum pensamento perdido em minha própria mente.

Porque eu reconhecia aquele poder dentro de Camillia. No fundo, em algum lugar, eu sabia o que aquilo significava.

Portanto, os detalhes tinham que estar no livro. Mas a verdade me escapava.

Por que não consigo me lembrar?

Será que eu não quero me lembrar?

Seria algo que Vivaxia fez com alguém que eu amava? Ou algo que ela fez comigo?

Fiz uma careta ao pensar na avó de Camillia, a mesma mulher que destruiu minha vida.

Milhares de anos depois, e eu ainda estava cansado dos jogos antigos que ela e eu um dia jogamos.

Jurei nunca mais me envolver com ela.

E, ainda assim, lá estava eu, montando o tabuleiro com minhas peças estratégicas.

Com uma nova rainha.

Mas algo me faltava. Uma sensação ardente no fundo da minha alma girava em incerteza, me alertando com uma urgência que não fazia sentido.

Camillia estava segura.

Estava com Melek.

Então, por que eu sentia essa preocupação tão enraizada com o bem-estar dela?

Porque Vivaxia a entregou de volta com muita facilidade.

Ela fez algo com a garota.

Mas o quê? pensei, estudando o livro mágico que

continha memórias às quais eu não conseguia mais acessar em minha própria mente.

Com o tempo, as memórias se fragmentavam. Vita foi meu modo de proteger minha sanidade, armazenando conhecimentos importantes e preservando lembranças antigas.

Havia muita história ali. Muitos pensamentos perdidos.

Mas, em vez de respostas, encontrei torres brancas retratadas nas páginas, a cena adornada com ruas imaculadas e flores abundantes. Seres alados flutuavam ao longe sob um brilho dourado que parecia emanar de toda parte.

Vita raramente me mostrava o Reino Fae Virtuoso, já que eu preferia não pensar nesse tempo, mas era uma parte da minha história que não podia ser apagada.

— O lugar para onde Camillia foi era um pesadelo esquecido daquele reino — informei a Vita ao virar a página.

O passado se foi. O que restava era apenas um fantasma que meus inimigos deveriam ter deixado para trás.

A imagem seguinte era o rosto de uma mulher familiar, e isso me fez parar. Seus traços estavam ligeiramente borrados, como se água tivesse manchado a tinta. Passei os dedos sobre a figura, confuso pelo aperto de solidão e saudade que a visão despertava.

Cabelos escuros.

Asas brancas vibrantes com pontas negras.

Ah, minha mãe.

A visão dela me atingiu com súbita certeza quando a lembrança amarga tomou conta de mim.

Meus pais nunca deveriam ter me concebido.

Minha concepção custou a vida deles.

Por que mesmo?

Ao virar a página, encontrei um menino de cabelos negros e olhos azuis como o oceano. Mesmo então, sua envergadura já era impressionante, assim como o sorriso inocente de quem nunca imaginou que um dia se tornaria o Rei Fae do Submundo.

Eu.

Uma mulher, presumivelmente minha mãe, segurava o garoto, mas eu já não conseguia ver seu rosto. A tinta estava borrada, assim como a sombra masculina atrás dela.

Ah. Isso mesmo.

Agora eu lembrava por que preferia manter essa memória em Vita e não em minha cabeça.

Antes de chegar à idade adulta, eu drenei lentamente os dons deles, absorvendo sua magia Virtuosa para dentro de mim, construindo o poder que agora se tornou minha Fonte. Não fazia ideia do que estava fazendo, claro, até ser tarde demais.

Eu era apenas uma criança.

Mas quando percebi o que acontecia, alterei a mim mesmo. Fiz com que nunca mais pudesse sugar o poder de outro ser e torná-lo meu.

Ainda assim, não bastou. Meus pais morreram porque eu era...

Arregalei os olhos quando percebi a correlação.

— Eu era um sifão, assim como Camillia — murmurei para mim mesmo, virando as páginas de novo.

Eu tinha me esquecido disso, porque depois da morte dos meus pais, meus poderes foram alterados. Não por Vivaxia, mas por mim. Eu fui um sifão por um tempo, porque quebrei permanentemente aquela parte de mim, transformando-a em algo diferente, menos perigoso.

Ninguém soube como meus pais morreram. Eu não vinha de uma linhagem real – nem sequer de uma família de prestígio entre os Fae Virtuosos –, então, minha história foi esquecida. Também me mudei para a cidade central, tentando escapar de um passado que eu desejava apagar.

Mas eu me lembrava dos pais que perdi, ainda que fosse apenas nas páginas de Vita.

E agora meu poder se apoiava em uma fonte eterna de energia.

Minha emoção crua.

Eu criei um reino inteiro a partir do meu luto. Havia poder nas emoções, especialmente em uma dor tão profunda que se manifestava como energia bruta nas mãos de um imortal.

Ao virar mais uma página, meu coração disparou. Fechei minha mente para Melek e Azazel, para que não percebessem meu desconforto.

Eles não podiam saber como Vivaxia conseguiu criar Camillia.

Não até que eu confirmasse.

A página seguinte não trazia uma imagem, mas um registro escrito de uma conversa que eu tive com Melek há muito tempo.

Eu não queria me lembrar.

Mas, para enfrentar o futuro, precisava revisitar o passado.

Muitos, muitos anos atrás...

Eu encarava o rosto belo de Melek.

Maravilhoso.

Estonteante.

E, ainda assim, mal reconhecia o macho que eu pretendia tomar como companheiro. Suas íris multicoloridas exalavam um ódio que eu nunca vi antes. Um ódio que fazia meu coração disparar no peito. Aquele dia foi a única vez em que ele me olhou como se me odiasse.

Quando toquei sua mente, tudo o que senti foi desprezo.

Mas as palavras que ele pronunciou... a declaração ousada que soltou...

Engoli em seco.

— Você... você dormiu com ela? — perguntei, sem saber como repeti a acusação sem gritar.

Ou sem matar alguém.

Ele tinha dito que a comeu. Por que faria isso?

E, ainda assim, eu o encontrei nu na cama dela.

Exclusividade nem sempre foi regra entre nós, mas sexo com Vivaxia era traição. Ela era ardilosa e poderosa, capaz de destruir vidas.

Eu não era companheiro pleno de Melek, embora planejássemos selar o vínculo assim que fosse seguro.

Melek conhecia minha história. Sabia que eu jamais arriscaria sobrepujá-lo ou consumi-lo como minha energia desejava.

Agora, isso nem seria possível se o que ele dizia fosse verdade. Se ele fosse compatível com Vivaxia, não haveria como nosso vínculo final funcionar em nível etéreo.

Porque eu nunca poderia me conectar a ela. Nem por ele.

Melek bufou ao afastar uma mecha do rosto. Suas asas se abriram em desafio, quando normalmente eram suaves e protetoras, sempre me envolvendo em abraços íntimos.

Vivaxia nem sequer estava em casa, pelo que eu sabia, mas cheguei antes, logo depois de ler uma mensagem urgente de Azazel, dizendo que seria vendido.

Eu não podia permitir.

E, quando encontrei a mansão dela vazia, exceto pelo

cheiro de ambrosia, jamais esperei achar meu amante na cama da minha rival.

Deveria ter desconfiado da ausência total de criados ou convidados. Vivaxia sempre ostentava seu status e raramente ficava sozinha, a não ser quando estava jogando algum jogo.

Melek se levantou, deixando os lençóis caírem de seu corpo nu.

— Você não tem moral para me julgar — ele disse. — Eu vi o acordo, Ty. Sei o que você planejava com Vivaxia. Como mentiu para mim dizendo que queria ser apenas meu companheiro.

— Melek... — comecei, sem ter ideia do que ele estava falando.

Ele me interrompeu com um rosnado.

— Não. Você me mandou em uma missão inútil atrás de um texto. — Ele agarrou um livro na mesa de cabeceira e ergueu o tomo. O mesmo que minha mãe valorizava. O mesmo que eu queria transformar em um relicário para minhas anotações.

A raiva queimou em meu peito quando ele ergueu o livro de forma descuidada, segurando-o apenas pela capa.

— Enquanto eu caçava isso, você estava aqui, fechando mais um dos seus famosos acordos. Um que pretendia ligar sua alma à dela. Pois agora, minha energia está ligada à dela.

Meu coração parou. *O vínculo de acasalamento. Ele iniciou o vínculo.*

Eu não conseguia senti-lo. Mas... eu nunca vi Melek mentir.

Balancei a cabeça, sem querer acreditar no que estava acontecendo. Como a vida podia mudar tão rápido?

Melek era de uma das famílias nobres, e nós nos

apaixonamos, apesar de meus esforços para não deixar ninguém entrar. Eu prometi me unir a ele.

Ainda assim, ele acreditou em um acordo que dizia o contrário? Depois de tudo que passamos?

— Deixe-me adivinhar — falei entre os dentes. — Vivaxia mostrou esse acordo a você?

— Claro que sim — Melek devolveu. — Ela achou que eu merecia saber a verdade. Muito mais do que posso dizer de você.

— Melek...

— Não — ele me cortou com veemência. — Acabou, Typhos. Que essa seja a última lembrança que você tenha de mim.

Ele jogou o livro no chão e saiu, sem olhar para trás.

Fiquei ali por horas, sem saber como agir ou como consertar aquilo.

A falta de fé dele em mim me despedaçou. Sua energia misturada à de Vivaxia me quebrou. E sua facilidade em me descartar me enfureceu.

Quando Vivaxia entrou em seu quarto algum tempo depois, eu ainda estava ali. E tão vulnerável que assinei o acordo que logo levou à minha queda.

Um acordo que nos mudou para sempre.

Fechei Vita com força, encarando-o enquanto a verdade se infiltrava em mim. Me senti preso, como se as paredes se fechassem ao meu redor.

Aquela foi a única vez em que Melek mentiu para mim. Ele me deixou acreditar que dormiu com Vivaxia, porque esse acordo era a única forma de eu alcançar meus sonhos.

Se eu não tivesse assinado, se não tivesse caído, se não

tivesse sido destruído, o Reino Fae do Submundo jamais teria existido.

A crueldade de Melek, a sua *mentira*, custou caro a ele também. Quase o destruiu.

Mas, no fim, foi a decisão certa.

Porque a alternativa teria sido ainda pior. Viver no Reino Fae Virtuoso sem meios de proteger os inocentes teria me levado à loucura. Com as limitações do meu poder, eu nunca teria salvado Azazel.

Eu teria me tornado rancoroso e colérico.

Teria afastado Melek.

Teria me destruído.

Meu príncipe sabia disso. Foi por esse motivo que ele jogou o jogo de Vivaxia. Ele até sugeriu a farsa de ter dormido com ela. Ela ficou encantada, já que só pediu que ele me convencesse a assinar, não que partisse meu coração.

Mas Melek era o único que conhecia a fundo meu poder. Ele sabia que não estava apenas na linguagem dos meus contratos, mas também nas emoções que ferviam em meu coração.

Foi por isso que ele me enganou.

E jurou nunca mais fazê-lo. Selamos nosso vínculo de companheiros logo depois, e, claro, éramos compatíveis. Eu nunca deveria ter duvidado.

Mas, se eu tivesse visto a verdade, não estaríamos onde estamos hoje. E isso... isso eu nunca mudaria, mesmo se tivesse a chance de refazer tudo.

Eu te perdoo, meu príncipe.

Não deixei que ele ouvisse essas palavras. Eu já as tinha dito a ele há muito tempo, mas agora compreendia melhor o motivo.

A única forma de termos paz era recomeçar. O Reino

Fae do Submundo era meu sonho, algo que ele compartilhou comigo.

Foi criado em uma explosão de luto.

Se fosse revertido da mesma forma, se tudo que fiz com boas intenções fosse corrompido e desfeito, poderia ser destruído.

Esse método não vinha em forma de feitiço, nem de força bruta.

Tinha a forma perfeita de uma fêmea criada não apenas para mim, mas destinada ao meu círculo interno.

Camillia De la Croix foi feita para ser uma corrupção de dentro.

Vivaxia finalmente descobriu, de alguma forma, que eu também fui um sifão. Não sei como ela soube, e não me importava. Mas se ela conhecia meu passado, então sabia muito mais do que apenas como criar um sifão e como reverter tudo que construí.

Ela esteve me observando, percebi ao cerrar o maxilar.

Foi por isso que demorou tanto a agir. Estava estudando.

Aprendendo.

E agora, descobriu como me destruir e arruinar tudo que me importa.

Ela podia ter perdido a batalha, mas agora sabe como vencer a guerra. E se certificou de estar preparada.

Enviou uma linda Noiva Fae do Submundo como cavalo de Troia.

Mas vai além disso. Os jogos de Vivaxia nunca se resumem a uma ou duas jogadas.

Ela queria mais.

Ela não queria apenas meu poder. Queria partir meu coração.

De novo.

Minhas narinas arderam com o cheiro de cinzas. Eu

bloqueei Melek e Azazel da minha mente, mas aparentemente não o suficiente contra meu Comandante.

Ou talvez tenha sido justamente meu bloqueio que o fez vir.

Porque prometi manter nossas comunicações abertas, e mantive. Apenas... um pouco abafadas.

— Por que sua mente parece de pedra? — Azazel perguntou, parando atrás de mim. — O que você descobriu, Typhos?

Não me virei. Estava tudo cru demais depois que Vita forçou de volta as memórias antigas que eu pretendia enterrar para sempre.

Mas, agora, eu precisava recordar tudo.

Cada pedaço sombrio.

— Eu sei o que a Vivaxia fez com a Camillia — falei, passando os dedos pela capa de couro de Vita. — E se não agirmos rápido, pode ser o fim de todos nós.

Epílogo: Uma Nota de Melek

Você já se perguntou o que teria acontecido se eu tivesse sido um pouco mais direto no começo? Se eu não tivesse lançado enigmas ou brincado com palavras e simplesmente... tomado o que queria?

Porque eu estava pensando em como essa história teria começado se eu tivesse transado com a Cami no primeiro dia.

E, depois de consultar meus amados espectros (também conhecidas como musas do meu mundo), eles concordaram em me deixar brincar.

Para um vislumbre do que poderia ter sido, clique aqui.

Até a próxima, meus amores.

Lembrem-se de se hidratar.

Escolham seda em vez de lã.

E, por favor, pelo amor dos Faes, sigam seus sonhos. Vocês podem acabar com um Rei Fae do Submundo sexy também. Ou talvez com um príncipe travesso que só gosta de brincar.

Até logo...

Com amor,

Melek

Obs: *Rainha do Submundo – livro cinco* é a conclusão da série. Tragam cordas. É hora de jogar..

Cena Bônus: A Fantasia de Melek

Dedicatória: Para aqueles que querem ser enlaçados nas cordas de Melek, este é para vocês...

Melek

Passei os dedos pelas lombadas gastas, apenas vagamente atento aos textos antigos que repousavam nas prateleiras da biblioteca. O poder vibrava no ar, dizendo que eu tinha entrado em uma ala sagrada, repleta dos livros mais preciosos de Ty.

Mas havia um em particular que me chamava.

Vita.

Suas páginas estavam abertas e sua energia criava um farol que me atraía apenas pela curiosidade.

Ninguém deveria ser capaz de ler as palavras secretas rabiscadas em seu pergaminho antigo. Ainda assim, uma linda fêmea estava sentada sozinha à mesa, totalmente absorta no livro diante dela.

Candidata nº 66, dizia sua camisa. *Humm.*

Abri discretamente um dispositivo no bolso, buscando seus detalhes.

Camillia De la Croix.

Meio humana, meio Fae do Submundo.

Analisei o restante dos dados, mas não ajudaram. Eram genéricos demais. E provavelmente estavam *errados*.

Porque essa fêmea *não* era meio humana. Não se conseguia ler Vita sendo apenas isso.

Me aproximei em silêncio, admirando seus longos cabelos loiro-escuros presos em um rabo de cavalo, caindo até a parte superior das costas.

Dali, percebi que ela tinha um corpo atlético, mas com curvas nos lugares certos também.

Perfeito para minhas mãos.

Perfeito para minha língua.

Perfeito para minhas cordas.

O que chamou sua atenção, pequeno príncipe?, Ty sussurrou em minha mente. Seu interesse era uma presença palpável entre nós.

Uma Noiva Fae do Submundo, respondi.

A surpresa atravessou nosso vínculo.

Sério? Qual delas?

Candidata Sessenta e Seis, falei, me encostando nas estantes. *Ainda não vi o rosto dela, mas tenho certeza de que é linda.* Poderia ter olhado no dispositivo, mas não quis arruinar o momento. Essa primeira puxada da atração é minha parte favorita em encontrar uma nova companhia de cama.

Determinar os métodos de sedução era minha segunda parte favorita.

Entendi, Ty respondeu, o tom sem revelar nada. *Quer companhia para o encontro?*

Eu sorri.

Sempre quero sua companhia, meu amor.

Humm. Avise quando devo entrar, e estarei lá.

Meu sangue aqueceu com o real significado por trás de

suas palavras: *me diga quando a fêmea estiver pronta, e eu a como por você.*

Me dê trinta minutos, murmurei, me afastando das prateleiras e indo em direção à minha presa.

Ela estava tão concentrada na leitura que não percebeu minha aproximação. Sua cabeça estava inclinada de um jeito que me deu vontade de envolver a nuca esguia com a palma da mão.

Havia algo nela. Algo poderoso. Algo de outro mundo.

Ao contornar a mesa, estudei as linhas de seu rosto, a curva delicada do maxilar e seus lábios cheios, deliciosos. Ela murmurava as palavras para si mesma, confirmando sua capacidade de ler o livro de Ty.

Fascinante.

Eu precisaria perguntar mais tarde. Descobrir quem e o que ela era de fato, e decifrar seu propósito ali.

Mas primeiro, eu queria transar com ela.

Enrolá-la em minhas cordas de prata e observar enquanto o Rei Fae do Submundo profanava seu corpo deslumbrante. Eu lamberia suas lágrimas, a cobriria de prazer e depois, a comeria de novo.

Fae, eu estava duro. *Muito duro.*

Quem é esse anjo enviado dos céus?, pensei. *Seria uma guloseima pecaminosa deixada para eu devorar? Uma tentação para testar o quanto já caí?*

Se fosse isso, eu falharia.

Eu estava nas profundezas do Inferno, exatamente onde pertencia.

E pretendia arrastar essa bela criatura comigo.

Observei sua boca mais uma vez, notando o jeito como ela se curvou para baixo diante do que acabou de ler.

— Isso não é possível — ela murmurou.

— Eu tendo a concordar — respondi, parando logo atrás dela.

— Ah... — Ela olhou por cima do ombro e seus belos olhos cinza-azulados se arregalaram diante de minha proximidade. Ou talvez fosse apenas reação à minha aparência. A maioria dos Faes me achava atraente. Belo, até. E o rubor em suas bochechas dizia que ela me achava também.

Esperei, dando-lhe um momento para apreciar a vista ao mesmo tempo que me deliciava com aquela primeira fagulha de atração de que eu tanto gostava.

Ela era estonteante. De tirar o fôlego. E isso criava a sensação mais deliciosa de excitação: saber que ela me admirava tanto quanto eu a admirava.

Aquela camiseta justa fazia maravilhas por seus seios. Eu tinha certeza de que quando se levantasse, sua calça também destacaria o traseiro.

Humm, sim. Essa fêmea foi feita para minhas cordas. Curvas nos lugares certos. Forte. *Interessada*.

Eu via isso no brilho das pupilas dela, no modo como a língua umedeceu o lábio inferior carnudo.

— Olá — falei, enfim, observando-a de cima a baixo.

— Eu... ah... — Ela ofegou.

— Você estava ocupada lendo — completei por ela. — Sim. Eu estava observando.

E admirando, pensei.

— É um material envolvente — ela disse.

— Não duvido — concordei, inclinando a cabeça. — Você estava tão imersa no material envolvente que perdeu o toque de recolher.

Ela piscou e olhou para o relógio próximo.

— Droga.

Droga mesmo, pensei.

— Nosso rei leva essas regras muito a sério — avisei. — Acho que é seu gosto por punições. Ele gosta de ter motivos... para brincar.

Ela piscou de novo.

— E você está aqui para...?

— Ajudar a administrar a punição, receio — falei com um suspiro. Não era exatamente mentira. Ela quebrou as regras, e Ty levava esse tipo de coisa a sério. Mas nós dois garantiríamos que ela aproveitaria. Muito.

A fêmea me surpreendeu ao endireitar a coluna, com os ombros firmes enquanto me encarava de frente.

— Tudo bem. Me puna.

— Oh, não vou eu ser quem vai puni-la, Camillia De la Croix — eu disse, curvando meus lábios em um sorriso sensual, o mesmo que deixava muitos Faes de joelhos. — Como eu disse, estou aqui para ajudar. Então, se puder me acompanhar...

Dei um passo atrás, o braço esquerdo se abrindo em um gesto que indicava que eu gostaria que ela se levantasse e saísse do corredor.

Ela contraiu os lábios, mas deu de ombros e afastou-se da mesa.

— Claro. Por que não? — O ar confiante que a envolvia era cativante. Dava-lhe a aparência de uma Rainha Fae do Submundo, não de uma simples Noiva.

Ela passou por mim, e pude finalmente admirar seu traseiro. Sim, aquela calça o realçava perfeitamente. *Lindo.*

Sua empolgação está me distraindo, pequeno príncipe, Ty murmurou em minha mente.

Acho que vai gostar muito dessa noiva, meu rei, respondi, apreciando a firmeza no queixo dela.

É?

A fêmea parou no fim do corredor e me lançou um olhar ousado, o que me causou sensações muito agradáveis. *Sim, você definitivamente vai gostar dela.*

— Sou Melek, a propósito — falei e me aproximei.

Ela arqueou uma sobrancelha loiro-escura.

— Sem título?

— Por que eu teria um título? — indaguei. Eu tinha, claro. Mas ela não deveria saber disso.

A não ser que seu pai Fae do Submundo a tivesse instruído em política.

Mas ela pareceu me reconhecer. Me olhou com interesse apenas. E essa expressão não mudou até agora.

— Bem, o Diretor insistiu em ser chamado de Diretor. Então eu só presumi... — Ela deixou no ar.

— Eu não sou como nosso Diretor — murmurei. — Prefiro ser chamado apenas pelo meu nome. Melek.

Seus belos olhos cinza-azulados percorreram meu corpo.

— Melek.

— Príncipe Melek — um espectro murmurou lá de cima.

— O lindo Príncipe Melek — outro acrescentou. — Tão sonhador.

Sorri.

— Ora, ora — falei par as vozes invisíveis. — Não estraguem minha diversão.

Mas já era tarde.

Um coro ecoou, todos comentando sobre mim e minha identidade.

— Companheiro do Rei Lúcifer.

— Tão atraente.

— Um verdadeiro prêmio.

— Que sorte a dela por atrair seu interesse.

— Um prazer virtuoso, não?

— Virtuosamente unido.

— Eles vão dividi-la?

— Espero que sim.

Suspiros acompanharam a declaração ao mesmo

tempo que Camillia olhava ao redor com uma mistura de curiosidade e confusão.

— Príncipe...? — ela repetiu.

— Só se você quiser ser técnica — respondi. — O que eu não quero.

— Você é um príncipe? — ela gaguejou, me analisando de novo. — Acho que isso explica o terno.

Olhei para baixo.

— Minha roupa não tem nada a ver com título e tudo a ver com gosto. Eu fico bem de terno, e ele reforça minha confiança.

Ela franziu a testa, como se não acreditasse.

— Está bem, você tem razão. Minha confiança é sempre reforçada. Mas as mulheres me adoram de terno, então eu os uso quando estou caçando uma companhia de cama.

— Companhia de cama? — ela ecoou.

— Uma transa — esclareci, sem esconder minhas intenções. Poderíamos brincar, flertar, prolongar isso. Seria divertido também. Mas parte de aproveitar o primeiro momento de atração mútua era agir pelo instinto animal de transar.

E isso era exatamente o que eu queria fazer com Camillia De la Croix.

A questão era: ela aceitaria? Ou fugiria?

Rainha do Submundo – Livro Cinco

O tabuleiro foi armado.
As peças foram escolhidas.

Vivaxia tentou transformar Camillia em um peão no nosso jogo eterno, mas se enganou.

Ela não nasceu para ser um peão. Ela é a nossa rainha.

O Reino Fae do Submundo precisa de uma, especialmente quando a magia descontrolada dos Faes Virtuosos ataca. Quem é inimigo? Quem está sendo controlado?

A última coisa que quero é punir inocentes, mas isso faz parte do jogo de Vivaxia. Ela quer me ferir. Isso significa destruir tudo o que construí e encontrar maneiras de fazer todos os reinos se voltarem contra mim.

Se ela tivesse previsto todos os desfechos, talvez tivesse vencido. Mas sei algo que uma criatura como Vivaxia jamais compreenderá, por mais que observe, trame ou planeje.

Meu reino não é construído sobre o medo. Meus súditos são leais pelo que eu represento. Eu sou tudo o que os Faes Virtuosos não foram.

Eu não os controlo. Eu os deixo existirem exatamente como são, deixo que cumpram seus destinos como acharem melhor.

O destino não é moldado por aqueles que detêm o poder.
Ele é forjado com amor, dor e, acima de tudo...
Com o Fogo do Submundo.

Nota das autoras: *Rainha do Submundo* é um romance paranormal dark com quatro companheiros atormentados onde não há necessidade de escolher entre eles. Se você gosta de anti-heróis dominantes e sedutores, chegou ao reino certo: o Reino Fae do Submundo, onde o romance é intenso e o perdão não é exigido. Este é o livro final da série *Fae do Submundo*.

Lexi C. Foss é uma escritora perdida no mundo do TI. Ela mora em Holly Springs, na North Carolina, com o marido e seus filhos de pelos. Quando não está escrevendo, está ocupada riscando itens da sua lista de viagem. Muitos dos lugares que visitou podem ser vistos em seus textos, incluindo o mundo mítico de Hydria, que é baseado em Hydra nas ilhas gregas. Ela é peculiar, consome café demais e adora nadar.

https://www.lexicfoss.com/Inicio

J.R. Thorn

Romance Paranormal de Harém Reverso – Nunca Escolha.

J.R. Thorn é autora de romance paranormal de harém reverso que adora café, tempestades e discussões acaloradas com sua musa interior. Muitas vezes, ela pode ser encontrada escrevendo suas histórias picantes no cantinho de escrita, longe dos olhares curiosos do filho pequeno, do marido e dos dois gatos que miam muito.

www.AuthorJRThorn.com

www.ingramcontent.com/pod-product-compliance
Lightning Source LLC
La Vergne TN
LVHW041924090826
845145LV00015B/315